빛과 미래

스토리    소소하지만 열정적인 당신의 일상을 공감과 위안, 힐링을 담아 응원합니다.
인시리즈   어떤 말들보다 큰 힘이 되어주고 당신만의 이야기를 마음껏 펼칠 수 있도록, 당신의 스토리와 함께합니다.

# 빛과 미래

## 2차전지 혁신기업 엘앤에프는
## 이렇게 만들어졌다

| 초판 1쇄 발행 | 이봉원 지음 |
| 2024년 12월 27일 | |

| **펴낸이** | **펴낸곳** | **주소** | **전화** |
| 김태영 | 씽크스마트 책짓는 집 | 경기도 고양시 덕양구 | 02-323-5609 |
| | | 청초로 66 | |
| | | 덕은리버워크 B-1403호 | |

| **출판사 등록번호** | **ISBN** | **정가** | ⓒ 이봉원 |
| 제395-313000025 | 978-89-6529-071-1 | 18,000원 | |
| 1002001000106호. | (03810) | | |

| **이 책을 만든 사람들** | **책임편집** | **편집** | **홈페이지** |
| | 김무영 | 신재혁 | www.tsbook.co.kr |
| | | | **인스타그램** |
| | | | @thinksmart.official |
| | | | **이메일** |
| | | | thinksmart@kakao.com |

• **씽크스마트** 더 큰 생각으로 통하는 길
'더 큰 생각으로 통하는 길' 위에서 삶의 지혜를 모아 '인문교양, 자기계발, 자녀교육, 어린이 교양·학습, 정치사회, 취미생활' 등 다양한 분야의 도서를 출간합니다. 바람직한 교육관을 세우고 나다움의 힘을 기르며, 세상에서 소외된 부분을 바라봅니다. 첫 원고부터 책의 완성까지 늘 시대를 읽는 기획으로 책을 만들어, 넓고 깊은 생각으로 세상을 살아갈 수 있는 힘을 드리고자 합니다.

• **도서출판 큐** 더 쓸모 있는 책을 만나다
도서출판 큐는 울퉁불퉁한 현실에서 만나는 다양한 질문과 고민에 답하고자 만든 실용교양 임프린트입니다. 새로운 작가와 독자를 개척하며, 변화하는 세상 속에서 책의 쓸모를 키워갑니다. 흥겹게 춤추듯 시대의 변화에 맞는 '더 쓸모 있는 책'을 만들겠습니다.

자신만의 생각이나 이야기를 펼치고 싶은 당신. 책으로 사람들에게 전하고 싶은 아이디어나 원고를 메일(thinksmart@kakao.com)로 보내주세요. 씽크스마트는 당신의 소중한 원고를 기다리고 있습니다.

# 빛과 미래

2차전지 혁신기업 엘앤에프는 이렇게 만들어졌다

**이봉원** 지음

씽크
스마트

# 엘앤에프와 나

## 엘앤에프는 두 번 창업된 기업이다

엘앤에프의 창업은 두 전자회사 대표들의 협력에 의해 이루어졌다. 나도 창업에 참여하여 20여 년간 전문경영인으로서 회사를 이끌었다.

그 기간 동안 엘앤에프는 유니콘 기업으로 성장할 수 있는 토대를 마련했다.

창업 당시 엘앤에프는 LCD용 BLU(Back Light Unit) 제조업체로 출발했다. 그러나 시간이 지남에 따라 BLU의 미래가 밝지 않다고 판단했고, 회사의 지속 가능한 성장을 위해 새로운 사업 기회를 모색하게 되었다.

이러한 노력 끝에 2차전지 양극재(陽極材)라는 신수종을 발굴, 개발하여 사업화하기로 결정했다.

이를 위해 ㈜엘앤에프신소재라는 자회사를 설립하고 CEO로 취임했다.

㈜엘앤에프신소재는 국내 최초로 NCM양극재를 개발·사업화하여 글로벌 기반을 구축했다. 그 후 모기업인 ㈜엘앤에프와 합병하여 오늘날의

2차전지 양극재 전문 회사로 성장했다.

결국 엘앤에프는 BLU 제조회사로 한 번, 2차전지양극재회사로 한 번, 이렇게 두 번 창업된 셈이다.

엘앤에프는 나에게 자식과도 같은 존재다.

대부분의 경영 결정은 내 판단과 책임하에 이루어졌지만 성공은 나 혼자만의 공로가 아니다.

함께 피땀 흘린 임직원들과 고객사, 협력사, 연구기관, 관련 대학, 지방정부 등 많은 분들의 도움과 천운이 없었다면 성공은 불가능했을 것이다.

그분들의 도움이 있었기에 어려움과 좌절을 이겨낼 수 있었다. 이 자리를 빌려 다시 한 번 감사의 말씀을 전하고 싶다.

## 대한민국의 위기와 청년들의 절망

은퇴를 하고 나니 예전에는 몰랐던 것들이 보이기 시작했다. 희망을 잃어가는 대한민국 청년들, 갈수록 어려워지는 경영 환경과 그로 인해 힘들어하는 기업인들, 혁신과 창조가 사라지고 패배주의와 냉소주의가 만연한 경제와 사회 등.

우리나라가 지금 얼마나 힘든 상황인지는 굳이 말하지 않아도 될 것이다. 특히 청년들이 꿈과 희망을 갖지 못하고 힘들어하는 현실이 너무 마음 아팠다.

세계가 부러워하는 경제기적을 이룬 대한민국이 왜 이렇게 활력과 성장동력을 잃어가고 있을까?

원인은 여러 가지겠지만 그동안의 양적 성장을 질적 성장이 뒷받침하지 못했기 때문이 아닐까?

30여 년 전, 늦어도 IMF사태를 겪은 이후부터는 정치, 노사관계, 교육 등 모든 분야가 자유시장경제를 바탕으로 한 선진국형 시스템으로 업그레이드되었어야 했는데 그러지 못했다.

국론을 통합해서 새 시대를 선도해야 할 정치가 오히려 사회 각층의 극심한 분열과 대립을 부추겨온 것은 아닌지?

그 결과 출생율이 세계 최저로 떨어졌고, 묻지마 범죄와 마약이 창궐하게 되었으며, 50~60만 명의 청년들이 아무 일도 하지 않는 병든 사회가 되고 말았다.

대한민국의 미래가 캄캄하지만 돌파구가 보이지 않는다.

청년들에게 희망을 주지 못하는 나라, 그런 나라에는 내일이 없다. 청년이 살아야 나라가 산다.

60여 년 전 국민소득이 60~70불에 불과했던 나라, 세계에서 가장 가난한 나라 중 하나였던 우리나라가 세계 10대 경제 선진국이 된 원동력은 무엇일까?

이승만 초대 대통령이 자유민주주의와 시장경제의 기반을 닦았고, 박정희 전 대통령이 중화학공업과 기간(基幹) 산업 위주로 경제개발 정책을 펼쳤으며, 그러한 토대 위에서 기업인들과 근로자들이 열심히 노력한 결과임을 부정하기 어렵다.

하지만 지금의 대한민국은 심각한 국론 분열과 경제 침체로 어려움에 처해 있다.

반도체와 2차전지, 원전, 바이오, K-문화콘텐츠 등 세계가 부러워하는 글로벌 경쟁력을 가진 우리나라가 어쩌다가 이렇게 되었을까?

참으로 안타까운 일이 아닐 수 없다.

**독자들에게 희망을 줄 수 있다면**

이런 걱정을 하던 중, 내 경험이 작은 용기와 영감을 줄 수 있을 거라는 말을 들었다.

처음에는 무슨 소리냐며 손사래를 쳤다.

나는 교수도 아니고 남을 가르치는 건 잘하지도 못하고 좋아하지도 않는다. 산업현장에서도 경영자로서 직원들의 능력을 마음껏 발휘하게 해주려고 노력했을 뿐이다. 그런 내가 책을 낸다니 어불성설이 아닌가?

하지만 지인들은 잊어버릴 만하면 이야기를 꺼냈다. 남들은 은퇴하는 늦은 나이에, 수도권이 아닌 지방에서, 평생 월급쟁이로 살아온 흙수저가 글로벌 강소기업을 만들어 큰 성공을 거둔 과정이 궁금한 듯했다.

그래서 고민 끝에 나의 경영 경험을 담은 책을 쓰기로 했다.

세계에서 제일 가난했던 나라가 원조를 하는 나라로 발전하기까지, 그 기적과도 같은 시대에 온몸을 내던져 살아온 내 인생 역정과, 50여 년 동안 산업 현장에서 한 사람의 기업인으로서 걸어온 발자취를 기록으로 남겨 놓고 싶었다.

그리고 20여 년간 회사와 나를 믿고 함께해 준 엘앤에프와 엘앤에프신소재 가족 여러분을 추억하고 노고를 기록으로 남겨 기억하고 싶은 마음도 있었다.

더불어 지금 이 순간에도 힘들어하는 중소기업 경영자들, 직장인들, 지방인들, 그리고 장래 창업이나 경영에 관심이 있는 젊은이들이 이 책을 읽고 조금이라도 힘을 얻고, 동기부여가 될 수 있다면, 단 한 명의 독자만이라도 그렇게 느껴준다면 족하다는 마음으로 용기를 냈다.

## 이 책의 구성

이 책은 ㈜엘앤에프를 창업하여 20여 년 동안 최고경영자로 일한 기록이다.

1부에서는 부품회사로 시작한 엘앤에프가 화학소재 유니콘기업으로 변신한 과정을 소개했다.

엘앤에프는 대구에서 LCD 부품인 백라이트유닛(BLU)을 생산하던 중소기업이었다. LCD시장이 매년 큰 폭으로 성장하자 설비투자를 통해 생산능력을 확대해 나갔다.

하지만 나는 BLU가 장기적으로 경쟁력을 유지하기 어려울 것으로 판단했다. 그래서 BLU가 가장 잘 나가던 시기부터 새로운 미래 먹거리, 즉 신수종을 찾기 시작했다.

내가 주목한 것은 2차전지의 핵심재료인 양극재였다. 당시 우리나라에서는 외국계 회사 1개사만이 생산하고 있었다.

나는 2차전지 양극재 개발에 도전하여 천신만고 끝에 세계적으로 혁신적인 NCM양극재를 우리나라 최초로 개발·양산하는 데 성공했다. 그리고 그 양극재를 세계 톱 전지회사에 공급하면서 글로벌 소재 유니콘 기업으로 성장할 수 있었다.

2부에서는 엘앤에프의 창업과 발전 과정을 상세히 기술하였다.

엘앤에프를 경영했던 20여 년 동안 신뢰와 소통을 강조하였고, 매사에 솔선수범하기 위해 노력했다. 이것은 내 성공을 포장하려는 것도 아니고 듣기 좋은 뻔한 말을 하는 것도 아니다.

신뢰는 내 인생의 키워드이자 이정표였다. 신뢰가 없으면 목표를 세워도 공감을 얻지 못하기 때문이다. 임직원들이 그 목표를 향해 뛰게 하는 것은 더더욱 불가능할 것이다.

그래서 회사가 커진 뒤에도 그저 묵묵히 신기술 개발 과정을 체크하고, 매일 개선 활동을 모니터링하며, 직원들과도 격의 없이 소통하려고 애썼다.

사원들과 소통할 때도 신뢰를 주기 위해 꾸준히 노력했다. 회사가 잘나갈 때는 물론이고 어려울 때도 원칙을 지켰다. 가장 중요한 복지는 사원들의 일자리를 지켜주는 것이고, 가장 좋은 회사는 "영속하는 회사"라고 굳게 믿었기 때문이다.

그래서 한마음협의회라는 노사협의체를 통해 사원들과 진정성 있는 소통을 계속해 나갔다. 수십 년 전에 스톡옵션이나 신개념 기숙사 등을 도입했다. 거래처에 보내는 서한, 사원들에 대한 메시지나 신년사, 주주총회 인사말 등에도 나의 진심을 담으려고 애썼다.

이러한 노력과 경영의 과정을 2부에 담았다. 즉 2부는 내 20년 경영의 정수(精髓)를 담은 경영일지의 요약본이라고 할 수 있다.

경영은 매일, 매월, 매년 반복되는 행위다. 그래서 중복되는 부분이 많았다. 겹치는 부분을 최대한 줄이고 핵심만 담으려고 노력했다. 하지만 그로 인해 다소 딱딱하고 건조해진 것 같다.

그러나 앞에서 말했듯이 나는 훈계나 교육이 아니라 기록과 도움을 위해 썼다. 그래서 어설픈 해설은 최대한 지양하고 있는 그대로 실었다. 기록은 기록 자체로 의미가 있지 않을까?

3부는 경영을 하며 느낀 점들을 짧게 적었다. 위기에 처한 대한민국이 다시 한 번 도약하기를 염원하는 마음으로 썼다.

## 내가 생각한 대상 독자

나는 다음과 같은 독자를 염두에 두고 글을 썼다.

- 엘앤에프, 엘앤에프신소재와 함께해온 임직원들
- 스타트업 창업자, 중소기업 경영자 및 관리자
- 창업이나 기업경영에 관심 있는 청년들
- 도전을 두려워하는 이들
- 엘앤에프의 혁신성공 스토리를 알고 싶은 분들

## 지식보다 지혜를, 돈보다 사람을, 기술보다 신뢰를

요즘 인터넷을 보면 세 줄 요약이라는 말이 눈에 띈다. 조금이라도 복잡하면 읽기 싫어하고, 핵심만 빨리 습득해서 시간을 아끼고 싶다는 심리 때문이라고 한다.

그러나 한계를 돌파하여 목표를 이루기 위해서는 스스로 생각할 줄 알아야 한다. 머리가 아니라 가슴으로 느껴야 한다. 손이 아니라 발로 뛰며 시행착오를 겪어야 한다. 안다고 생각하는 것과 실제로 아는 것은 다르고, 할 수 있다고 생각하는 것과 실제로 하는 것은 하늘과 땅 차이이기 때문이다.

특히 경영은 지식이 아니라 지혜다. 숫자보다 사람이 중요하고 능력보다 신뢰가 더 중요하다. 나는 수십 년 동안 상장회사의 경리, 회계, 자금 등의 관리책임자를 역임하면서 다양한 일들을 경험했고, 그 결과 재무와 자금관리의 중요성을 누구보다 깊이 느낄 수 있었다.

하지만 내가 CEO가 되고 보니 중요한 건 돈보다 사람이었다. 사원들과 비전, 가치관을 공유하고 그들이 자발적으로 목표를 향해 달리게 하는 것, 그것이 가장 어렵고 중요한 일이었다. 기술도 사람에게서 나오고 제품과 서비스도 사람에게서 나오기 때문이다.

기술은 돈으로 살 수도 있고 제품과 서비스는 외주로 해결할 수 있다. 하지만 사람은 다르다. 사람을 채용하는 것과 일하게 하는 것, 성과를 내는 것, 이 세 가지는 완전히 다르다.

훌륭한 경영자가 좋은 대우를 받는 이유는 올바른 사람을 뽑아서 일하게 만들고, 목표와 목적에 맞는 성과를 만들어내기 때문이다. 스포츠로 치면 구단주와 단장과 감독의 역할을 동시에 수행하는 셈이다.

## 엘앤에프의 성공 키워드: 신뢰(信賴)

내가 잘나갈 때는 주위 사람을 무시하고. 못나갈 때는 주위 사람이 나를 무시하기 쉽다. 이렇게 되지 않기 위해 조심했다. 날씨가 좋을 때는 좋은 대로, 흐릴 때는 흐린 대로, 비바람이 몰아칠 때는 몰아치는 대로 함께 가려고 했다. 그래야만 임직원들이 내가 세운 목표와 비전을 믿고 따라올 거라 생각했기 때문이다.

사람을 존중하고 신뢰받는 회사, 신뢰받는 사람이 되자.

이것이 내가 약 25년 동안 관리자로, 그 후 25년 넘게 경영자로 일하면서 깨달은 성공의 열쇠(Keyword)다.

## 엘앤에프의 오늘

### 창업 23년 만에 대구 대표기업으로 성장하다

엘앤에프는 2023년에 약 33억6천2백만 불을 수출하여 대구 전체 수출의 30.5%를 차지하였다.

약 5%를 차지한 2위 기업과도 큰 차이를 보여준 것이다.

이처럼 엘앤에프는 창업 23년 만에 단일기업 기준 대구경북 1위 수출기업으로 도약하였다.

### 연도별 제품별 매출액 변화 추이(단위: 억 원)

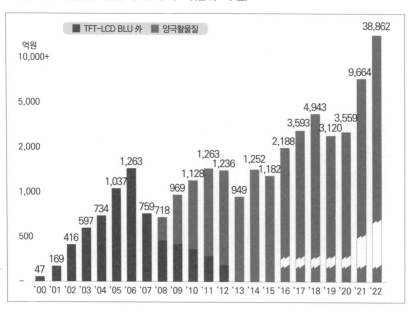

# 언론이 본 엘앤에프의 현주소

[매일신문, 정우태 기자, 2023. 7. 7.]

**[대구경북 미래 핵심 2차전지]**
**수출 비중 30% 주력 성장…'모빌리티 혁명' 기술이 원동력**
**양극재 대표 기업 엘앤에프 낮은 수익성에 더 인재개발·R&D 몰두**

대구경북이 미래 산업의 중심지로 주목받고 있다. 4차 산업혁명의 핵심인 '2차전지' 산업이 급부상했고 업계를 주도하는 기업들이 지역을 기반으로 성장을 거듭하고 있다.

한국무역협회 지역 수출입 현황을 보면 2018년 기준 대구의 주력 수출 품목은 자동차 부품·산업기계·직물 등 기계부품 및 섬유 산업이 주류였다. 그러나 불과 5년이 지난 2022년 에는 2차전지소재(기타정밀화학원료)의 수출액이 가장 많았고, 전체 품목 중 비중은 30%에 육박하는 것으로 나타났다. 경북 역시 기존 철강·전자 품목이 수출을 주도했으나 올해 1분기(1~3월) 2차전지소재가 1위로 올라섰다.

특히 대구경북은 2차전지 중 원가 비중이 가장 높은 양극재 생산을 주도하고 있다. 관세청 수출입무역통계에 따르면 1분기 양극재 전체 수출액 가운데 대구경북(53%)이 절반 이상을 차지하는 것으로 나타났다.

2차전지 중심의 산업구조 재편이 이뤄질 것으로 전망되면서 섬유 산업의 하락세로 장기간 침체를 겪었던 대구경북 경제가 체질 개선에 성공할 수 있을지 귀추가 주목된다. 지역 2차전지 산업의 성장 배경과 경쟁력,

전망, 과제를 조명해 본다.

<표> 2차전지 핵심 소재 지역 수출 동향 (단위: 천달러, %)

| 지역 | 품목 | 2018년 | 2019년 | 2020년 | 2021년 | 2022년 |
|---|---|---|---|---|---|---|
| 대구 | 양극재<br>(증가율) | 26,553<br>(-57.5) | 140,272<br>(428.3) | 222,232<br>(58.4) | 686,209<br>(208.8) | 2,760,072<br>(302.2) |
| 경북 | 양극재<br>(증가율) | 9,595<br>(-7.8) | 57,504<br>(499.3) | 256,357<br>(345.8) | 587,683<br>(129.2) | 2,114,585<br>(259.8) |
| | 음극재<br>(증가율) | 63,353<br>(83.8) | 84,644<br>(33.6) | 123,282<br>(45.6) | 124,755<br>(1.2) | 138,748<br>(11.2) |

주: HS 6단위 기준으로 품목분류에 따라 실제 금액은 다를 수 있음.
증가율은 전년 대비 증가율 | 자료: 한국무역협회(kita.net)

## 준비된 자에게 찾아온 기회

2차전지와 배터리 산업이 급부상한 것은 전기차와 연관이 깊다. 내연기관에서 전기차 전환으로의 속도가 붙으면서 주행거리 등 성능을 결정하는 핵심 부품인 배터리의 중요도가 높아진 것이다. 에너지 밀도가 배터리 효율을 결정하고 이는 전기차 성능을 좌우한다. 2차전지 기업이 모빌리티 혁명을 주도한다고 해도 과언이 아니다.

대구경북에는 2차전지의 핵심 소재인 양극재 기술을 주도하는 기업이 포진해 있다. 전기차 양산이 본격화되기 이전부터 미래를 준비한 선구안, 당장 성과가 보이지 않더라도 투자를 이어간 끈기가 있었기에 가능한 일이었다.

대구를 대표하는 기업으로 도약한 '엘앤에프'는 2005년 자회사 엘앤에프신소재를 설립해 양극활성물질 사업을 시작했다. 지금은 양극재로 대표되는 기업이지만, 초창기 주력 분야는 디스플레이 부품인 LCD용 백라이트 유닛을 만들었다. 당시 관련 시장이 커지면서 부품 수요도 늘어나 기업 규모도 급성장했다. 2000년 설립 후 3년 만에 코스닥 상장사가 됐다.

그러나 여기에 만족할 순 없었다. 백라이트 유닛의 핵심 원천기술 대부분이 일본 기업에 의존하고 있었던 탓에 불확실성도 컸다. 신산업을 모색하던 중 2차전지 핵심 소재인 양극재를 택했다. 국내에선 생소한 분야였고 진입 문턱도 높았다. 그럼에도 불구하고 신산업을 위해 인재확보와 연구개발에 매진했다.

2013년 엘앤에프는 사업성이 떨어진 백라이트유닛 생산을 중단했다. 타격은 오래가지 않았다. 니켈 함유량을 끌어 올린 고품질의 양극재를 찾는 수요가 급격히 늘었다. 2016년 흑자전환에 성공했고 이후 매년 높은 성장세를 보였다. 매출액은 2020년 3천561억 원에서 지난해 3조8천873억 원으로 뛰었고 올해도 높은 실적이 전망된다.

## 제2의 반도체 '초격차' 기술력이 원동력

2차전지 산업은 이미 국가 주요 산업으로 인정받고 있다. 정부는 2차전지 산업에서 한국이 기술 우위를 유지할 수 있도록 지원에 나서겠다는 의지를 피력했다.

윤석열 대통령은 지난 4월 '2차전지 국가전략회의'에서 "2차전지는 반도체와 함께 우리의 안보, 전략 자산의 핵심"이라며 "성능과 안전성을 획기적으로 높이는 기술혁신으로 우리의 경쟁력과 초격차를 유지해야 한다. 첨단산업 전선에서 우리 기업이 추월당하지 않고 우위의 격차를 확보할 수 있도록 확실하게 뒷받침하겠다"고 공언했다.

한국 경제를 지탱해 온 반도체에 비견될 만큼 2차전지 산업의 위상이 높아졌다. 또 확실한 기술 우위를 바탕으로 주도권을 확보했다는 점에서 공통점을 지닌다. 특히 하이니켈 양극재는 독보적인 경쟁력을 자랑한다.

이봉원 엘앤에프 고문(전 대표)은 "사업 초창기와 지금을 비교하면 그야말로 격세지감이다. 10여 년 전 '배터리를 지배하는 자, 세상을 지배한다'는 말을 인용해서 직원들과 공유하곤 했는데 이제 현실이 됐다"면서 "신산업 아이템을 정하고 NCM(니켈·코발트·망간) 양극재 기술 도입 후 대규모 생산까지 수많은 결단이 필요했다. 변화를 기회로 삼을 수 있었던 건 끊임없는 투자, 연구개발 덕분이었다"고 강조했다.

이어 "우려의 시선도 있지만 2차전지 업계는 성장을 이어 나갈 것으로 확신한다. 글로벌 전기차 기업들이 한국 배터리를 탑재하는 이유는 앞선 기술력이다. 이를 대체하는 건 어렵다고 본다"고 덧붙였다.

이용민 DGIST 교수(에너지공학과)는 "한국의 2차전지 산업은 특정 단계가 아닌 전 분야에 걸쳐 밸류체인이 잘 구축돼 있다. 가장 중요한 성장 요인을 꼽으라면 기술의 축적이다. 연구실을 넘어 현장에서 엔지니어들이 수많은 시행착오를 겪으며 쌓은 역량이 산업의 경쟁력으로 이어졌다고 생각한다"며 "결국 제조업의 성패는 '수율(투입 대비 완성된 제품의 비율)'을 얼마나 끌어올릴 수 있는지에 달려있다. 이런 부분에서 지역 기업들은 차별화된 단계에 진입한 것"이라고 했다.

이 교수는 "차세대 배터리 기술에 대한 여러 이슈가 양산되고 있다. 다만, 성능은 물론 제조원가 등 실제 양산이 가능할지 아직 판단하기 어렵다. 배터리를 기반으로 에너지를 저장하고 사용한다는 큰 틀이 유지된다면 2차전지 산업은 우상향이라고 볼 수 있다"고 말했다.

# 엘앤에프 연혁

**2000년** ㈜엘앤에프를 창업하고 LCD용 백라이트유닛(BLU)사업을 시작하다

**2001년** 성서공단 3차 단지에 신공장을 짓고 경영이념 수립에 착수하다

**2002년** 기업부설연구소를 설립하고 회사의 기반을 다지다

**2003년** 회사를 성장시켜 코스닥에 상장하다

**2004년** 2차전지 양극재를 개발할 인재를 영입하기 위해 중국 start-up 기업을 인수하고 전사(全社)적 혁신활동에 매진하다

**2005년** 5,000만 불 수출의 탑을 수상하다

㈜L&F신소재를 설립하여 2차전지 양극재 사업을 시작하다

**2006년** 기흥공장을 대구공장으로 통합하고 왜관공장을 준공하다

전지 대기업에 첫 번째 양극재 납품을 시작하고 ㈜다나카화학 연구소(일본)와 혁신 양극재 NCM 개발 협약을 맺다

**2007년** 엘앤에프신소재 부설연구소 설립 후 벤처기업인증을 받고, 고객으로부터 혁신적인 NCM양극재 품질승인을 받다

**2008년** 2차전지 양극재 생산을 위한 엘앤에프 대구2공장을 준공하고 LPL중국 광저우(广州)공장에 대응하기 위해 BLU 합작사인 광일전자를 현지에 설립하다

국내 최초로 2차전지 NCM양극재를 세계 TOP그룹 전지회사 2곳에 납품하기 시작하다

**2009년** 세계 TOP NCM양극재 메이커에 걸맞는 사업기반을 구축하고, BLU의 중국 광저우 진출을 중단하고 철수하다

2차전지 양극재 매출 1,000억 원을 실현하고 고객사로부터 Best 협력사로 선정되다

**2010년** 부품회사를 화학소재 회사로 탈바꿈시키다

WPM(World Premier Materials) 전기자동차용 양극소재 개발 정부과제 주관기업에 선정되다

**2011년** 기술혁신 중소기업, 녹색기술 인증기업이 되다

전구체 내재화를 위해 JH화학공업㈜를 설립하고 2차전지 양극재 세계시장 점유율 NO.3에 진입하다

**2012년** 동반성장위원장상을 수상하고 수출입은행 히든챔피언 육성대상기업에 선정되다

LMO 양극재를 일본 대기업에 납품하기 시작하고 2차전지 양극재 분야 세계시장 점유율 NO.2에 진입하다

〈1억불 수출의 탑〉, 〈부품소재 기술포장〉, 〈고객사 품질금상〉을 수상하다

**2013년** 창업 ITEM인 BLU사업을 중단하다

행복나눔기업에 선정되고 수출 강소기업 인증을 받다

**2014년** 세계 선두급의 전기자동차용 High nickel NCM양극재 양산을 개시하다

월드클래스300기업, 세계일류상품에 선정되고 〈2억불 수출의 탑〉을 수상하다

**2015년** 대구공장을 증설하고 조달청과 민관공동비축사업 협약하다

**2016년** 엘앤에프와 엘앤에프신소재를 합병하고 존속법인은 엘앤에프가

되다

**2017년** 혁신공정을 개발해 대구공장 혁신동을 증설하고
대구시 고용친화 대표기업과 청년친화 강소기업에 선정되다
Best HRD(인적자원개발우수기관) 인증을 받다

**2018년** 〈4억불 수출의 탑〉을 받다
대구국가산업단지에 구지1공장을 착공하다

**2019년** 국가핵심기술 보유기업에 선정되고 구지1공장을 준공하다
대한민국 일자리 으뜸기업에 선정되다

## 목차

## 1부. 나는 이렇게 유니콘 기업의 토대를 구축했다

# 1부

나는 이렇게

유니콘 기업의

토대를 구축했다

동양철학의 정수인 주역에 궁즉통(窮則通)이라는 말이 있다. 말 그대로 "궁하면 통한다"는 뜻이다.

풀어서 쓰면 다음과 같다.

"난관에 부딪혔을 때 주저앉지 않고 새 길을 찾고자 혼신의 노력을 다하면 반드시 길이 열린다"

문제가 생겼을 때 안 되는 이유를 찾기보다는 되는 방법을 찾아야 한다. 방법을 찾아 혼신의 힘을 다해 그것을 밀고 나갈 때, 비로소 주위 사람들과 세상이 하나둘씩 관심을 보이기 시작한다. 이것이야말로 "하늘은 스스로 돕는 자를 돕는다"라는 말의 진짜 뜻이 아닐까?

나는 여기에 한 가지 말을 보태고 싶다.

"난관에 부딪히기 전에 길을 찾아라. 막다른 길에 다다른 후에 생각하면 이미 늦다."

잘나갈 때 위험을 생각해야 한다. 현재의 성공에 도취되어 변화에 둔감해지면 안 된다.

다행히 나는 BLU(LCD 후면발광장치) 사업이 한창 잘나갈 때 5년 뒤, 10년 뒤를 생각했다. 대만과 중국의 위협이 눈앞에 다가왔을 때 미래를 준비하기 시작했다면 너무 늦었을 것이다.

실제로 엘앤에프보다 더 크고 잘나가던 기업들이 속절없이 무너지는 모습을 적지 않게 보아 왔다. 그런 기업들을 볼 때마다 '기업이 영속하는 것이 가장 중요한 사원복지다.'라는 말을 되새겼다.

내가 일부 강성 노조를 싫어하는 이유도 여기에 있다. 그들은 서까래가 아니라 대들보나 기둥까지 뒤흔들려고 하기 때문이다. 내가 경영자라서 싫어하는 게 아니라 열심히 일하는 평범한 사원들의 일자리까지 없애 버리기 때문에 싫어하는 것이다.

나도 월급쟁이였기 때문에 박봉으로 생활하는 고충을 잘 알고 있다. 하지만 기업을 유지하는 것도 그에 못지않게 힘든 일이다.

누가 더 힘든지를 논하자는 게 아니라 경영진과 사원들이 한마음 한뜻으로 힘을 합쳐야 한다는 말이다.

이를 위해서는 경영자가 먼저 신뢰를 줘야 한다. 의사결정에 대한 권한이 경영자에게 있기 때문이다.

또한 신뢰받는 경영자만이 신뢰받는 회사를 만들 수 있다. 그리고 신뢰받는 회사만이 살아남을 수 있다.

# 제1장

## 2차전지 양극재 글로벌 혁신기업 엘앤에프는 이렇게 시작되었다

---

### 엘앤에프는 2차전지 양극재 회사가 아니었다

**흙수저 월급쟁이가 전자회사 사장이 되다**

나는 대구의 큰 기업 중 하나였던 ㈜남선알미늄에서 30여 년간 근무했다. 경리사원으로 시작해서 25년 정도 근무한 뒤, 1996년에 자회사인 ㈜정일전자의 경영을 맡아 어렵던 회사를 정상화시켜 나갔다.

그런데 1997년 연말에 IMF사태가 터졌다. 외환위기로 인해 국가부도 직전까지 간 것이다.

그로부터 약 4년 동안 대한민국이 완전히 뒤집어졌다.

## 엘앤에프의 탄생

그 후 경제가 어려울 때마다 "지금이 IMF 때보다 더 힘들다."라는 말을 종종 듣곤 한다. 하지만 IMF는 차원이 다른 재난이었다. 경제적인 충격도 엄청났지만 정신적인 충격이 훨씬 컸다. 절대로 무너질 것 같지 않던 대기업들과 대형 은행들까지도 줄줄이 무너졌기 때문이다.

일제강점기를 지나 6.25 겪고 새마을운동과 88올림픽을 거쳐 선진국을 향해 열심히 달려가던 국가와 국민들이 패닉에 빠졌다. "나라가 망했다!"는 충격은 대한민국의 역사, 경제, 정치, 문화, 국민들의 삶 등, 모든 곳에 깊은 상처를 남겼다.

정일전자의 모회사인 남선알미늄도 위험해졌다. 나는 회사의 요청으로 부득이 모회사로 돌아가 경영을 맡게 되었다.

국가적인 재난 상황 속에서 모회사를 살리기 위해서는 다른 선택지가 없었다.

김대중 신(新) 정부 들어 처음 생긴 워크아웃(기업재무구조개선작업) 제도를 통해 최악의 사태는 막을 수 있었다. 회사의 간판, 즉 회사명은 그대로 유지한 것이다.

모회사의 워크아웃 작업을 마무리하고 정일전자로 복귀한 뒤, 1999년 늦가을에 회사를 그만두고 곧바로 세무회계사무소를 개업했다.

사무소를 개업하고 몇 달 후, 구미의 H 회장님이 내게 제안을 하셨다. 새 회사를 만들려고 하는데 경영을 좀 맡아 달라는 제안이었다.

엘앤에프의 창업 과정은 2부에서 좀 더 자세히 다루겠다.


## 엘앤에프는 이렇게 시작되었다

주주 두 분의 역량에 힘입어 LG.Philips LCD(약칭 LPL)에 초박막액정표

시장치(TFT-LCD) 핵심 부품인 BLU를 생산, 납품하기 시작했다.

당시에는 '2차전지 양극재 글로벌 메이커'가 될 거라곤 꿈에도 생각지 못했다. 후발업체로서 BLU 회사로 자리잡는 것에 온 정신이 팔려 있었으니까.

운 좋게도 창업한 지 2, 3년 차부터 LCD 시장이 급성장하였다. 그에 맞춰 생산설비를 증설하고 신입사원을 대거 채용하였다. 2000년 7월에 설립된 회사가 그해 하반기에만 46억 원의 매출을 올렸고, 다음 해인 2001년에는 168억 원, 2002년에는 300억의 매출을 달성했다. 창업 6년 후에는 매출 1200억 원을 달성하여 「1억불 수출의 탑」을 받았다.

당시에는 LCD가 최첨단 기술이었기에 나와 임직원들은 자부심을 가지고 열심히 일했다. 사원들의 아이디어를 적극적으로 받아들여 공정을 개선했고, 중소기업으로서 할 수 있는 최대한의 사원복지를 제공하려고 노력하였다.

덕분에 BLU의 핵심부품인 도광판을 신기술인 '무인쇄 음각패턴' 방식으로 양산하는 데 성공했다. 더 나아가 프리즘 도광판을 개발했으며, 모니터와 노트북용 BLU 등을 양산하기 시작했다.

모두가 우리 회사를 부러워했다. 첨단제품을 다루는 탄탄한 중소기업이었기 때문이다.

하지만 내 마음은 편하지 못했다. 날이 갈수록 더욱 불안해져 갔다.

시간이 지날수록 단가가 하락했고, 저임금 국가의 회사들이 진입할 조짐이 보였기 때문이다.

# 변화를 예측하고 돌파구를 찾다

## 멀리서 보면 첨단산업, 가까이서 보면 사양산업

단가 하락은 일시적인 현상이 아니었다. 고객사인 LG.PHILPS LCD(이하 LPL)는 〈매년 코스트 30% 인하〉를 장기 목표로 선언했다.

고객사의 코스트 인하 움직임은 시장진입 초기였던 LCD가 대형 디스플레이(TV 등) 시장을 주도하고 있던 PDP와의 경쟁에서 이기기 위한 생존 전략이었다. 이런 고객사의 전략이 성공하여 소형 TV나 노트북 같은 소형 디스플레이로 시작한 LCD가 몇 년 후, 대형 디스플레이 시장에서도 PDP를 앞서게 되었다.

그 당시 매년 LCD TV 가격이 큰 폭으로 떨어지고 있었다. 가전제품들은 단가 인하가 곧 경쟁력이었고 기술개발과 원가혁신을 통해 이를 실현해야 했다.

주요 부품 협력사들도 새로운 시장을 개척하기 위한 고객의 전략에 발맞추어 기술개발과 코스트 혁신을 통해 단가를 낮추기 위해 최선을 다했다. 경쟁에서 살아남는 것이 글로벌 시장에서 살아남는 것이고, 글로벌 기업이 되는 길이라는 인식을 함께하고 있었기 때문이다.

## 생존을 위하여

어쨌든 단가 인하는 끊임없이 계속되었다. 고객의 목표 단가를 맞추지 못하는 회사는 도태될 수밖에 없었다.

이때 경영자나 간부가 원가를 낮추자고 외치는 것만으로는 아무것도 달라지지 않는다.

사원들이 혁신 아이디어를 자발적으로 내게 하고, 현장에서 그것을 실천해 나가는 것만이 유일한 방법이 아닐까?

나는 낭비를 줄이고, 불량을 없애고, 생산성을 획기적으로 높이기 위해서는 혁신적이고 검증된 툴(tool)이 필요하다고 생각했다.

이를 위해 "JIT(Just-in-time) 기반 전사 합리화운동"을 전개하였다. 사원들이 문제점과 개선점을 스스로 찾아내고 지속적으로 개선해 나가는 것! 그것이 생활이 되고 습관이 될 때까지 끊임없이 계속해 나갔다.

(구체적인 활동은 120페이지의 "전사 합리화운동을 전개하다" 참조)

어려운 상황은 그뿐이 아니었다. LCD시장이 성숙되자 LCD간 경쟁이 심화되었고, 그 결과 LPL이 대만 BLU 회사들로부터의 조달을 확대하는 한편으로 중국 진출을 모색하기 시작한 것이다.

당시 LPL뿐만 아니라 경쟁사도 중국 진출을 준비하고 있었다. 국내에 있던 BLU 회사들의 입지가 불안해질 수밖에 없었다. BLU 제조업이 겉보기엔 잘나갔지만 속으로는 흔들리고 있었던 것이다.

LPL이 중국 광저우(广州)에 진출해서 공장을 건설하자 우리도 따라가지 않으면 고사할지도 모른다는 위기감이 엄습했다. 그래서 LPL의 배려로 현지에 공장 건설을 추진하였으나 도중에 중단하고 철수하였다.

당시에는 너무도 아쉬워하며 어렵게 어렵게 용단을 내렸었다.

하지만 만약 이때 철수하지 않았으면 엘앤에프의 오늘은 과연 어땠을지? 이때도 엘앤에프의 큰 고비가 아니었을까?

오늘날 LCD 업계 상황을 보면 전율을 느낀다.

(상세 내용은 2부 152페이지, "BLU 중국 광저우 진출을 중단하고 후퇴하다" 참조)

## 가장 중요한 복지는 회사가 망하지 않는 것

하지만 문제는 그뿐이 아니었다. 더 큰 문제는 BLU 사업 자체의 속성에 있었다.

BLU 제조업은 겉보기엔 첨단 산업이었지만 수작업 조립이 많아서 인건비 비중이 높았다. 회사 내부에서는 「첨단 원시산업」이라고 자조할 정도였다.

BLU 사업 초기에는 핵심 부품들을 대부분 수입에 의존하고 있었다. 업계의 피나는 노력으로 도광판과 CCFL 램프 등은 점차 국산화되었지만 일부 핵심 부품들은 여전히 수입해야 했다.

게다가 대만 업체들이 BLU 업계에 속속 진입하고 있었다. 인건비 비중이 높은 BLU 사업이 우리나라에서 계속 경쟁력을 유지하기 어렵다는 것은 자명한 일이었다.

30여 년간 근무했던 남선알미늄이 떠올랐다. 당시 상장회사들 중에서도 재무구조가 좋았던 남선알미늄이 1997년 IMF 사태 때 거의 망하기 직전까지 갔다가 워크아웃(work-out)으로 간신히 살아남았다. 이 과정에서 수많은 사원들이 고통을 겪어야 했다.

회사가 계속 발전하지 못하고 존폐의 위기에 몰렸을 때 구성원들이 겪어야 하는 아픔! 고통! 절망! 그것을 누구보다 잘 아는 나였기에 불안할 수밖에 없었다.


첫 직장이자 생활의 터전으로 우리 회사를 선택한 사원들에게 그런 꼴을 당하게 하는 것은 큰 죄를 짓는 것이라고 생각했다. 경영자로서 절대로 용납할 수 없었다.

회사는 잘 나가고 있었지만 나는 항상 이러한 불안감에 휩싸여 있었다. 물론 당시에는 아무도 내 고민을 눈치채지 못했겠지만.

어쨌든 BLU 사업의 경쟁력이 떨어지기 전에 다른 돌파구를 찾아야 했다.

## 월급쟁이 전문경영인의 주제넘은(?) 고민

하지만 뭘 어떻게 해야 할지 막막하기 짝이 없었다. 돌파구라는 게 갑자기 하늘에서 떨어지는 게 아니니까.

그래서 겉으로는 웃고 있어도 속으로는 걱정이 태산이었다.

괜히 쓸데없는 생각하는 거 아냐?

이렇게 잘나가는데 굳이 딴생각을 해야 하나?

하던 거나 잘해야지! 한눈팔다 망한 회사들이 한둘이야?

하루에도 열두 번씩 번민에 빠졌다. 위험 요소들이 눈에 보이긴 했지만 지금 당장은 잘나가고 있었기 때문이다.

사실 위에서 말했던 위험요소 한두 개쯤 없는 회사가 어디 있겠는가? 원청업체의 단가인하 압박, 중국의 추격 등등.

사실 나는 월급쟁이 사장이 아닌가! 그래서 눈 딱 감고 현업만 열심히 챙겨도 누가 뭐라할 사람이 없었을 것이다. 나중에 회사가 어려워져도 핑곗거리는 얼마든지 있을 테고.

## 위기가 닥치면 이미 늦다

위기가 보이지 않을 때 위기를 미리 예측하는 건 쉽지 않다.

특히 잘나갈 때 위기감을 갖는 것은 어려운 일이다. 누구나 안락함을 좋아하고 불안함을 싫어하기 때문이다. 그래서 '설마'라는 악마의 유혹에 빠져 안주하기 쉽다.

이처럼 위험이 눈앞에 뻔히 보이는 순간조차 외면하고 못 본 척하는 게 인간의 본성인데, 모든 게 좋은 시기에 스스로의 마음을 불안 속에 빠뜨리는 걸 어느 누가 좋아하겠는가?

우리 회사도 LCD 시장의 급성장으로 매년 큰 폭으로 늘어나는 고객 물량에 대응하기 위해 계속 증설을 하던 때였다. 그래서 휴일도 제대로 못 지키고 정신없이 돌아가는 상황이었는데, 경험도 기술도 사람도 없는 생소한 화학제품을 개발하겠다고 하는 사장을 어떤 직원이 이해할 수 있었겠는가?

무엇보다도 임원들을 설득할 자신이 없었다.

고민을 거듭하던 그때, 책상 서랍을 열었다가 우연히 주판을 보았다.

고등학교 시절부터 써온 손때 묻은 주판이었다.

그러자 상업고등학교 때 주산에 전념했다가 변화의 흐름에 뒤처져서 낙담하고 방황했던 기억이 떠올랐다.

## 주판과 전자계산기, 그리고 컴퓨터

### 주판이란 무엇인가

주판이 뭔지 간단히 얘기해야겠다. 삐삐나 집전화는 물론이고 공중전화와 피처폰까지 사라진 시대니까. 요즘 어린이들은 저장 버튼이 왜 디스켓 모양인지, 전화 버튼이 왜 수화기 모양인지도 모른다지 않는가?

---

**주판(珠板)**

셈을 할 때 쓰는 계산기구. 산판(算板)·수판(數板)·주반(珠盤)이라고도 하며, 이것으로 셈을 하는 일을 '주산(珠算) 놓는다.'고 한다.

---

「한국민족문화대백과사전」에 나오는 주판의 정의다.

내가 고교 때부터 사용한 주판

고대 메소포타미아 지방에서 발명되어 중국으로 전래된 주판은 임진왜란 직후에 우리나라에 들어와서 다시 일본으로 건너갔다고 한다.

그 후 일제강점기에 일본식 주판이 우리나라에 역수입되었으며, 1936년에는 고려대학교의 전신인 보성전문학교에서 제1회 주산경기대회가 열렸다.

주판은 오른쪽 줄이 1의 단위로 시작해서 그 왼쪽 줄이 10단위, 그 다음이 100의 단위…하는 식으로 왼쪽으로 한 단위씩 올라간다. 그리고 같은 줄의 아래의 네 알은 각각 1을, 위쪽 한 알은 5를 뜻한다. 예를 들어 7을 표현하고 싶으면 맨 오른쪽 위 알을 내리고, 아래 알을 두 개 올리면 된다.

주판 하나만 있으면 덧셈, 뺄셈은 물론이고 곱셈과 나눗셈도 할 수 있었다. 계산 속도도 아주 빨랐다. 숙달된 사람은 말 그대로 손이 안 보일 정도였다.

내가 중고등학교를 다니던 1960년대는 주산의 전성시대였다. 은행, 상공회의소 등에서 매년 주산경기대회를 개최했으며, 당시 문교부(지금의 교육부)에서도 주산 급수 인정시험을 매년 실시했다. 은행에 가도, 상점에 가도, 회사에 가도 주판알을 튕기며 계산을 했다. 주판이 그 시대의 컴퓨터였던 셈이다. 상고 학생들이 주산에 열을 올리는 게 당연했다.

나도 주산 선수로서 좋은 성적을 거둬서 은행에 들어가기로 마음먹었다. 힘들었던 집안 형편과 나의 미래를 감안한 목표였다.

## 학창시절 막바지에 시대의 변화에 휩쓸리다

그러나 주산 특채로 은행에 들어가는 것이 점점 힘들어지고 있었다. 나는 그런 추세를 알면서도 설마하고 안일하게 생각했다.

하지만 그 대가는 뼈아팠다. 재수까지 하면서 조흥은행과 산업은행에 응시했지만 전부 낙방한 것이다.

이 무렵 주산의 시대가 저물어가고 전자계산기의 시대가 도래하고 있었다. 주산의 활용 가치가 점점 떨어질 조짐이 보이고 있었는데도 그것을 직시하지 못했다.

그때의 나는 충분히 예상할 수 있는 변화에도 눈을 감은 채 잘하던 것, 오랫동안 해온 것에 올인했다. 그게 더 마음 편하고 쉬웠기 때문이다.

뒤늦게 후회했지만 달라지는 건 아무것도 없었다. 특히 부모님께는 입이 열 개라도 할 말이 없었다.

어려운 집안 형편에도 재수까지 시켜주셨는데…. 보란 듯이 은행에 취직해서 어머니 장사 그만두시게 하고 싶었는데….

부모님이 낙담하시는 모습을 보니 쥐구멍에라도 들어가고 싶었다. 동생들에게도 면목이 없었다. 나 때문에 집안 형편이 더 어려워진 것 같았으니까.

그 후 한동안 눈칫밥을 먹으며 방황하다가 남선경금속(지금의 남선알미늄)에 취직했다.

그리고 30여 년 동안 남선알미늄과 자회사인 정일전자에서 일했다.

## 그로부터 30여 년 후

이처럼 나는 이미 시대의 흐름을 읽지 못해 곤욕을 치른 바 있었다. 또다시 그런 일을 겪을 순 없었다.

나는 고민을 거듭한 끝에 결심했다.

BLU를 대체할 신수종 사업을 찾자!

아무리 생각해도 이대로 가다간 위기가 닥칠 것 같았다. 아니, 위기는 이미 시작된 뒤였다. 아직은 매출이 증가하고 있어서 드러나지 않았을 뿐.

사실 거의 모든 위기는 미리 감지할 수 있다. 위기는 보이지 않아서 안 보이는 게 아니라 보지 않으려고 해서 안 보이는 것이 아닐까?

내가 감지한 위기들도 다 표면에 드러난 것들이었다. 내가 대단한 선견지명이 있어서 발견한 게 아니라 주인의 입장에서 보고 느끼고 고민했기 때문이라고 생각한다.

사람의 본성이라는 게 참 재미있다. 어떨 때는 공황장애나 불안장애를 겪을 정도로 위기에 민감하다가도, 어떨 때는 눈앞에 닥친 위기조차 못 보고 무시하니 말이다.

# 제2장
## 신수종(新樹種) 찾아 삼만리

### 신수종이란 무엇인가?

신수종(新樹種)은 '새로운 종류의 나무'라는 뜻으로, 기업이 새로운 수익을 창출하기 위해 육성하는 신 아이템을 비유적으로 이르는 말이다.

즉 신수종 사업이란 미래 기업을 이끌어나갈 만큼 유망한 새로운 사업 아이템을 뜻한다.

기존 사업을 유지하면서 지속적인 성장을 위해 새로운 미래 주력사업을 찾는 것으로, 사업다각화의 한 유형이라고 할 수 있다.

위기가 예고된 BLU 사업을 대체할 새로운 분야, 그것이 바로 엘앤에프의 신수종 사업이었다.

나는 회사의 영속을 보장해줄 신수종 사업을 찾아 헤매기 시작했다.

물론 그 과정은 결코 쉽지 않았다.

## 장기적인 경쟁력을 가질 신수종을 찾자!

이러한 나의 고민을 이해해줄 내부인은 없었다. 임직원 모두가 정신없이 바쁜 시기였으니까. 나는 혼자 고민하면서 신사업이 갖춰야 할 조건을 설정했다.

### 내가 생각한 신수종 사업의 조건
① 우리나라에 아직 없거나 초기 산업인 분야
② 우리나라에서 장기적으로 경쟁력을 유지할 수 있는 아이템
③ 미래 시장이 커져 나갈 수 있는 분야

대략 위의 세 가지 기본조건을 충족하는 아이템을 찾아 개발하기로 마음먹었다. 나의 신수종 찾기 장도(壯途)가 시작된 것이다.

새로운 아이템을 찾기 위해서는 대학이나 국책연구소의 문을 두드려야겠다는 생각이 들었다.

때마침 대구 코엑스전시장에서 고문 교수의 소개로 알게 된 서경수 박사가 생각났다. 그는 국책연구소인 한국전자통신연구원(ETRI)에서 책임연구원으로 일하고 있었다.

나는 대전에 있는 연구소로 가서 서 박사를 만나 내 고민을 털어놓은 다음, 신수종 찾는 일을 도와달라고 부탁했다.

다행히 서 박사는 고향 기업이니 힘닿는 데까지 도와주겠다고 흔쾌히 말해주었다.

그분은 프랑스에서 이학박사 학위를 받고 귀국하여 ETRI에서 근무하고 계셨는데, 나중에 알고 보니 고향이 우리 회사와 인접한 동네였다.

그는 곧바로 10여 명의 박사님들과 함께하는 점심식사 자리를 마련해서 그분들에게 나를 소개해주었다. 서 박사의 도움과 배려가 참으로 고마웠다.

서 박사는 인정이 많고 기업의 애로사항을 자기 일처럼 생각하며 도와주는 고마운 분이었다. 이분에게 회사의 연구개발에 많은 도움을 받았고, 지금까지도 연락하며 가깝게 지내고 있다.

### 첫 번째 신수종 아이템으로 CCFL용 형광체

신수종으로 우선 생각한 것이 BLU의 핵심 부품 중 하나인 냉음극 형광램프(CCFL)에 들어가는 형광체였다. 이 물질이 국산화가 안 되고 있다는 것을 알고 서 박사께 의견을 물어보았다. 그러자 그분은 우리 회사와 직접적인 관련이 있는 물질이고, 향후 LCD 시장이 커질 테니 도전해 봐도 좋겠다고 말씀하셨다.

때마침 본인이 잘 아는 부산의 모 대학 교수가 학내 벤처기업을 만들어서 이 물질을 개발 중인데, 품질이 상당히 좋다더라고 했다. 우리는 부산에 가서 그 교수를 만나기로 약속했다.

얼마 후, 약속된 날이 되어 서 박사와 함께 부산으로 향했다. 동대구역에서 KTX를 기다리는데 이회창 후보가 KTX에서 내리는 게 아닌가?

그날이 마침 제16대 대통령 선거일이었던 것이다. 나는 이회창 후보와 인사를 나누었다.

그날 저녁, 부산 S 대학 P 교수 연구실에서 노무현 후보가 앞서는 개표 방송을 본 기억이 난다.

그날 연구실에서 P 교수로부터 개발 과정과 진도, 파일럿(Pilot) 설비에서 생산된 물질의 품질평가 수준 등에 대해 자세한 설명을 들었다. 실물과 실제 설비도 견학했다. 자신이 개발한 기술을 사업화하겠다면 권리 일체를 양도하겠다는 의사까지 확인했다.

P 교수에게 샘플을 받아서 회사에 돌아왔다. 연구소장에게 자초지종을 설명하고 제3의 기관에서 품질을 다시 한번 평가받고 싶다고 말했다. 파일럿 로(爐)에서 제조한 샘플과 동일한 품질을 양산설비에서 재현할 수 있을지도 궁금했다. 이런 부분들에 대해 의논했더니 연구소장이 전(前) 직장 동료에게 부탁해 보겠다고 했다. 그분은 S사 연구소에서 같이 근무했던 Y 씨인데, 형광체 제조 경험이 있다고 했다.

얼마 후, 연구소장이 Y 씨를 소개해 주었다. 그는 S사를 그만두고 서울에서 사업 준비를 하고 있다고 했다. Y 씨에게 형광체 샘플의 품질 평가를 의뢰했다.

며칠 뒤에 Y 씨가 평가결과를 갖고 왔다. 품질은 수입품과 비슷한 수준이지만 예민한 물질이라 파일럿 설비에서 제조한 것이 양산라인에서도 같은 품질이 나온다고 보장하기 어렵다는 말이었다.

완곡한 표현이지만 양산하기 힘들다는 말로 들렸다. 형광체를 연구하고 양산까지 해본 사람의 의견이라 믿지 않을 수 없었다. 그래서 결과를 서 박사께 설명하였고, 기술 양수는 포기하기로 결정했다.

### 동경화학연구소 견학 후 형광체 개발을 포기하다

이 일이 인연이 되어 Y 씨와 서울과 대구에서 몇 번 더 만났다. S사에서 연구부서와 사업부서를 운영해본 경험이 풍부했고, 아이디어도 많아 보였으며, 무엇보다 매사 긍정적인 점이 마음에 들었다. 그래서 우리 회사의 비상근 고문으로 위촉하여 자문을 받기 시작했다.

그러나 형광체 개발에 대한 미련은 계속 남아 있었다. Y 고문과 계속 조사·검토하며 방법을 찾던 어느 날, Y 고문이 자신이 아는 일본의 CCFL 용 형광체 메이커와 제휴해보면 어떻겠냐고 제안했다. 나로선 거절할 이유가 없었다.

얼마 후 도쿄에 있는 동경화학연구소를 방문했다. CCFL 형광체 제조 공장을 견학하고 사장과 전무를 만나 기술 제휴에 대해 협의했다. 그들은 유명한 니찌아사(日亞社)보다 자기들이 먼저 형광체를 만들었다고 자랑하면서, 기술제공이나 합작사 설립에는 관심이 없고 생산능력에 여유가 있으니 공급은 해주겠다고 말했다. 안 그래도 공장을 둘러볼 때 소성로가 놀고 있길래 이상하게 생각했는데….

귀국하면서 Y 고문과 이야기를 나누었다. 자칭 일본 최고의 기술을 가졌다는 회사도 라인을 풀가동하지 못하고 있는데, 우리가 공장을 세워 양산을 시작하면 저들은 필히 가격을 낮추어 공격할 것이 뻔하다고 이야기한 기억이 난다. 시장규모가 생각보다 작다는 데에도 동감했다.

결국 형광체는 완전히 포기하기로 했다. 직접 공장에 가 보길 잘했다고 생각했다.


## 2차전지 양극재를 신수종으로 정하다

### 난생 처음 들어본 2차전지 양극재

얼마 후, 나의 신수종 개발 의지와 방향을 잘 알고 있는 Y 고문으로부터 대여섯 가지 사업 아이템의 용도와 전망, 업계 현황, 예상 개발비와 초기 투자액 등을 적은 간략한 검토서를 받았다.

며칠간 혼자서 검토를 해본 뒤 Y 고문에게 양극재와 2차전지에 대해 질문했다. 양극재와 2차전지라는 말을 생전 처음 들어보았기 때문이다. Y 고문은 2차전지는 한 번 쓰고 버리는 게 아니라 재충전하면서 쓸 수 있는 배터리인데, 전선이 없어서 휴대용 전자기기에 건전지 대신 쓸 수 있다고 말해주었다. 그리고 양극재는 2차전지의 핵심재료라는 설명도 해주었다.

한 번 쓰고 버리는 것이 아니라 충전해서 계속 쓸 수 있다는 말을 듣는 순간 이거다! 하는 생각이 들었다.

때마침 휴대폰을 비롯한 휴대용 전자기기들이 날로 확산되고 있었다. 이러한 흐름을 볼 때 앞으로 분명히 시장이 커질 거라는 생각이 들었다.

당시 2차전지는 일본이 제일 앞서고 있었고 우리나라는 대기업 한두 곳에서 조금 생산하는 정도였다. 그 대기업들도 소재를 대부분 일본에서 수입했는데, 외국계 회사 한 곳만 국내에서 생산하고 있었다.

인건비 비중에 대해서도 알아보았다. 광물을 원료로 하는 장치 산업이며 높은 기술력이 필요하다는 점이 오히려 매력적이었다. 원가 중 인건비 비중이 높지 않아야 오랫동안 경쟁력을 유지할 수 있기 때문이다. 중국, 대만, 동남아와 인건비로 경쟁할 순 없지 않은가?

생각하면 할수록 내가 찾던 신수종 아이템 조건에 딱 맞았다. 흥미와 관심이 생기기 시작했다.


## LCD 부품회사가 화학제품을 만든다고?

문제는 투자비였다. 이때 당시 회사의 능력으로는 예상 투자비를 감당하기 힘든 수준이었다. 게다가 기술력도 없었다. 그림의 떡처럼 손에 잡히지 않는 계획이라고 봐야 했다.

그래서 추천 아이템 중에서 예상 투자비가 상대적으로 적은 다른 아이템들에 눈을 돌렸다. 자료를 보고 또 보고, 수없이 검토해 봤지만 2차전지가 머릿속에서 떠나지 않았다.

오랜 고민 끝에 Y 고문에게 부탁했다. 우선 기술 개발과 사업성 검토를 계속하되, 투자 문제는 후에 다시 생각해 보자고. 그리고 초기 투자를 최소화할 방법도 함께 찾아보자고.

Y 고문이 은퇴하기 전에 형광체와 양극재를 취급하고 개발해 본 경험이 있어서 다행이었다. Y 고문은 양극재를 이해하는 후배 엔지니어들과 지인들을 확보해서 시제품 개발을 해보기로 했다.

얼마 후 양극재 경험을 가진 책임자급 엔지니어 한 사람이 합류했다. 외로운 별동대 개발팀이 가동되기 시작한 것이다.

이쯤 되니 회사 임원들에게 알리지 않을 수 없었다. 어느 날 임원 회의에서 새로운 아이템을 개발해야 할 이유와 추진 계획을 대강 설명하였는데, 예상대로 반응이 싸늘했다.

그럴 만도 했다. BLU 오더가 계속 늘어나서 휴일도 쉬지 못하고 있었고, 라인도 계속 증설해야 하는 상황이었기 때문이다. 부품이나 기구를 만들던 회사가 지식도 인프라도 없는 화학제품을 개발한다는 것도 문제였다. 대부분이 대기업 연구소 출신이었던 임원들이 반대하는 것이 당연했다. 그들은 자신들이 보아 온, 또는 겪어온 수많은 사례를 들어 반대했다.

그들의 이야기에 많은 부분 공감이 갔다. 어쩌면 그들의 의견이 합리적인 추론이고, 내가 무모하고 위험한 생각을 하고 있는지도 모른다는 생각이 들었다.

## 기둥뿌리가 괜찮다면 위험을 감수하라

그러나 물러설 순 없었다. 임원들에게 이야기하기 오래전부터 새 아이템을 개발하기 위해 노력해왔기 때문이다.

나는 그저 새 아이템 하나 추가해보자는 마음으로 한 게 아니었다. 회사가 살아남아 영속하기 위해서는 반드시 해내야 한다는 절박한 마음으로 한 일이었다. 그러므로 절대로 포기할 수 없었다.

임원들의 말대로 리스크가 큰 것은 인정한다. 그러나 회사가 감당할 수 있을지 없을지, 방법을 찾아보지도 않고 포기할 순 없었다. 회사의 존립에 영향을 주지 않는다면 충분히 도전해볼 수 있지 않은가?

경영은 무에서 유를 창조하는 종합 예술이라는 말도 있다. 위험 없는 성공은 없다. 위험은 회피하지 말고 적극적으로 관리해야 한다.

나는 평소에 간부들에게 이렇게 말해 왔다.

"어떤 과제에 충분한 투자 가치가 있다고 판단될 경우, 그것이 실패했을 때 회사의 기둥이 부러지느냐 않느냐를 생각한다. 그것이 나의 판단 기준이다. 만약 서까래 한두 개가 부러질 정도의 위험이라면 감수할 수밖에 없다."

서까래는 목조주택의 지붕을 받쳐 주는 갈비뼈 모양의 구조물이다. 한옥에 누워 천장을 바라보면 대들보 양옆으로 촘촘히 박힌 서까래를 볼 수 있다. 이러한 서까래는 한두 개 부러져도 집이 무너지진 않는다. 반면 기둥이 부러지면 무너지고 만다.

"BLU의 경쟁력이 떨어져 가는 것은 일시적인 현상이 아니다. 돌이킬 수 없는 추세다. 따라서 새로운 아이템을 개발하지 않으면 회사의 존속조차 어려워질 날이 올 것이다."라고 하면서 현재의 경영 환경과 미래의 시장 상황을 분석하고 설명했다.

"회사의 미래가 달린 개발이니 내 책임으로 진행할 것이다. 기둥이 부러지는 일은 절대 없을 테니 걱정하지 마라."라고 임원들에게 계속 이야기했다.

### 아이템은 좋지만 투자비가 너무 컸다

그날 이후, 임원 간담회 때마다 2차전지 양극재 개발 진행 과정을 공유했다. 임원들의 암묵적인 동의라도 받기 위해서였다. 하지만 분위기는 항상 냉랭했다.

고객사에 알려지지 않도록 보안에도 신경을 많이 썼다. 고객사가 알면 불필요한 오해를 할지도 몰랐으니까.

그 무렵 Y 고문이 소규모 양산 파일럿 라인 제안서를 제출했다. 약 150~180억의 투자금이 필요하다고 적혀 있었던 것으로 기억한다.

도저히 감당할 수 없는 액수였다. 나는 Y 고문에게 말했다.

"아이템은 너무 탐이 나는데 엄두가 안 납니다. 초기 투자를 최소화해서 시작하고 싶으니 방법을 좀 찾아봐 주세요."

얼마 뒤, Y 고문과 별동팀이 새로운 양산 파일럿 라인 설계도를 제출했다. 이번에는 초기 투자비가 50~60억 원 선이었다. Y 고문이 처음 제시한 제안서 금액의 1/3 수준이었다.

이때 제시된 투자 예상액은 실제는 턱없이 부족했다. 만약 처음부터 실제 투자규모를 알았다면 사업을 시작하지 못했을 수도 있었다.

훗날 Y 고문에게 물어보지는 않았지만 본인은 알고 있었을까? 몰랐을까? 아무튼 원망할 생각은 추호도 없다.

이와 같이 개발투자 검토가 무르익어 가자 사업을 담당할 책임자가 필요해졌다. 사내에는 적임자가 없어서 내용을 제일 잘 알고 있는 Y 고문에게 부탁했다. 하지만 Y 고문은 중국에서 캐나다 자본의 스타트업(start-up) 회사 경영을 맡고 있었다. 그래서 아쉽지만 내 제안을 고사했다.

너무 아쉬워서 그가 일하는 중국 회사에 대해 이야기를 나누어 보았다. 그 회사는 ITO라는 물질을 LG전자의 중국 현지 공장에 공급하고 있었는데, 캐나다인 주주가 M&A 의향이 있다는 것을 알게 되었다. 회사의 규모가 크지 않고 납품처가 LG전자 중국 현지 공장이라 어느 정도 영업도 가능할 것으로 판단되었다. 그래서 현지 공장에 가 보기로 했다.

## Y 고문 영입을 위해 중국 회사를 인수하다

### 중국에 가서 Y 고문의 회사를 실사하다

Y 고문과 함께 중국 강소성 무석에 위치한 江阴加华新材料资源有限公司(강음가화신재료자원유한공사)를 찾아갔다. 그곳에서 산즈차이(单志才) 총경리를 만나 공장 견학을 했다. 이때가 2004년 5월 31일이었다.

형광체용 희토류를 제련하는 회사였는데 캐나다의 AMR이라는 회사의 현지 법인이었다. Y 고문이 경영하던 WWSM도 AMR이 대주주였다.

WWSM은 강음가화신재료자원유한공사 공장 내의 넓지 않은 건물에 입주해 있었다. 반응조 등의 설비를 갖추고 있었는데, 주로 탱크 형태의 공정으로 규모가 크거나 복잡하지 않았으며 한국인 기술진과 현지인 기능직 사원 몇 명이 근무하고 있었다.

제품의 특성과 영업상황 등, 회사 경영 전반에 관한 설명을 들었다. 종전까지 일본 현지 회사가 납품하던 것을 개발해서 납품하고 있다는 설명도 들었다.

이 회사의 주력 제품인 ITO는 TV용 브라운관 모니터 표면에 정전기 방지용 코팅을 하는 데 쓰이는 물질이었다.

Y 고문의 회사는 공급자가 한정적이었고, 설비나 종업원 규모 등의 고정비가 크지 않았으며, 매출 규모는 작아도 원료비 비중이 낮아서 조금만 노력하면 적자는 보지 않을 것 같았다. 기존 회사 제품과 완전히 다른 화학기술 분야의 스타트업을 큰 리스크 없이 인수할 기회라고 생각했다. 또한 회사를 운영하면서 화학 분야 엔지니어들과 새로운 아이템을 개발할 기회도 있을 것 같았다.

다만 제품이 브라운관 TV 모니터에 주로 쓰인다는 것은 마음에 걸렸다. 브라운관은 시장이 축소되어 갈 것으로 예상되었기 때문이다.

이와 같이 장점과 단점이 모두 있었지만 적극적으로 협상해 보기로 했다. 나의 가장 중요한 목적은 Y 고문을 영입하는 것이었기 때문이다. 앞으로 중국에 진출하게 될지도 모르니 교두보를 마련한다는 의미도 있었고.

## 인수한 회사의 상호를 정하고 중국 회사로 등록하다

경영진 간에 대략의 이야기가 끝난 후 실무자 협상이 시작되었다. 실무 협상도 잘 진행되어 몇 가지 쟁점만 남았다. 최종 타결을 위해 양측 대표자가 상해의 대륙특허법률사무소 상해지점에서 밤새도록 협상을 진행했다. 이때 상해지점 대표였던 최원탁 변호사의 도움을 많이 받았는데, 그 후에도 계속 좋은 관계를 이어오고 있다.

우리 측이 과점 주주가 되고 Shan Zhica가 2대 주주가 되었다. Y 고문도 지분참여 했고 개발 및 영업담당 책임자에게는 ST(출자권리)를 부여하여 주인의식을 갖도록 하였다.

그런데 인수한 회사가 중국 관청에 등록이 안 되었다. 회사 이름이 영문이나 한글로 되어 있으면 등록이 안 된다고 했다. 그래서 엘앤에프(Light & Future)를 한자 光未來(광미래)로 번역해서 光未來新材料有限公司(광미래신재료유한공사)로 정하여 등기했다.

우리나라의 의사회 의장 겸 대표이사격인 동사장(董事長)은 내가 맡고, Y 고문이 총경리로서 광미래의 경영을 책임지며, 동시에 한국 본사에 상무로 입사해서 양극재사업 책임을 맡아 겸직하기로 했다.

이와 같이 사업추진 책임자와 핵심 엔지니어들은 어느 정도 확보가 되었다. 하지만 투자금 조달 문제, 사업추진 조직 구성 문제가 남아 있었다.

주주들에게 추가 증자를 요구하기에는 규모가 너무 컸다. 게다가 아직 기술도 제대로 확보가 안 된 상태였다. 아직은 주주들을 설득하기 어렵다고 판단했다. 일단 좀 더 방법을 찾아보기로 했다.

### 신뢰가 핵심이다

그런데 뜻밖의 기회가 찾아왔다. 한때 회사 주가가 공모가 아래로 떨어질 위기에 처했던 시기가 있었는데, 주주들의 불만을 달래기 위해 몇 차례에 걸쳐 자사주를 매입했었다.

그런데 어느 순간부터 주가가 많이 오르기 시작했다. 양극재 개발소식이 시장에 영향을 미친 것 같다. 그러자 어느 기관투자가가 자사주를 사고 싶다는 제안을 해왔다. 자사주를 매각하니 차익이 50억 원 정도 발생한 것으로 기억된다. 양극재 생산 라인 구축을 위한 초기 투자 예상금액과 비슷한 액수였다.

이 돈을 투자자금으로 활용하기 위해 대주주인 H 회장을 만났다. 신 아이템을 준비해온 과정과 현재 상황, 사업계획 등을 설명한 다음, 자사주 처분익의 범위 내에서 신사업을 추진하고 싶다고 말했다.

만약 실패하면 자사주 처분익을 없던 셈 치고 한번 베팅해보자고 했더니, "당신이 알아서 하소."라며 선뜻 동의해 주었다.

나중에 H 회장을 잘 아는 기업인이 나에게 "어떻게 그런 투자를 승인받았느냐?"고 물었다. 처음에는 왜 그런 질문을 하는지 몰랐는데, 알고 보니 H 회장은 거액의 투자를 그렇게 쉽게 결정하시는 분이 아니었다.

'평소에 나에 대한 신뢰가 깊었구나.'라고 느꼈다.

# 제3장

## 변화를 예측하고 선도해야
## 살아남을 수 있다

## 엘앤에프신소재를 설립하여 양극재 사업을 시작하다

### ㈜엘앤에프신소재를 설립하다

이제 남은 건 사업추진 조직이었다.

처음에는 회사 안에서 사업부 형태로 시작하려고 했다. 하지만 기존 임직원들과의 융합이 문제였다.

앞에서도 언급했듯이 이때 당시의 임원들은 모두 전자, 전기 등을 전공한 대기업 연구소 출신들이었기 때문이다. 게다가 잘 알지도 못하는 화학재료를 개발한답시고 개발비를 쏟아붓는 사장에게 불만이 적지 않았다.

급여나 대우에 대한 불만과 형평성 논란도 걱정이었다. 양극재 관련 임직원들은 기존 임직원들보다 좋은 대우를 해줘야 했다. 양극재를 공부하거나 경험한 사람이 국내에 많지 않았기 때문이다. 하지만 이유야 어찌 됐든 급여와 보상체계가 달라지면 회사 분위기가 나빠질 것으로 우려되었다.

고민 끝에 H 회장과 의논해서 자회사를 만들기로 했다. 별도 회사에서 양극재 사업을 추진하는 것이 인재 확보나 회사 운영 등 여러 가지 면에서 낫다고 판단했기 때문이다. 그래서 ㈜L&F신소재를 설립하고 대표이사 사장은 내가 겸직했다. 본사 소재지는 왜관공장으로 정했다.

마침 BLU용 무인쇄 도광판을 제조하고 있던 왜관공장 내에 여유 부지가 좀 있었다. 그래서 이를 활용하여 양극재 LCO(LithumCobaltOxid) 제조 라인 설계에 맞는 건물, 향후 라인 증설도 고려한 맞춤 공장을 설계하여 신축했다. 2차전지 양극재 개발이 본격적으로 시작된 것이다.

당시 우리나라 전지업체에서 사용하는 양극재는 LCO였는데, 대부분 일본에서 수입하거나 국내에 진출한 외국회사(유미코어)에서 조달했다. 그래서 우리도 LCO 생산을 목표로 하여 라인을 구축했다. 비록 소규모였지만 처음부터 양산라인을 갖춘 것이 고객 확보에 큰 도움이 되었다고 생각한다.

훗날 공장 lay-out과 라인 설계에 대해 고객들로부터 많은 칭찬을 받았다. 그때서야 우리 엔지니어들이 설계를 정말 잘했다는 것을 알게 되었다. 그때 고생한 개발팀 모두에게 다시 한번 감사한다.

## 2년 동안의 침묵

이 무렵 개발자와 연구 요원을 확보하는 것이 관건이었는데, 양극재를 전공한 조재필 교수가 지방대학 중에서는 유일하게 구미 금오공대 대학원에 양극재 전공과정을 개설하여 학생들을 가르치고 있었다.

이분이 첫 졸업생 대부분을 회사로 보내줘서 큰 도움이 되었다.

조재필 교수는 오늘날 2차전지 양극재 분야의 세계적 석학으로 인정받고 있으며, 우리나라 2차전지 산업 발전에 큰 기여를 해왔다.

왜관공장에서 생산한 LCO 양극재 샘플을 국내 전지회사 두 곳에 어렵게 제출했다. 이 무렵 LCO 양극재는 소형 배터리용으로 주로 사용되고 있었다.

전지회사들은 우리가 제공한 샘플로 전지 셀(cell)을 만들어서 엄격한 규격 테스트를 했다. 한 사이클이 보통 몇 개월이 걸렸다.

테스트 결과 최종 불합격 통보를 받으면 기다렸다가 또 샘플을 제출하고, 그게 몇 달 뒤에 불합격 판정을 받으면 또다시 샘플을 제출하는 과정이 반복되었다.

처음 몇 번은 그러려니 했다. 우리가 쉬운 일을 하는 게 아니니 감수해야 한다고 생각했으니까.

하지만 공장을 건설하고 2년 가까이 샘플만 만들고 있었으니, 사원들이나 나나 모두 힘든 하루하루였다.

불합격 판정을 받고 회사에 돌아온 직원들은 고개를 푹 숙이고, 어깨를 축 늘어뜨린 채 미안해서 쩔쩔맸다. 의기소침함과 미안함이 얼굴에 가득했다.

나는 그런 직원들의 어깨를 두드리며 용기를 잃지 말라고, 훌훌 털어버리고 새로 만들어 보라고 격려하곤 했다. 그럴 때마다 겉으로는 웃었지만 속은 새까맣게 타들어갔다.

'내가 틀렸나? 너무 무모했나? 해서는 안 될 도전이었나?'
너무 힘들었지만 내색은 할 수 없었다.

# 드디어 배터리 메이저 고객을 확보하다

## 피를 말리는 시간이 계속되고

이 무렵 나는 매일 100㎞ 정도 거리를 출퇴근하며 두 회사를 경영하고 있었다.

오전에 성서 본사로 출근한 다음 오후에 왜관 신소재로 출근하는 날도 있었고, 왜관에 출근했다가 성서로 출근하는 날도 많았다.

직원들이 예비 고객사에 제출한 샘플의 테스트 결과를 보러 가면, 나도 하루종일 긴장이 되었다. 일이 손에 잡히지 않아서 서성거리기 일쑤였다.

한번은 이런 적도 있었다. 직원들이 이번에는 꼭 승인이 날 거라며 큰 기대를 갖고 샘플 테스트 결과를 보러 갔다. 그런데 저녁 퇴근 때까지도 연락이 없는 게 아닌가? 나는 한 임원과 커피숍에서 밤늦게까지 기다리며 속을 태웠다. 하지만 연락은 끝내 오지 않았다.

오죽하면 사장이 기다리고 있는 줄 알면서도 연락을 못 할까? 직원들은 얼마나 힘들까? 그런 생각을 하며 허탈하게 집으로 발길을 돌렸다.

우리 아이들 수능 시험 때나 대학 입시 발표 기다릴 때보다도 더 간절한 심정이었다.


그렇게 피를 말리는 시간이 흘러 2006년 9월, 공장 라인 설치 2년여 만에 드디어 A 전지회사로부터 첫 합격 승인을 받았다. 그때의 기쁨은 정말 말로 표현할 수 없을 정도였다. 직원들과 함께 환호하며 서로의 노고를 격려했다.

끝까지 포기하지 않고 어려움을 이겨낸 임직원들에 감사할 따름이다.

## 세계 1등을 향한 발걸음

어느 날 도쿄 전자·전기 및 배터리 관련 전시회에 갔다. 당시에는 일본이 2차전지 상용화에 가장 앞서 있었기 때문에 견학을 하러 간 것이다.

같이 간 임원의 소개로 GS YUASA 자동차전지부 아라히(荒樋 一夫) 부장을 만났다. 2005년 10월 4일, 도쿄 시나가와(品川)역 부근 식당이었다.

아라히 부장은 초면인 나에게 일본 2차전지 업계의 상황을 대강 이야기해 주었다. 일본 2차전지 업계의 현주소를 이해하는 데 많은 도움이 되었다.

이날 아라히 부장은 다음과 같은 말을 해 주었다.

① 전지재료 사업환경이 아주 좋아질 것이다. 자동차 등 전후방 사업영역이 넓기 때문이다.
② 시험설비를 완벽히 갖추어라.
③ 제품을 중국에 팔지 마라. 3류 회사 된다.
④ 사업 비전을 공유하고, 워크숍을 같이하자는 등의 이야기

그는 일본 최고의 자동차용 전지회사에서 개발, 품질, 기획을 두루 경험한 엔지니어였다. 그 경력만 놓고 봐도 흔치 않은 인재였다.

뿐만 아니라 사람이 성실해 보이고 믿음이 가며, 적극적으로 도와줄 뜻을 표해서 좋은 인상을 받고 헤어졌다.

## 귀가 번쩍 뜨이다: LCO에서 NCM으로

훗날 도쿄 시나가와(品川) 호텔에서 아라히 부장과 다시 만나 많은 대화를 나누었다. 앞으로 회사 고문으로 도와줄 수 있겠느냐는 나의 제안을

흔쾌히 수락해 주었다.

GS YUASA를 은퇴한 뒤였기 때문에 바로 이날부터 회사의 고문이 되었다. 그리고 매달 일주일 정도씩 정기적으로 대구에 와서 출근하며 열심히 직원들을 지도했다.

아라히 고문은 현직에서 은퇴했음에도 불구하고 전지 관련 전시회나 학술 세미나 등에 빠짐 없이 참석해서 공부하곤 했다. 거기서 습득한 정보나 지식을 나와 회사 엔지니어들에게 전해 주려고 열심히 노력하는 모습을 보여주었다.

그러던 어느 날 아라히 고문이 말했다. 현재의 2차전지 양극재는 LCO가 주류인데, 일본에서 최고의 기술을 가진 전구체(양극재 전 단계의 원료) 회사에서 비싼 코발트(Cobalt) 대신 니켈(Nickel)을 많이 쓰는 3원계 NCM(Nickel, Cobalt, Manganese) 전구체를 개발했다고.

지금 우리가 개발하고 있는 LCO는 코발트 산화물인데, 그 당시 코발트 가격의 20%에 불과한 니켈로 만든 니켈코발트망간산화물(NCM)이기 때문에 획기적으로 원가를 절감할 수 있다는 설명이었다.

이 전구체로 인해 재료 분야에 큰 변화가 있을 것이며, 그 회사와 제휴할 수만 있다면 단번에 앞선 양극재 회사가 될 수 있다고 말했다. 그 회사 사장을 잘 알기 때문에 소개해줄 수도 있다고도 했고.

귀가 번쩍 뜨였다. 나는 화학을 공부한 적이 없어서 기술적으로는 이해가 어려웠지만, 같은 성능을 내는 재료의 원가가 5분의 1로 떨어진다니…!

## 혁신제품을 만나다

### 국적을 초월하여 진심이 통하다

그 후 아라히 고문의 주선으로 일본 후쿠이(福井) 해변에 있는 ㈜다나카화학연구소 본사 및 공장을 방문했다. 2006년 4월 27일이었다.

그때 처음 만난 다나카(田中 保) 사장은 아주 온화하고 성실한 경영자로 느껴졌으며, 회사가 가진 기술에

좌로부터 아라히 고문, 다나카 사장, 저자

대해 강한 자부심을 갖고 있었다.

나는 지금까지 회사를 경영해온 과정과 엘앤에프신소재를 설립하게 된 동기, 현재 개발상황 등을 솔직하게 설명했다. 우리는 아직 걸음마 단계이니 좀 도와주면 좋겠다는 내용으로 얘기를 나누었다.

그때 회사 경영관 등에 대한 대화도 나누었는데, 우리 회사의 경영 이념과 제정 과정을 설명하니 깊은 공감을 표하면서, "신뢰받는 회사" 등의 경영이념이 자기 회사와 유사하다고 말해 주었다. 이렇게 경영관과 가치관에 대한 얘기를 나누며 서로에 대한 이해도가 좀 더 깊어지지 않았나 생각된다.

다나카 사장은 이때 내가 사업가로서, 또한 인간으로서 이해할 수 있는 사람이며, 내가 회사 창업부터 현재까지 발전시켜 온 과정에 대한 쓰라림을 잘 알고 있어서 신뢰를 느꼈다고 한다. 이것은 나중에 아라히 고문이 말해준 것이다.

다나카 사장이 신뢰를 중요시하는 이유가 있었다. 과거 타사와의 협력

실패 경험 때문이었다. 그때 많은 일을 겪으며 신뢰가 제일 중요하다는 생각을 갖게 되었다고 한다.

특히 해외 기업과는 제휴가 처음이라 실패하지 않도록 해야 하는데, 신뢰가 무엇보다 중요하다고 강조하면서 협력 방법을 생각해 보겠다고 고문에게 얘기했다고 한다.

나도 양사 제휴를 위해 전력을 기울였다. 다나카 사장과 손을 잡고 NCM양극재 개발에 성공한다면, 후발 업체라는 핸디캡을 벗어던지고 단숨에 선두 회사가 될 수 있다고 확신했기 때문이다.

## 전지재료 사업 성패의 기준: Clean & Qulity

그 후 서울과 도쿄를 몇 차례 오가며 서로에게 도움이 되는 사업모델을 논의하고 친교도 다지면서 이해와 신뢰를 쌓아 갔다. 그리고 최종적으로 다나카화학 본사를 다시 방문해서 생산라인 투어를 한 다음 비밀유지계약서에 서명하였다.

제휴 목표는 다나카화학연구소에서 개발한 삼원계 NCM 전구체와 양극재 제조기술을 엘앤에프신소재에 공급하여 양극재를 생산한 다음, 한국의 2차전지 제조회사에 제시하여 승인받는 것이었다.

이날 다나카 사장은 이렇게 말했다.

"앞으로 전지 재료는 Clean과 Qulity가 사업의 성패를 가를 것이다."

나는 이 말을 수첩에 적어놓고 항상 염두에 두고 경영에 반영하며 일했다.

다나카화학이 신뢰받는 이유도 이물이 수 PPM 이내이기 때문이다. 이 말은 수백 톤을 제조해도 이물이 몇 그램에 불과할 정도로 클린하다는 뜻이다. 일본 전지회사들이 일본 소재 회사 제품만 쓰는 이유가 여기에 있었다.

경쟁사인 OMG와 UMICORE는 원래 광산업을 하던 회사라서 품질관리가 잘 안 되고 있다고 다나카 사장이 말했다.

아래 사진은 비밀유지각서 서명 후에 후쿠이(福井)현 교외에 있는 전통 일본식당에서 양측 임원들과 고문이 함께한 성공기원서명서다.

다나카화학 임원들과 함께 작성한 성공기원서명서

이날 무척 화기애애한 분위기였던 것으로 기억한다. 「단암동」이라는 이름의 이 식당은 메이지유신(明治維新) 핵심 인사들의 모임 장소로 유명하다고 들었다.

그 후 다나카화학 기술진들이 엘앤에프신소재 왜관공장에 와서 우리 기술진들과 함께 고객별 스펙에 맞춘 샘플을 개발·제조하기 시작했다. 그렇게 만든 샘플을 한국의 양대 고객사에 제출하여 테스트를 반복했다. 본격적인 고객 맞춤 개발이 시작된 것이다.

### 2차전지 세계 1위 회사에 NCM양극재 공급을 시작하다.

다나카화학 기술지원팀과 우리 임직원들이 1년 여의 노력 끝에 국내에서 처음으로 삼원계 NCM양극재 개발에 성공하였다. 처음에는 냉담하던 국내 전지회사들이 혁신적인 원가에 관심을 갖기 시작했다.

당시 세계 톱 2차전지회사였던 국내의 두 회사에 신제품을 소개했는데, 개발 의지가 높은 S사가 한발 앞서 품질승인을 내주었다. 그리고 몇 개월 뒤 NCM을 많은 모델에 적용하고 싶으니 6개월 뒤부터 매월 대량의 재료를 납품할 수 있겠냐는 제안을 받았다.

그 말을 듣는 순간 우리는 어안이 벙벙했다. 고객의 납품 요구 물량이 너무 많았기 때문이다.

샘플을 개발해온 왜관 신소재 라인의 생산능력(Capa)으로는 감당할 수 없었다. 새로운 라인 증설이 필요했다.

우리는 일단 소량으로 시작하여 시행착오도 겪고, 개선하면서 서서히 Capa를 증설해 나가고 싶었다. 하지만 고객은 대 롯트 모델에 바로 적용해서 원가혁신 효과를 보고 싶어 했다.

우리나라 최초의 혁신제품을 천신만고 끝에 개발해서 승인받았다고 기뻐하는 것도 잠시, 곧바로 큰 난관에 봉착하게 된 것이다.

## 하늘이 도왔나?

### 운이 좋았던 대구

어쨌든 고객이 6개월의 기한을 제시했기에 어떻게든 방법을 찾아보겠다고 말했다. 그때 생각난 곳이 BLU신공장용으로 신축 중이던 엘앤에프의 성서 4차단지 공장건물이었다.

분양 조건상 건축 의무기한이 다가오고 있어서 LCD 시장 상황이 좋지 않음에도 불구하고 부득이 공장을 짓고 있었다. 성서 3차단지에 있던 본사 및 백라이트 공장을 이곳에 확장 이전할 예정이었다.

이 공장을 활용할 수 없을까?라는 생각으로 검토를 지시했다. 그 결과 기둥의 폭과 길이가 조금 빡빡하지만 가능하다는 결론이 나왔다.

이때는 지붕과 벽을 제외한 뼈대(철골 기둥)까지 완성된 상태였다. 만약 건물의 폭이나 기둥의 간격 때문에 철거하고 재시공해야 했다면 어떻게 되었을까? 공사비 문제는 차치하더라도 고객 납기를 맞추기는 힘들었을 것이다. 엘앤에프신소재는 신생회사라서 대규모 투자를 감당할 능력이 없었으니까.

능력이 있는 모회사가 양극재 제조공장을 건설하고, 자회사인 엘앤에프신소재는 그 공장에서 양극재를 위탁 생산하여 고객사인 전지 메이커로 납품하는 구조로 만들면 본사와 자회사 모두가 윈윈할 수 있지 않을까? 하늘이 또 한 번 우리를 돕는구나!하며 기뻐했던 생각이 난다.

이 공장부지는 몇 년 전 대구시로부터 이십몇 대 일의 경쟁을 뚫고 분양받았었는데, 만약 이 부지가 없었다면 양극재 공장이 다른 지역으로 갔을지도 모른다.

### 나를 믿어준 다나카화학

이 프로젝트가 성공하면 새로운 혁신제품을 세계 1위 전지회사에 공급하는 첫 번째 회사가 될 수 있었다. 그러면 단숨에 세계적인 양극재회사로 인정받을 수 있을 것이다.

나와 임직원들의 가슴이 기대감으로 부풀었다.

즉시 TFT를 구성하여 건축설계를 변경했다. 제작기간이 많이 필요한 소성로와 주요 수입설비 등의 납기 확인, 공장 라인 셋업 일정과 원재료 조달 일정, 시제품 출하 일정 등을 점검했다. 신(新) 공장 건설계획서 및 제품생산계획서를 고객사에 제출하고 계획을 설명했다. 정해진 납기를 맞추겠다고 약속하고 바로 공장건설에 착수했다. 내가 엘앤에프와 엘앤에프신소재의 대표이사를 겸직하고 있었기에 더욱 효율적으로 추진할 수 있었다.

원료 조달에 대해 다나카화학에 확인한 결과, 현 케파로는 안 되고 라인을 증설하지 않으면 어렵다는 실무진의 답변을 받았다. 나는 즉시 다나카 사장을 만나서 고객사인 S사가 2년 후 세계 탑을 목표로 하고 있다고 설명하고, 납기를 맞출 수 있도록 200톤 라인 증설을 요청했다.

당시로서는 급격한 물량 증가였기 때문에 다나카 사장도 쉽게 결정하지 못했다. 나는 고객사의 계획과 우리 회사에 바라는 것을 이야기하면서 설득했다. 결국 다나카 사장은 우리 회사를 믿고 증설하기로 했다.

이제 막 첫 출발을 하는 상황에서 갑자기 대규모 물량을 요청받고, 부담스러운 라인증설까지 해야 하는 상황이었지만 다나카 사장은 우리를 믿고 받아들여 준 것이다. 이 지면을 빌려 다시 한 번 감사의 말씀을 드린다.

이때 다나카 사장이 나름대로 예상을 내어놓았다. "S사는 HEV용 전지가 타겟일 텐데, 만약 그렇다면 한국 정부의 태도가 중요합니다. 그리고 추후 일본 상륙 시에는 문제가 클 겁니다."라고.

## 품질의식과 이물관리가 기적을 만들다

그로부터 6개월 후, 우리는 이 엄청난 프로젝트를 기어코 성공시켰다. 우리를 믿어준 고객과의 약속도 지켰다. 신생회사가 처음 해 보는 대규모 프로젝트를 아무 차질 없이 성공하다니! 정말 기적과도 같은 일이었다.

그 중에서도 가장 놀랍고 기적적이었던 것은 새 공장에서 제조한 첫 롯트가 그 엄격한 고객의 품질검사 승인을 통과했다는 점이다.

워낙 까다로워서 셀 수 없이 많이 불합격했던 검증 과정을 단 한 번에 통과하다니!

이 놀라운 성과에 우리도 놀랐지만 고객사도 깜짝 놀랐다.

고객사 관계자들은 우리가 품질과 납기를 정확히 맞춰낸 것에 칭찬을 아끼지 않았다.

이때 제조 및 품질관리 담당 사원들 중에는 BLU 부분에서 일하던 숙련된 사원들이 많았다. 이번 성과에는 이들의 공이 컸다.

[1등품질, 이물은 적, 매일개선, 공정혁신] 등의 표어를 온 공장에 붙여놓고 오랜 기간 합리화 운동을 전개해 왔기 때문에 높은 품질 의식과 이물 관리에 대한 지식과 안목을 갖고 있었고, 이것이 2차전지 양극재 생산에도 큰 도움이 되었던 것이다.

이것은 나의 주관적인 평가가 아니라 프로젝트를 수행한 책임자들의 종합 평가였다.

## 함께 꾼 꿈이 이루어지다

**엘앤에프 가족이 20여 년간 함께 외쳐온 "세계일등",**
**"지구환경을 맑게 하는 그린에너지소재 글로벌 기업"이 눈앞에**

이와 같은 과정을 거쳐 우리나라 최초로 NCM양극재 상용화에 성공하였다. 당시 세계시장 1, 3위를 차지하고 있던 삼성SDI와 LG화학(現 LG에너지솔루션)에 공급을 하게 되었는데, 이 양대 글로벌 톱 회사가 우리나라 기업이었기에 납품할 수 있었다고 생각한다. 만약 일본이나 미국, 유럽 기업이었다면 어려웠을 것이다.

BLU 회사 사장이 엉뚱하게 2차전지 양극재를 개발한다고 했을 때도, 겨우 직원 몇 명 채용해 놓고 "2차전지 양극재 분야의 세계일등이 되겠다!"고 호언장담하던 나와 회사를 믿고 끝까지 함께한 당시 엘앤에프, 엘앤에프신소재 임직원 모두에게 다시 한 번 깊은 감사의 인사를 드린다.

언젠가 우리 모두가 한자리에 모여 회포를 풀며, 다함께 "세계일등!"을 외쳐볼 날이 올 거라고 믿는다.

여러분들과 내가 「지구 환경을 맑게 하는 그린에너지소재 글로벌 기업」을 탄생시켜서 오늘날 대구 대표기업, 국민기업, 글로벌 기업으로 성장시켰다는 사실에 커다란 긍지를 가져도 좋다고 생각한다.

돌이켜 보면 유상열 전무, 아라히(荒樋) 고문, 다나카(田中) 사장이 있었기에 오늘의 엘앤에프가 있을 수 있었다. 이분들은 나와 엘앤에프의 은인들이다.

## 소재 불모지에서 글로벌 소재기업으로

세상이 변했다. 각종 소형 전자기기는 물론이고 전기자동차와 ESS(에너지 저장장치) 시장이 생각보다 빠르게 성장하고 있다. 2차전지의 핵심소재인 양극재를 개발·생산하는 우리 엘앤에프도 시장과 함께 빠르게 성장할 수 있었다.

오늘의 엘앤에프가 있게 된 것은 2차전지 글로벌 리딩 기업인 삼성SDI와 LG화학(현: LG에너지솔루션) 덕분임을 우리 엘앤에프인 들은 잊지 않아야 한다.

엘앤에프가 소재산업 불모지나 다름없던 우리나라에서 2차전지 양극재 글로벌 기업으로 성장할 수 있었던 것도,

우리나라에 세계적인 2차전지 산업의 생태계를 조성함으로써 수많은 소재, 부품, 장비회사들이 각 분야에서 글로벌 기업으로 성장하고 있는 것도,

2차전지를 세계 최초로 상업화한 일본을 뛰어넘어 오늘날 우리나라가 세계 2차전지 시장을 리드하게 된 것도,

위 두 거인이 있었기에 가능한 일이었음을 부정할 수 없다.

이것은 일본 업계에서도 추월당한 것을 안타까워하며 인정하는 사실이다.

오늘날 제2의 반도체 산업으로 평가받는 세계 배터리 시장을 리드하며 고군분투하고 있는 우리나라 2차전지 대기업들과, 2차전지산업 발전에 기여해온 분들의 업적과 노고를 결코 잊어서는 안 될 것이다.

이제 엘앤에프의 임직원 모두가 함께 외쳐온 "지구환경을 맑게 하는 그린에너지 글로벌 기업", "세계일등"이라는 비전이 이루어져 가고 있다.

적어도 10년, 20년 동안은 영속기업이 될 수 있을지 걱정할 필요가 없을 것이다.

하지만 현실에 안주하면 안 된다. 끊임없이 혁신해야 한다.

눈앞에 있는 거대한 치즈가 언제 사라질지는 아무도 모르니까.

# 2부

엘앤에프

성장의

기록

2부에서는 창업 후 경영활동을 연도순으로 기록하였다. 내가 엘앤에프를 창업하고 은퇴할 때까지, 20년 동안의 기록이다.

신년 시무식과 주주총회 때 내가 했던 인사말 등을 위주로 구성한 다음, 필요에 따라 배경을 설명하는 방식으로 기술하였다.

시시콜콜한 내용까지 넣으면 너무 길어지기 때문에 최대한 핵심적인 내용만 추려 넣었다. 특히 BLU 기업에서 2차전지 기업으로 혁신한 과정은 1부에서 이미 다루었으므로 이번에는 언급만 하고 지나갈 것이다.

또한 엘앤에프와 엘앤에프신소재를 동시에 경영하다 보니, 경영방침 등에서 일부 중복되는 부분이 있음을 밝혀 둔다.

나는 20여 년 동안 엘앤에프를 경영하며 사원들을 위한 글, 신년사, 주주총회 인사말, 거래처에 보내는 글 등을 직접 쓰는 경우가 많았다. 신뢰와 소통을 중요시하는 내 마음이 더 잘 전해지기 바랐기 때문이다.

여러분에게도 내 진심이 전해지길 바란다.

# 제1장
## 기업인으로 서기까지
### 남선알미늄, 정일전자 시절

## 뿌리가 깊어야 흔들리지 않는다

용비어천가에는 이런 구절이 있다.

"뿌리 깊은 나무는 바람에 흔들리지 않으니, 꽃이 아름답고 열매
가 많이 맺힌다."

세상 모든 일이 이와 같다.

엘앤에프의 2차전지 성공 스토리도 마찬가지였다. LG화학과 삼성SDI
라는 거인들이 있었기에 가능했다.

만약 내가 대한민국이 아니라 동남아나 아프리카의 어느 나라에서 태

어났다면, 어떻게 삼성과 엘지 같은 글로벌 대기업에 납품할 수 있었겠는가?

그 나라들을 비하하려는 게 아니라 기회조차 얻지 못했을 거라는 말을 하는 것이다.

정치적으로도 마찬가지다. 지금의 대한민국이 있기까지 여러 대통령들이 헌신하여 왔다.

그분들의 공과는 공평하게 평가받아야 한다. 과가 있다 해서 공을 지우면 안 되고 공이 있다 해서 잘못을 덮어버려도 안 된다. 그래야만 진정한 사회통합을 이룰 수 있을 것이다.

굳이 이런 말을 하는 이유는 대한민국이 너무나도 사분오열되어 있기 때문이다. 진보와 보수가 싸우고 남자와 여자가 싸우고, 기성세대와 청년들이 싸우고 있다.

일자리 창출과 나라살림에 제일 많이 기여하는 경제인들을 제대로 인정해주지 않는 국민들의 가치관도 무척 걱정스럽다.

최근에 "우리나라 기업인들이 자부심을 갖기는커녕 죄인 취급 안 당하면 다행"이라는 신문 칼럼을 봤다. 대부분의 기업인들이 같은 심정일 것이다. 나도 늘 그렇게 느끼며 걱정해 왔다.

이래서야 국가 경제의 미래가 밝을 수 있겠는가?

이대로는 안 된다. 분열과 갈등을 조장하는 세력을 직시해야 한다.

선배 세대와 우리 세대가 60여 년 동안이나 피땀 흘려 쌓아 올린 경제력을, 전 세계가 부러워하는 대한민국의 경제력을 하루아침에 잃어버리진 않을까? 그 결과 미래 세대에게 무거운 짐을 지우지는 않을까? 참으로 걱정이 된다.

세계적인 경쟁력을 성취하기까지 우리 국민들이 오랫동안 힘들게 노력해 왔다. 하지만 잠시만 한눈을 팔아도 모든 것이 무너질 수 있다.

평생을 산업현장에서 보낸 경제인의 한 사람으로서 노파심에서 하는 말이다.

우리는 하나의 뿌리에서 나온 다른 가지들이다. 같은 뿌리를 가진 꽃이고 열매들이다. 반대편에 있는 꽃이나 열매가 병들고 시들면 나에게도 좋지 않다. 힘을 합쳐 다 같이 잘 살아야 한다. 그래야 나도 살 수 있다.

그런 의미에서 이번 장에서는 남선알미늄 재직 시절부터 ㈜엘앤에프 창립 전까지, 30여 년의 직장생활 여정을 간략히 다루고자 한다.

나와 여러분이 뿌리 없이 이 세상에 나온 것이 아니듯, 엘앤에프도 어느 날 갑자기 튀어나온 회사가 아니기 때문이다.

이 시기는 내가 기업인으로서 뼈대를 세우고, 힘살이 돋게 해준 소중한 시간이었다.

이러한 전사(前史)를 아는 것이 엘앤에프의 혁신 과정과 경영철학을 이해하는 데에도 도움이 될 것이다.

(엘앤에프의 창업 과정부터 보고 싶은 분은 다음 장부터 보시기 바란다.)

## 기업의 경리 실무자로 사회에 첫발을 내딛다

### 시대의 흐름을 읽지 못해 취업에 실패하다

1부에서 밝혔듯이 나는 상업고등학교 시절에 가치가 떨어져 가던 주산에 올인했다가 은행에 취업하지 못했다. 전자계산기와 컴퓨터가 주판을 대체해 갈 '거대한 물결'을 보지 못한 것이다.

이처럼 세상의 흐름을 읽지 못하고 익숙한 길에 안주하는 자는 쓰디쓴 대가를 치르게 된다.

지금도 마찬가지다. 아니 지금은 변화의 속도가 그때와는 비교할 수 없을 정도로 빨라진 지 오래다.

열린 눈으로 세상의 변화를 관찰하고 흐름에 올라타야 한다. 지금 당장의 편안함과 익숙함에 중독되면 안 된다. 그것은 우리 자신을 서서히 죽이는 독이기 때문이다.

"변화를 일으키는 자는 리드하고, 변화를 받아들이는 자는 생존하며, 변화에 저항하는 자는 죽는다.(Cause change and lead; accept change and survive; resist change and die.)"

레이 노르다(Ray Noorda)라는 경영자가 한 말이다.

### 남선경금속공업사(지금의 주식회사 남선알미늄)에 입사하다

고등학교 졸업 후, 은행 입행 시험에 두 번이나 실패한 뒤 한동안 집에서 빈둥거렸다. 그때는 너무 힘들었지만 지금 생각해 보면 은행에 취업하지 못한 게 다행이었다. 은행원이 되었다면 '2차전지 성공스토리의 주역' 엘앤에프는 없었을 테니까.

부모님에 대한 죄송함으로 힘든 시간을 보내던 어느 날, 어머니가 남선경금속공업사(이하 남선경금속)의 공장장이셨던 친척 동생분에게 부탁하여 견습 사원으로 넣어주셨다.

당시 대구 침산동에 있던 남선경금속은 알루미늄 주방기구를 생산하는 회사였다. 그때만 해도 대구에서 알아주는 알짜 기업이었다.

나는 남선경금속 공장 숙직실에서 먹고 자며 경리와 자재관리 업무를 배우기 시작했다. 약 두 달 동안 현장 실습을 하며 알루미늄 주방기구 제조의 전 공정을 배웠다.

프레스 작업 중 장갑 끝이 잘리는 아찔한 순간도 있었지만 제조 공정을 파악하고 공장이 어떻게 돌아가는지 알게 해준 소중한 시간이었다. 현장 사원들과도 친해져서 빠르게 적응할 수 있었고, 경리, 총무 업무에 대한 이해도도 높아졌다.

나중에 알았지만 사무 요원이 공장 현장 실습을 받은 것은 창사 이래 처음이었다. 공장장님이 나를 위해 특별히 기회를 주신 것이다. 지금 생각해보면 그 어른이 내 인생 첫 은인이셨다.

입사 다음 해, 공부를 좀 더 해야겠다는 생각으로 회사의 허락을 받아 주경야독을 하며 영남대학교 상학과를 졸업했다.

## 남선경금속㈜에 재입사 후 세무사 시험에 합격하고

군 제대하고 얼마 뒤에 남선경금속 장명진 과장님이 시골 우리 집까지 찾아오셨다. 과장님의 권유로 경리주임으로 재입사하게 되었다.

결혼 후에 가장으로서 책임감이 커졌다. 그래서 세무사 시험을 준비하기 시작했다. 대학 때 공부했던 공인회계사 시험과 공통과목이 많았고, 회사를 다니다 보니 세법도 좀 익혔기 때문이다.

마침 대구에 세무사반 학원 강의가 생겼다. 그 수업을 들으며 몇 개월 공부해서 시험을 봤는데 운 좋게 합격자 명단에 들었다. 1975년 제12회 세무사 시험이었다. 그해 총 합격자가 스물 몇 명으로 기억하는데, 신문에 합격자 명단이 발표되었다.

세무사가 되니 같이 개업하자는 제안도 있었다. 그들이 제시하는 예상

수입은 봉급보다 훨씬 많았다.

그러나 나는 조직에서 많은 사람들과 함께 일하는 게 적성이었던지 개업 문앞까지 갔다가 되돌아온 적도 있었다. 아마 이 시기도 내 인생의 중요한 갈림길이었다고 생각한다.

## 남선경금속의 기업공개 실무를 책임지다

남선경금속은 1978년 5월에 기업을 공개하고 주식시장에 상장했다. 대구 토착기업으로는 처음이었다. 한국 증권시장에 상장된 기업의 수가 100여 개에 불과하던 시절이었다.

회사 경리책임자로서 서울에 있는 증권회사(국일증권)를 오가며 상장 관련 실무를 총괄하였다. 이때 새로운 경험을 많이 했다.

그로부터 6년 뒤인 1984년, 주주총회에서 이사로 선임되어 관리부문 전반을 책임지기 시작했다.

## 대립을 넘어 혁신을 향해

1980년대 후반, 노사분규와 민주화운동의 불길이 전국을 휩쓸었다. 남선경금속에도 격렬한 노사분규가 발생해서 한 달 동안 파업이 일어났다. 나는 폭력적인 노사분규에 경영진 대표로서 맞섰다.

이때 노조의 무리한 요구들을 수용했으면 조금 일찍 끝날 수도 있었을 것이다. 하지만 나는 협상의 결과가 향후 회사 경영에 족쇄가 되어서는 안 된다는 협상 기준을 갖고 있었다. 그래서 협상에 어려운 점도 있었다. 이 부분에 대해서는 생각이 다른 간부들도 있었을 것이다.

이 시기에는 노사분규로 인해 멀쩡하던 회사가 망해서 문을 닫는 경우가 허다했다. 회사가 파산하여 임직원들이 일자리를 잃는 상황을 상상해

보라. 극단적인 노사분규는 결과적으로 이해 당사자 모두에게 돌이킬 수 없는 피해를 입히게 된다.

이런 극단적인 분규를 보면 외부 세력이 개입한 경우가 많았다. 기업의 노사 문제는 해당 기업 노사가 자율적으로 협상을 하면 최악의 상황으로 가는 분규는 거의 없을 거라고 생각한다. 이것은 내가 50여 년간 산업 일선에서, 또한 분규의 현장에서 경험하고 느낀 것이다.

내가 잘 알던 한 기업인도 구미와 인천에서 알짜 수출 기업을 경영하고 있었는데, 노사협상장에 외부인들이 등장하거나 파업을 장기간 끌고 가는 바람에 자기 개인 재산까지 팔아 회사를 살리려고 안간힘을 쓰다가 끝내 파산하고 말았다. 그 밖에도 국내에 진출한 외국기업이 분규를 견디다 못해 다른 나라로 옮기는 경우도 보았다.

30여 년이 지난 오늘날에도 우리나라의 노사 문화는 크게 바뀌지 않았다고 본다. 우리나라 경제가 지속적으로 발전하고 진정한 선진국으로 가기 위해서는 무엇보다 노사 문화가 바뀌지 않으면 안 될 것이다.


한 달 동안의 파업 후유증은 적지 않았다. 어수선한 회사 분위기를 바로잡고 체질을 개선해야겠다고 생각했다.

그래서 과감한 혁신을 계획했다. 인사팀과 함께 직무교육을 준비하기 시작한 것이다.

혁신 교육에 적합한 분을 찾다가 도요타 생산방식으로 유명한 JIT(Just-In-Time) 전문가인 백대균 선생을 알게 되었다.

백 선생과 함께 방촌동 본사와 공장을 둘러보고, 이튿날 경주 코오롱 호텔에서 1박 2일 동안 교육을 받았다.

백 선생의 강의는 신선한 충격을 주었다. 우리 공장의 문제점과 불합리한 공정을 정확히 짚어냈을 뿐 아니라 해결 방안까지 제시했기 때문이다.

휴식 시간에 사장과 임원들에게 장기 지도를 받아 보자고 제안했다. 그 자리에 있던 모든 이들이 선뜻 동의했다. 백대균 선생도 제안을 받아들여 경영지도 계약을 맺고, 수년 간 전사 혁신 운동을 전개하고 지휘했다.

우리는 전사적 혁신 추진 조직을 구성하고 개선 활동을 진행했다. 주 1일은 백 선생의 교육과 현장지도 점검을 받는 개선활동 점검지도의 날로 운영했다.

혁신과 개선에는 저항이 따르는 법! 회사에서도 불만을 표하는 사람이 많았다.

하지만 나와 임원진은 백 선생의 방식이 합리적이라고 믿었다. 그래서 확신을 갖고 밀어붙일 수 있었다.

그중에 하나는 '마이 머신(My Machine) 제도'였다. 모든 직원에게 '내 기계'를 한 대씩 배정한 것이다. 사장을 비롯한 임원들도 예외가 없었다. 임원들의 솔선수범이 중요했기 때문이다. 그래서 한 사람도 빠짐없이 한 대씩 맡아서 닦고 기름치고 관리했다.


이 활동을 통해 공장 생산라인과 운영 체계가 획기적으로 개선되었다. 나는 도요타의 JIT 생산방식과 공장 합리화 방식에 매료되어 많은 걸 배웠다. 내 전공인 재무와 경영관리뿐만 아니라 생산과 공정관리에도 눈을 뜨게 되었다. 이 경험이 나중에 정일전자와 엘앤에프 경영의 밑거름이 되었다고 생각한다.

나중에 내가 경영한 정일전자와 엘앤에프에서도 그때 만난 혁신 지도자인 박재원 선생(당시 LG전자 합리화 팀장)을 초빙해 장기 지도를 받았다.

이렇게 남선에서의 혁신 경험이 미래의 경영에 많은 영향을 끼쳤다.

## ㈜정일전자의 경영을 맡다

어느 날 사장이 계열사인 정일전자㈜의 문제점을 설명하더니, 나를 포함한 임원 3명에게 말했다.

"세 분 중 한 분이 정일전자를 맡아서 해결해 주세요. 원하면 회사인수권도 드리겠습니다."

남선알미늄 계열사였던 정일전자는 냉장고나 전자레인지에 들어가는 멤브레인 스위치를 주로 만드는 회사였다.

당시 정일전자 사장은 지속적으로 모회사에 자금지원을 요구하는 등, 경영상 문제가 많아 보였다. 내가 상임감사로서 공식 감사를 가서 보니 사장은 서울 사무소에 상주하면서 가끔 내려와 보는 식이었다. 구미공단에 있는 공장은 평소 관리자들이 운영하고 있었고.

안 되겠다 싶어 공장을 둘러보고 관리자들과 면담을 해서 운영 상태와 문제점을 대략 파악했다. 사장이 상주하는 서울 사무소에도 가 보았다. 사장이 개인적으로 운영하는 소프트웨어 관련 사무실과 주소가 같았다. 두 개의 회사가 사무실을 같이 쓰는 셈이었다. 자금관리도 투명하지 않았다.

나는 이 모든 문제점들을 감사 보고서에 그대로 기록하여 제출했다. 사장은 그 보고서를 읽어본 후, 고민 끝에 임원 중 한 명이 정일전자 사장을 맡아 달라고 요청한 것이다.

사장의 제안을 받으니 조금은 욕심이 생겼다. 경영관리를 제대로만 하면 충분히 정상화시킬 수 있다는 판단이 섰다. 정일전자를 직접 감사해보니 상식 밖의 불합리한 부분들이 너무 많았기 때문이다. 상식과 합리, 원칙에 따라 경영을 하면 금세 정상화될 수 있을 것 같았다. 그래서 한번 도전해볼까 하는 생각이 들었다.

물론 이런 판단은 내가 여러 해 동안 합리화운동을 추진하며 느끼고 경험한 바가 있었기 때문에 가능했다. 지도 선생에게 배운 JIT 사상에 근거한 공정개선, 생산관리 등등, 업무 프로세스 합리화에 대한 안목이 있었기 때문이다.

한편으론 두렵기도 했다. 남선알미늄에서 20년 넘게 근무하면서 나름대로 쌓아 놓은 업적과 확고한 지위를 포기해야 했기 때문이다.

만약 스러져가는 회사를 되살리지 못하면? 괜히 도전했다가 안정된 직장마저 잃으면? 가족들 부양과 아이들 교육은? 가장으로서 생각이 많을 수밖에 없었다.

'나한테 기회가 와도 확실한 대책이 없으면 못 하겠구나.'라는 생각이 들었다.

하지만 "그래서 못 한다"가 아니라 "어떻게 해야 리스크를 줄일 수 있을까?"라는 쪽으로 고민했다.


며칠 뒤에 누가 지원했냐고 물어보았다. 아무도 없다고 하기에, 내가 해보고 싶긴 한데 주식을 인수할 돈이 없으니 인수 대금을 장기 상환하는 조건으로 해주면 하겠다고 말했다.

사장은 잠시 생각하더니 좋다고 했다. 나는 경영권을 위해 내가 주식을 70%~80% 인수하되, 나머지는 남겨 둬서 자회사로 남아 있는 게 좋겠다고 말했다. 사장은 그것도 동의했다.

며칠 뒤, 사장과 나는 구체적 조건에 합의한 계약서를 작성하고 공시까지 마쳤다.

이때 가족을 위해 한 가지 결심을 했다. 회사를 경영하는 동안 대표이사 개인입보는 절대로 안 하겠다고. 그것이 가족을 지킬 최후의 보루라고 생각했기 때문이다. 나중에 엘앤에프를 경영할 때도 이 원칙을 꼭 지켰다.

물론 금융기관에서는 관행대로 대표이사 입보를 하라고 압박했다. 당시에는 회사가 은행융자(대출)를 받을 때 대표이사가 연대보증을 서게 했기 때문이다. 이것을 '대표이사 개인입보'라고 했다. 이로 인해 힘든 때도 많았지만 절대로 하지 않았다.

## 경영을 맡아 회사를 제대로 파악해보니

정일전자는 원래 국내 모 중견그룹의 자회사였다. 그것을 남선알미늄이 인수했고, 시간이 흐른 뒤에 내가 다시 인수계약을 한 것이다. (지금부터 인수하기 전 회사를 '이전 회사'로 부르겠다.)

'이전 회사'가 남선알미늄에 인수되어 '정일전자'가 되기 전, 일부 직원들이 회사를 나가서 새로운 회사를 차렸다. 그리고는 '이전 회사'가 납품하던 것과 똑같은 부품을 생산해서 LG전자에 납품하기 시작했다. '이전 회사'가 고객사인 LG전자 창원공장의 전자레인지 사업부를 너무 힘들게 한 것이 원인이었다.

이유는 중요하지 않았다. 정일전자가 제1 협력사 지위를 빼앗길 위기에 몰려 있다는 사실이 중요했다.

그밖에도 문제점이 한두 가지가 아니었다. 회사 밖에서 볼 때와는 또 달랐다.

어떻게 해야 회사를 정상화시킬 수 있을까? 치열하게 고민한 끝에 '고객의 신뢰를 회복하는 것'을 최우선 목표로 정했다. 곧바로 고객사들을 찾아가서 내가 경영을 맡게 된 경위를 설명하고, 빠른 시일 내에 경영을 정상화하고 품질을 개선하겠다고 약속했다.

남선경금속에서 혁신 활동을 지도했던 백대균 선생님이 때마침 LG전자 창원공장을 지도하고 계셨다. 그분이 나를 LG전자 경영진에 소개해줘서 큰 도움이 되었다. 늘 감사하게 생각한다.

회사 분위기를 바꾸기 위해 남선에서 추진했던 합리화 운동을 시작했다. 불만이나 저항도 많았지만 우직하게 밀고 나갔다. 그러자 회사에 만연해 있던 패배주의가 사라지고 생산성과 품질이 향상되기 시작했다. 그러자 고객사의 신뢰도 조금씩 회복되어 갔다.

### 100PPM 경진대회에서 최우수 혁신상을 받고 고객의 신뢰를 회복하다

그런데 일부 실크스크린인쇄 기술자들이 자기 기술을 과시하며 좋지 못한 습성을 보였다. 스크린인쇄가 핵심 공정이었기 때문에 배짱을 부리는 것이었다. 나는 이런 사원들을 변화시키기 위해 부단히 노력하였다. 회사 분위기를 쇄신하고 체질을 개선하기 위해서였다.

나는 자질과 인성을 갖춘 신입사원들을 선발해서 집중적인 교육과 훈련을 받게 했다. 우리 회사 최고의 스크린인쇄 기술자의 기술을 배우게 한 것이다.

젊은 신입사원들은 높은 수준의 정밀 인쇄기술을 예상보다 빠르게 습득했다. 거들먹거리던 선배 기술자들과 대등한 실력을 보여준 것이다. 그러자 기존 고참 기술자들의 인식과 행동이 예전보다 훨씬 나아졌다.

신입사원 중에서 제일 먼저 목표 기술 수준에 도달했던 친구가 있었다. 그는 훗날 엘앤에프에 입사하여 승진을 거듭했고, 지금은 고위 임원으로 성장하여 회사의 중요 직책을 맡고 있다. 그런 모습이 어찌 대견스럽지 않겠는가?

그 후 2년여에 걸친 노력 끝에 마침내 LG전자 창원공장 전자레인지 사업부 100ppm 경연 대회에서 최우수 혁신상을 받았다. 신뢰를 회복하겠다는 고객사와의 약속을 지킨 것이다. 곧이어 대우전자에서도 혁신상을 받았다.

그리고 주 제품인 멤브레인 스위치 외에 새로운 제품 개발도 시작했다. EL 제품을 시작으로 자동차 계기판, 휴대폰 키패드 등으로 확장해 나가기로 했다.

그렇게 3년 정도 노력했더니 고객사의 인식이 완전히 바뀌었다. 덕분에 회사가 본궤도에 오를 수 있었다.

## 본사가 IMF사태의 강펀치에 맞아 휘청거리다

한숨 돌리나 싶었는데 이게 웬걸? 상상도 못한 IMF 사태가 터지는 게 아닌가?!

국가 부도 상황이 되자 남선알미늄이 크게 어려워졌다. 첫 번째 원인은 회사 매출의 큰 부분을 차지하는 알미늄 샷시 부문의 부진이었다.

알미늄 샷시는 건축자재다. 그래서 건설회사들이 어려워지면 자연히 타격을 받을 수밖에 없었다. IMF 당시에는 삼성물산이 발행한 어음조차 은행에서 할인받기 어려웠을 정도로 건설사들이 힘들었다.

두 번째 원인은 은행 부채의 증가 때문이었다. 하필이면 그때 본사 공장을 매각하고 논공과 구미에 대규모 증설을 하고 있었던 것이다. 그러다 보니 은행 부채가 많을 수밖에 없었다.

탄탄한 업력과 좋은 재무구조로 그 당시 상장회사들 중에서도 재무상태가 좋은 그룹으로 평가받던 회사가 갑자기 사원들의 월급을 몇 달이나 못 줄 정도였다. 하루아침에 밀어닥친 자금경색 때문이었다. 예전에는 상상도 할 수 없었던 상황이 계속되니 회사와 사원들 모두 힘겨울 수밖에.

사장 이하 일부 임원들은 회사에 출근조차 못했다. 오너인 회장만 간신히 자리를 지키고 있었다. 하지만 회장조차 통솔력을 잃은 상태였다. 경영진에 대한 사원들의 불만이 컸기 때문이다. 사원들은 경영진이 무리한 투자를 하는 바람에 부채가 급격히 늘어났고, 그로 인해 IMF 사태에 더 큰 충격을 받게 되었다고 믿고 있었다.

　그러던 어느 날, 회장과 시내에서 만나 술을 나누며 많은 이야기를 나누었다. 결론적으로 내가 본사에 들어가서 경영을 맡기로 했다.
　본사에 돌아와서 살펴보니 상황이 굉장히 심각했다. 우선 당장의 운영자금이 문제였다. 매일 아침 관계자들과 자금대책을 숙의하고 나면 점심시간이 되기도 전에 파김치가 되곤 했다. 한 치 앞을 내다볼 수 없는, 그야말로 암흑천지였다.
　그때는 그런 회사가 셀 수 없이 많았다. 거대한 대기업들이 줄줄이 쓰러지고 있었다. 정부는 국가부채를 갚기 위해 금 모으기 운동을 전개하였고, 국민들은 장롱 속에 숨겨둔 아이들 돌반지까지 갖고 나와서 자발적으로 헌납했다. TV를 켜면 금붙이를 손에 들고 길게 줄을 선 사람들의 비장한 표정을 쉽게 볼 수 있었다. 각종 단체는 물론이고 계모임까지 해산했다는 소리가 여기저기서 들려왔다. 요즘 젊은이들은 이 모든 일들을 감히 상상조차 하기 힘들 것이다.
　이처럼 IMF 사태는 한국 사회에 극심한 혼돈과 충격을 안겨주었다. 한국 사회는 IMF 사태가 발생한 1997년을 기준으로 완전히 달라졌다. 사회제도와 경제, 경영 패턴, 국민들의 사고(思考)와 삶의 방식까지도.
　물론 IMF 사태 당시에는 그런 생각을 할 여유조차 없었다. 다들 살아남아야 한다는 생각뿐이었다. 나 역시도 마찬가지였다. 나는 절망적인 상황을 묵묵히 헤쳐나가기 시작했다. 사원들의 동참과 협조가 있었기에 가능한 일이었다.

그렇게 몇 달 동안 버텼지만 끝내 한계에 봉착했다. 결국 김대중 정부 들어 처음 생긴 워크아웃 제도를 활용하여 부도를 내지 않고 회사 간판만은 유지하는 것으로 만족해야만 했다. 워크아웃 방식은 주거래은행인 산업은행에서 빌린 차입금을 자본으로 전환하고, 기존 주식을 감자하는 것이 핵심이었다.

부도가 나지 않은 것은 오너의 눈물겨운 희생과 결단 덕분이었다. 회사와 사원들의 일자리보다 자기 재산을 더 중요시했다면 워크아웃조차 불가능했을지도 모른다.

나는 다시 정일전자로 복귀했다.

## 남선알미늄, 그 이후

탄탄하던 남선알미늄이 한 대(代)를 못 이어가는 것을 보고 깊은 책임감과 허무함을 느꼈다.

당시 회사가 너무 어려워 사원들에게까지 피해를 주고 힘들게 했는데, 그런 여건에서도 참고 이해하며 함께해준 당시의 임직원들에게 깊이 감사드린다.

지금도 그때 함께했던 동료들과 1년에 한두 번 만나 정을 나누고 있다. 사회 각계로 진출해 여러 분야에서 큰 성취를 이루며 사회에 공헌하고 있는 후배들을 보면 대견스럽고 자랑스럽다.

# 제2장

## 엘앤에프 경영
## 20년 연대기

---

### 엘앤에프 성공스토리의 시작: 전문경영인의 길을 선택하다

---

**뜻밖의 제안**

1999년 가을, 정일전자㈜ 대표직을 사퇴하고 세무회계사무소를 개업
했다.

그로부터 3~4개월 후, 구미에서 가깝게 지냈던 H 회장이 사무실로 찾
아왔다. 그분은 자신이 소유한 회사의 사정을 설명하면서, 내가 그 회사
의 경영을 맡아 달라는 제안을 했다.

뜻밖의 제안에 당황했지만 딱 잘라 거절하지 못했다. H 회장을 오랫동
안 알고 지내면서 그분의 인품과 가치관, 기업관을 잘 알고 신뢰해 왔기
때문이다. 어렵게 말을 꺼냈을 거라고 생각하니 매몰차게 거절할 수 없었

다. 그래서 일단 생각해 보겠다고 한 다음 장고(長考)에 들어갔다.

사무소를 개업한 지 얼마 되지 않았지만 직원도 몇 명 있었고, 고객들에게 의뢰받은 일들도 꽤 늘어나고 있어서 사무소의 처리 문제가 고민이었다.

하지만 가장 큰 문제는 "그놈의 회사 다니는 거 지긋지긋하지도 않냐?" 면서 못마땅해하는 아내를 이해시키는 일이었다.

결혼 후 30여 년 동안 매일 새벽밥 먹고 출근해서 밤늦게 집에 돌아왔던 생활. 주말에도 쉬지 못하는 경우가 허다했다. 그렇게 열심히 회사 일에만 평생을 바치다시피 했지만 결과도 신통치 않았다. 그런데도 다시 직장생활을 시작하겠다니! 아내가 불만을 갖는 게 당연했다.

## 가슴이 시키는 대로 따르다

그런 고민을 하며 젊은 시절을 되짚어 보았다. 남선알미늄에서 30여 년간 일하는 동안, 내 생각과 다른 경영정책과 CEO의 의사결정이 실행될 때마다 참모로서의 한계에 실망하곤 했다.

그러던 어느 날, 계열사인 정일전자㈜를 맡을 사람이 필요하다는 말을 듣고 고민 끝에 지원했다. 그리고 3년여 만에 정일전자의 위기를 해결하고 본궤도에 올려놓았다. 전혀 생소한 전자부품회사를 맡아서 짧은 시일 내에 정상화시킨 것이다.

나는 이 과정에서 커다란 짜릿함과 보람을 느꼈다. 기업경영을 해보지 않고서는 얻을 수 없는 경험이었다. 그때의 감정을 다시 느껴보고 싶었다. 경영자로서 생각했던 일들을 완료하지 못했다는 아쉬움도 남아 있었고.

게다가 나는 체질적으로 조직에서 많은 사람들과 함께 일하는 것이 적성에 맞는 것 같았다. 그래서 그런지 세무회계사무소 운영에는 별 흥미를 못 느끼고 있었다.

그렇게 며칠을 고민한 끝에 H 회장과 다시 만났다. 내가 전권을 갖고 회사를 경영할 수 있다면 도전해 보겠다고 말했다.

그리고 중소기업이 전문경영인 체제로 갔을 때 예상되는 일들, 서로의 기업관, 회사의 경영 목표, 책임경영 보장 등에 대해서 깊은 얘기를 나누었다.

그 후 아내를 설득하는 일과 사무소를 정리할 방법을 고민하기 시작했다. 고객들에게 피해를 주지 않으면서 정리해야 했기 때문이다. 세무업계 지인들과 상의해서 그 방법과 절차를 검토하였고, 반대하던 아내도 끈질기게 설득하기 시작했다.

결국 세무회계사무소도 잘 정리할 수 있었고, 아내도 알아서 하라며 묵인해 주었다.

나는 H 회장을 찾아가서 말했다.

"하반기부터는 경영을 맡을 수 있을 것 같습니다."

만약 아내가 끝까지 반대했다면 오늘날 대구의 대표 기업이며 글로벌 2차전지 양극재 회사 ㈜엘앤에프는 존재할 수 없었을 것이다.

고집을 꺾고 나를 믿어준 아내가 참으로 고마웠다.

### 무(無)에서 유(有)를 만들기로 하다

그런데 경영을 맡기로 한 지 얼마 후, H 회장이 긴히 의논할 게 있다고 해서 만났다.

"미안하지만 신설 회사를 맡아줄 수 없겠습니까?"

H 회장이 말했다. 처음과는 완전히 다른 제안이었다.

"두 회사가 함께 회사를 신설하기로 했습니다. 아직은 조금 생소하겠지만, LCD용 부품 사업이에요."

H 회장이 새로운 아이템을 하기로 결정한 과정과 동업을 해야 하는 이유 등을 설명하기 시작했다. 그의 표정에 겸연쩍음이 엿보였다. 본인이 경영하고 있던 회사, 그것도 코스닥 상장을 준비 중이던 회사의 CEO로 임명하기로 해 놓고, 갑자기 형체도 없는 신규 회사를 맡아달라고 말을 바꾸었으니.

나는 적지 않게 당황스러웠다. 하지만 다시 생각해 보니 오래된 기존 회사를 운영하는 것보다 새로운 회사를 세워서 출발하는 것도 나쁘지 않아 보였다. 힘은 더 들겠지만 나의 기업 경영관을 더 잘 구현·정착시킬 수 있을 것 같았기 때문이다. 신설 회사지만 확실한 고객사가 확보된 뉴 아이템을 할 예정이라 망할 위험도 크지 않을 것으로 생각했다.

나는 고민 끝에 H 회장의 제안을 받아들였다.

이렇게 하여 엘앤에프는 LCD 백라이트를 제조하는 중소기업으로 시작되었다.

## 엘앤에프는 이렇게 성장했다

### 20년 동안의 경영일지

지금부터 엘앤에프의 설립과 발전 과정을 연도별로 기술하겠다.

이 책을 쓰기 위해 기억을 더듬어 쓴 게 아니라 20여 년간 경영을 하며 틈틈이 기록해둔 것을 다듬은 것이다. 그러므로 기업을 경영하면서 기록했던 내용, 즉 경영일지인 셈이다.

그래서 좀 더 가치가 있겠지만 다소 지루할 수도 있다. 시간 순서대로 이어지는 연대기식 구성이기 때문이다.

하지만 사실을 있는 그대로 전하는 것이 독자들의 이해에 도움이 될 것으로 믿는다.

지금 이 순간에도 수많은 산업역군들이 생산 현장이나 경영일선에서 악전고투, 고군분투하고 있다.

그분들에게 조금이라도 도움이 되고 싶다는 마음으로 썼다.

## 1. 엘앤에프의 창업과 성장(2000~2004년)

### 2000년 7월

### ㈜엘앤에프를 창업하고 LCD용 백라이트유닛(BLU) 사업을 시작하다

회사를 시작하는 데는 두 가지 방법이 있다. 하나는 처음부터 새로 만드는 것이고, 다른 하나는 기존 기업을 인수하는 것이다.

어느 쪽을 선택하든 장단점이 있겠지만, 두 분 주주께서는 경기도 기흥에 있던 ㈜DDK라는 소규모 백라이트 제조사를 인수하기로 결정했다.

우리나라의 LCD 산업은 아직 초창기였다. 대부분이 노트북이나 소형 모니터용이었고, 대형 TV 등은 PDP 제품이 주류였다.

DDK는 300~400평 규모의 임차 공장에서 모니터용 BLU를 소량 생산해서 LPL에 납품하는 회사였다. 양사의 오너가 사업포괄양수도 방식으로 양도·양수하기로 합의하고 7월 초순부터 계약 준비 절차에 들어갔다.

나는 우선 DDK 임직원들에게 주주와 경영자가 바뀔 것이며 고용을 승계할 것임을 알렸다. 원하는 사람은 전부 고용을 유지해주겠다는 뜻이었다. 이와 함께 인수 후의 회사 운영 방침에 대해서도 설명했다.

사원들은 대체적으로 호의적이었다. 중소기업의 열악한 근무 환경과 영업 부진 때문이었을 것이다.

이때부터 구미 ㈜새로닉스 연구소 한편의 조그만 사무실과 기흥 DDK를 오가면서 일을 시작하였다. 남선알미늄에서 함께 근무했던 서상호 부장(당시)을 관리책임자로 영입하였는데, 내가 영입한 1호 직원이었다. 이로써 그는 나와 40여 년 동안이나 같은 직장에서 일하게 되었다. 참으로 긴 인연이었다.

DDK를 인수하고 회사를 함께할 두 분 주주의 주선과 영향력으로, 구미공단에 있는 LG. Philips LCD㈜(이하 LPL)에 LCD용 백라이트(이하 BLU)를 제조·공급하게 되었다.


### 「L&F(Light and Future)」와 「엘앤에프」

이제 법인 설립을 위해 회사의 상호를 만들어야 했다. DDK 사원들을 대상으로 회사명 공모에 들어갔다. 직원들의 아이디어도 활용하고, 새 회사에 대한 관심과 애사심을 높이는 데 도움이 될 것 같아서였다. 물론 당선작에 대해서는 약간의 시상도 하기로 했다.

이때 DDK 임직원은 약 30~40명으로 기억되는데, 생각보다 많은 사원들이 응모해 주었다. 그중에서 관계자들이 함께 선정한 1안이 '빛과 미래'였다. 회사가 취급할 아이템 특성과 잘 어울릴 뿐만 아니라 미래를 지향하는 회사라는 이미지에도 부합했기 때문이다.

이로써 법인명을 '빛과 미래'로 하기로 하고 영문 표기는 'Light and Future'로, 약식 표기로는 'L&F'로 정했다. 그런데 누군가 한글 상호도 영문 발음을 그대로 하면 어떻겠냐는 의견을 내놓았다.

"그거 괜찮은데요?"

즉석에서 모두가 동의했다. 마침내 '엘앤에프'라는 사명이 탄생한 것이다.

이어서 임원 구성과 출자 지분을 정했다. 자본금은 5억 원으로 결정해서 7월 27일에 내가 직접 법인 설립 등기를 의뢰했다. 나는 우선 감사로 등기한 다음, 세무회계사무소를 정리하고 나서 대표이사 등기를 하기로 했다.

## 2000년 8월

## 직원들의 마음을 다독이고 신공장 건설을 추진하다

### 우리는 한배를 탄 식구다

㈜엘앤에프 법인 등기를 마치고 난 뒤, 둘째 아들을 시켜 홈페이지 주소를 'www.landf.co.kr'로 등록했다. 8월 1일 오전 8시였다.

그리고 DDK와 인수계약을 체결하였는데, 개별자산 인수 방식으로 변경 계약하고 종업원은 전원 고용 승계하였다.

회사의 변화된 상황을 함께 공유하고 사원들의 분위기 파악을 위해 공장 관리자들과 미팅을 했다. 덕분에 회사에 대한 사원들의 인식을 충분히 엿볼 수 있었다.

그날 미팅에서 나온 내용을 요약하면 다음과 같다.


① 사원들의 패배의식이 팽배해 있어 분위기 쇄신이 필요하다.
② 생산할 물량이 부족하고 개발할 것도 없다. 일 없는 게 제일 힘들다.
③ 직원들의 이직이 많고 복지 수준이 낮다. 온정주의 인사관리로 버텨 왔다.
④ 영업직은 찬밥 신세였는데 이제 분위기가 바뀌고 있다.


그동안 영업이 부진해서 생산할 물량이 적었고, 물량이 적으니 공장 분위기가 무거웠다고 한다. 그런데 오너가 바뀐 뒤부터 고객사의 태도가 달라졌고, 그것을 느낀 사원들이 회사에 거는 기대가 커지고 있었다.

나는 사원들에게 향후 회사 운영 방향과 경영에 임하는 나의 구상에 대해 설명했다. 그리고 그들과 토론하면서 "우리는 이제 한배를 탄 원팀이다!"라는 의식을 심고자 노력하였다.


## 대구 성서공단에 신공장을 짓기로 하다

DDK 인수계약 후 BLU 납품처인 LPL에 협력업체로 등록했다. BLU 업체로는 네 번째 협력사였다.

그 후 관계자들을 만나 모회사의 방침과 향후 계획, 우리 회사가 해야 할 일들과 추진 일정 등에 대한 협의와 설명을 듣고 대응 계획서를 제출하기로 했다.

두 분의 주주와 협의하여 구미공단 내의 LPL 공장과 가까운 지역에 신공장을 짓기로 결정했다. 기존 기흥공장은 임차공장이라 확장성이 없고, BLU는 부피가 큰 부품이라 납품 시간과 운송 비용이 많이 들며, 모기업에 빠르게 대응할 수 없었기 때문이다.

그 후 LPL의 요구 계획에 맞추어 DDK 기흥공장 케파 증설과 신(新)공장 건설계획서를 LPL에 제출하고 승인을 받았다.

곧이어 8월 18일, 고객사 관계자들과 회사 관리자들이 김천 파크호텔에서 1박 워크숍을 하며 다음 사항에 대해 협의하고 계획했다.

① 기흥공장 증설계획과 신공장 건설계획 검토, 생산품 구성비
② 기흥과 신공장의 생산방식 세부 논의
③ 신공장 프로젝트 진행과 생산 일정
④ 고객이 필요한 납품 일정과 납품량

고객사와의 협의 및 협상은 H 주주와 L 주주의 역량이 없었으면 불가능했다. 그분들 덕분에 그동안 경험해 보지 못했던 생소한 사업 환경에서도 순탄하게 사업을 시작할 수 있었다.

신공장 부지를 물색하면서 증자를 진행했다. ㈜새로닉스 지분 50%, ㈜삼정 지분 35%, 기타 지분 15%의 조건으로 25억 원을 납입하였다. 5억 원이던 자본금이 30억 원으로 늘어났다.

신공장은 고객사와의 접근성이 좋고 인력 확보가 용이한 지역에 2~3천 평 규모로 구상했다. 대구, 왜관, 구미 등을 물색했지만 마땅한 곳을 찾지

못했다. 하지만 고객과 약속한 일정이 촉박했기 때문에 부득이하게 대구시에서 조성 중이던 대구 성서공단 3차 단지에 들어가기로 했다. 새로닉스가 분양받아 둔 1천 평을 양수받기로 한 것이다. 좁아서 조금 아쉬웠지만 공장 건설을 준비해 나갔다.

이 당시 우리나라의 LCD 산업은 초창기였다. 핵심 부품들은 거의 수입에 의존하였으며 제품과 부품의 스펙이 하루가 다르게 계속 변하던 시기였다. 이로 인해 공장 건물 배치와 구조 설계, 클린룸 설계, 제조라인 설계, 라인 구성 등에 어려움이 많았다.

## 2000년 9월

# 회사의 기틀을 잡아 나가다

### 엘앤에프의 CI를 등록하다

빛과 미래를 지향하는 회사라는 정체성을 잘 표현해 줄 CI가 필요했다. CI는 로고와 같은 기업 아이덴티티 상징물을 뜻한다.

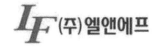

남선알미늄 디자인팀장 출신이 경영하는 디자인 회사에 의뢰하여 CI 시안들을 받았고, 회의를 통해 결정·등록했다.

### 일본 부품회사의 고압적 자세에 와신상담을 떠올리다

신공장 건설 준비를 하면서 노트북용 도광판 조달을 준비했다. 국내에는 만들 수 있는 회사가 없어서 전량 수입에 의존해야 했다.

L 주주의 주선으로 일본의 ㈜프린팅그룹이라는 회사 임원을 서울 63빌

딩에서 만났다. 내가 고객인데도 그는 甲(갑)의 태도로 일관했다.

당시에는 일본 소부장(소재, 부품, 장비) 업계의 힘이 막강했기 때문이 아니었을까? 핵심 부품을 외국에서 수입해야 하는 처지에 대해 많은 것을 느꼈다.

미팅 후 두 달쯤 후인 11월 17일, 도쿄에서 좀 떨어져 있는 ㈜프린팅그룹 본사를 방문하고 공장을 견학했다. 덕분에 노트북용 도광판 제조 공정을 제대로 이해할 수 있었다.

나는 공장을 꼼꼼히 살펴보며 생각했다.

'생각보다 어렵거나 고난이도의 기술은 아니잖아?'


와신상담(臥薪嘗膽)이란 사자성어가 떠올랐다.

'두고 보자! 내가 더 좋은 제품을 만들어주마!'

### 2000년 11월

기흥공장이 안정되기 시작했다. 사원들의 근무 태도가 서서히 변화하면서 생산성도 20% 정도 향상되었다.

주주들과 나는 처음부터 엘앤에프를 벤처기업으로 만들어서 코스닥에 상장시킬 생각이었다. 하지만 이는 결코 쉬운 일이 아니었다. 시설자금을 비롯한 자금도 많이 필요했다.

나는 투자를 받기 위해 기은창투와 접촉했다. 기은창투는 창업투자회사로서 기업은행의 자회사였다.

### 트윈스 클럽에 가입하다

LG. Philips LCD(現 LG디스플레이)의 주요 협력사 모임인 트윈스 클럽 (TWINS Club)에 가입했다.

트윈스 클럽은 신생회사는 가입하기 힘든 모임이었는데, 핵심부품인 BLU 회사라서 가입할 수 있었던 것 같다.

입회해 보니까 우리보다 앞선 BLU 회사가 3개 사가 있었다.

나는 이런 대기업의 협력회는 처음이었는데, 모회사에서 주기적인 회합을 갖고 경영상황을 공유함으로써 모기업과 협력사가 함께 경쟁력을 높여 나갔다.

이를 위해 시장과 업계의 상황을 공유하고, 모기업의 계획 등과 같이 경영에 참고할 만한 정보를 얻을 수 있었다.

뿐만 아니라 전문적인 교육과 경영 노하우 등을 습득할 수 있었고, 회원들끼리 정보도 교환할 수 있었기 때문에 회사 경영에 많은 도움을 받았다.

더 나아가 모기업 경영진과 협력회사 간에 친목을 도모하기 위한 각종

트윈스 클럽 회원들과 함께

행사도 개최했다. 특히 1년에 한 번씩 구미의 명산(名山)에 올라 LCD 산업 발전을 위한 기원제를 함께 올렸던 것이 특히 기억에 남는다.

지금은 BLU 업계를 떠난 지 오래되었지만, 십수 년 동안 협력회를 함께하며 정든 회원들과 모 기업 임직원들 중에는 지금까지도 잘 지내고 있는 분들이 많다. 이러한 훌륭한 분들과 소중한 인연을 맺을 수 있었던 것은 LPL 덕분임을 잊지 않고 있다.

### BLU 생산이 본격화되다

한편 BLU 생산은 V-cutting 방식을 적용하여, 15.1인치 TV용 모니터를 월 1만여 대씩 납품하기 시작했다. 때마침 고객사의 새해 발주 물량이 크게 늘어났다. 그리고 노트북용 BLU도 생산하기로 했다.

문제는 촉박한 일정이었다. 나와 임직원들의 마음이 급해졌다.

## 2001년

## 성서공단 3차 단지에 신공장을 짓고 경영이념 수립에 착수하다

신공장의 설계가 완성되자 본격적인 건설이 시작되었다. 그 과정은 다음과 같았다.

① 건축 발주
② 클린룸 발주
③ lay-out 결정
④ 종업원 채용과 양성

⑤ 공정 관리 시스템 구축

⑥ 양산 경험이 없는 노트북용 도광판 생산 준비


이와 함께 사내 온라인 전산 시스템 구축 계획을 세우고, 경영 컨설턴트를 초빙하여 ISO 9001 획득을 위한 교육을 받았다. 강사는 경영진 준수사항으로 아래 사항을 강조하였다.


① 방침 ~ 의지표명

　회사의 경영방침에는 반드시 최고 경영자의 의지가 표명되어 있어야 한다.

② 조직 ~ 업무분장

　효율적인 조직과 업무분장이 필요하다.

③ 내부감사 ~ 시스템의 효과성

　내부 감사를 통해 시스템의 효과성과 적합성을 검증해야 한다.

④ 주요 고객 불만사항 ~ 고객만족

　특히 주요 고객의 불만사항을 빠르게 해결할 수 있는 시스템 구축이 필요하다.

⑤ 시정조치, 예방조치

　고객불만이 발생하기 전에 해결하는 것이 고객만족의 지름길이다.

⑥ 돈 관리 ~ 경영관리

　안정적인 경영은 선제적인 자금관리와 경영관리에 의해 가능해진다.


## 공장 건설부터 준공까지

신공장 건설과 함께 공장 운영과 생산에 필요한 많은 인원을 짧은 기간에 채용하게 되었다. 신입사원 대부분이 직장생활이 처음이었고 외국인도 많았다. 소수의 간부 사원들도 각기 다른 회사, 다른 직종 출신들이었다.

이때만 해도 LCD BLU는 클린룸(1,000클래스)에서 작업해야 하는 첨단 초정밀 제품이었다. 하지만 우리는 아직 공장조차 완공되지 않은 상태가 아닌가? 양산 공장을 계획된 일정에 셋업하는 것부터가 문제였다.

공장을 완공하는 것은 시작에 불과했다. 고객과 약속한 납기, 품질을 맞출 수 있는 체계적이고 효율적인 설비와 운영체계를 갖춰야 양산이 가능했다. 하지만 많지도 않은 간부 사원들과 회의를 할 때조차 의사소통이 잘 안 되었다. 그들은 DDK, LG, 삼성, 남선알미늄 등의 다양한 출신 배경을 갖고 있었기 때문이다. 각자의 경험과 업무 방식, 관점이 다른 게 당연했다.

간부들이 이 정도니 사원들은 말할 것도 없었다. 경영진이 결정한 사항이 제대로 실행되지 않는 경우가 한두 번이 아니었다.

나는 돌아가는 상황을 파악한 다음 간부들에게 말했다.

"우리는 일 자체만이 아니라 일하는 방식, 직무에 대한 가치관 등에 있어서 각기 다른 경험을 가진 사람들이 모인 조직입니다. 함께 일해 본 기간도 짧고 대부분이 처음 해보는 일들이지요. 의사소통이 안 되고 업무 능률이 안 오르는 게 당연합니다."

내 말에 귀를 기울이는 간부들을 둘러보며 말했다.

"전(全) 사원이 함께 추구하는 우리만의 가치관을 정립해야겠습니다. 일의 목적, 일하는 기준, 원칙과 방법 등을 정립하여 사원들이 숙지하고 체질화하게 합시다."

간부들의 얼굴에 물음표가 떠올랐다. 좋은 말이긴 한데 구체적으로 어떻게 하자는 걸까?

"회사의 경영이념과 비전을 만들고 공동의 목표를 명확히 설정한 다음, 그 목표를 향해 함께 전진하는 겁니다."라고 내가 말했다.

### 경영이념과 비전 수립에 착수하다
나는 경영이념을 제정하고 비전을 세우는 일에 착수했다.

경영이념과 비전은 단지 그럴듯한 문구를 만드는 일이 아니다. 구성원들의 마음에서 우러나오고, 진정으로 공감할 수 있는 이념과 비전이 되어야 한다. 안 그러면 교장선생님 훈화 말씀처럼 하나 마나 한 설교에 불과하기 때문이다. 힘들여 만든 경영이념을 어떻게 사원들에게 숙지시키고 체질화시키는가도 문제였다.

우선 매주 개최하는 주간 간부회의 때 순번을 정해서 한 사람씩 주제를 발표하고 토론하게 했다. 또한 월간 목표관리(MBO) 회의 때마다 주요 과제의 진도를 관리하고 독려했다.

이러한 과정을 통해 우리가 함께 추구하는 일의 가치와 비전, 일하는 방법과 원칙, 기준들이 임직원들의 마음속 깊이 스며들도록 애썼다. 경영이념과 비전은 임직원 전원의 참여하에 서서히 만들어져야 실천 의지가 높아질 거라고 생각했기 때문이다.

회사와 구성원이 함께 성장할 수 있는 방안을 모색하기 위해 다음과 같은 제도들을 검토했다.

- 연봉제와 성과급제
- 종업원 퇴직금 사외적립
- 스톡옵션(stock option) 제도

이 당시 지방 중소기업에서는 흔치 않았던 스톡옵션 제도를 실시했다. 회사 구성원들이 회사와 함께 성장해야 한다는 평소 생각을 실천하기 위해서였다.

전문경영인으로서의 한계도 있었지만, 옳다고 생각되는 일, 꼭 해야 한다고 생각되는 일은 대주주들을 설득해서라도 반드시 관철시켜 나갔다.

세월이 한참 흐른 뒤, 어느 간부가 이때 받은 스톡옵션을 코스닥 상장 후에 행사해서 아파트를 장만하는 데 큰 보탬이 되었다며 감사의 인사를 해 왔다.

그 말을 들으니 참으로 흐뭇하고 뿌듯했다.

**2001년 8월**

## 성장과 내실을 동시에 잡아나가다

**대구 신공장을 준공하고 라인 셋업을 완료하다**

급하게 대구 신공장 건설 프로젝트팀을 구성하여 생산방식 등을 결정한 뒤, 월 10만 대의 capa(생산능력)를 가진 생산라인 구축에 본격적으로 나섰다. 이것은 기흥공장의 5~6배 규모였다. 기존 기흥공장도 라인을 증설하기로 했다.

하지만 성서공단 3차 단지는 아직 제대로 조성되지 않은 상태였다. 도로포장도 안 되어 맨땅인 86B 2L' 부지에 6개월 내로 10만 대 케파의 공장을 완공하여 정상 가동해야 하는 촉박한 일정이었다.

그뿐이 아니었다. 막 인수한 기흥공장에도 매주 1, 2회 이상 방문해야 했다. 임직원들이 안정감과 희망을 가질 수 있게 해주고, 효율적인 공장 운영을 위한 경영정책과 제도들을 새로 구축해 나가야 했기 때문이다.

그러다 보니 몸이 열 개라도 모자랄 지경이었다. 지금 생각하면 어떻게 그랬었나 싶을 정도로 정신없이 뛰어다녔다.

## 거실이 있는 기숙사

공장을 짓는 일은 비교적 쉽다. 설계와 시공업체를 선정하고 공사 점검만 하면 되니까.

하지만 초정밀 제품 양산 체제를 6개월 내에 갖추는 일은 결코 쉽지 않았다. 생산라인과 설비를 설치하는 동시에 수백 명의 종업원을 채용하고 교육해야 했기 때문이다.

이 엄청난 일을 하기 위해 당시 임직원들이 많은 고생을 했다. 특히 기흥공장 직원들과 LPL 시설부장의 헌신적인 노력이 없었다면 불가능했을 것이다. 이 지면을 빌려 다시 한 번 감사의 인사를 드린다.

BLU 조립라인은 대부분이 수작업이라서 기능직 사원들이 많이 필요했다. 따라서 공장 내 기숙사를 필수적으로 갖춰야 했다. 그래서 공장 건물을 설계할 때 사원 기숙사에 신경을 많이 썼다.

기숙사를 설계할 때는 정일전자 재직 시의 경험을 살려서 아파트형 평면을 선택했다. 그리고 좁더라도 거실을 넣어서 사원들이 편히 쉴 수 있게 했다.

대구공장이 준공된 후, 회사를 방문한 혁신 컨설턴트가 공장과 기숙사를 돌아본 다음 말했다.

"지금까지 450여 개의 회사를 지도하고 수천 개의 회사를 방문했지만, 사원 기숙사에 거실을 둔 경우는 처음 봅니다. 아파트형의 좁은 평면인데도 사원들이 함께 쉴 수 있는 공간을 만드시다니, 참 좋은 것 같습니다."

### 한마음 한뜻이 되기 위하여

다행히 LPL의 지원과 기흥공장 사원들의 경험 등을 활용하여 좁은 부지 위에 매우 효율적인 공장을 건설할 수 있었다. 부지가 천 평에 불과한 공장에서 몇 차례 증설을 통해 꽤 사이즈가 큰 부품인 BLU를 월 100억 원 이상씩 생산할 수 있게 된 것이다.

대구공장을 셋업하고 나니 기흥공장과 대구공장의 전체 사원 수가 150여 명으로 급증했다. 나는 신입사원들에게 조속히 회사를 이해시키고 소속감을 심어주려 애썼다.

나는 사원 대표들로 구성된 「한마음협의회」를 통해 경영상황을 설명, 공유하고 간담회도 수시로 개최했다.

또한 다음과 같은 정례 회의체를 구성해서 직접 참석·주재하였다.

① 목표관리(MBO) 회의: 월간 업무계획과 실적 보고회

② 품질회의: 제안제도, 불량품 전시대 설치

③ 개발회의

전사적 자원관리 시스템(ERP)도 구축하여 회사 업무를 통합·전산화하였다. 대구공장과 기흥공장이 같은 ERP 시스템을 사용하자 업무효율도 높아졌다.

그리고 코스닥 상장준비를 위해 삼일회계법인과 외부 감사 계약을 체결하였다.

**2001년 9월**

## 회사의 방향성과 일하는 방법을 확고히 다져나가다

### 목표관리(MBO) 회의 안건 및 결정 사례

2001년 9월 4일, 대구공장에서 다음과 같이 회의를 주관했다.

### 1) 업무관리 방법을 체계화하자

#### (1) 경영이념 및 원칙 중시

기업은 생산활동을 통해 가치를 창조하고 이윤을 추구하는 조직이다. 그러나 '왜 일하는가?'에 대한 대답, 즉 경영이념과 비전이 명확해야 한다. 그래야만 구성원들의 동기부여가 가능하다. 발전하는 회사와 쇠퇴하는 회사, 평범한 회사와 좋은 회사의 차이가 바로 여기에 있다고 생각한다.

그래서 나는 고민했다. 어떻게 해야 모든 직원들의 마음속에 경영이념과 비전이 뿌리내릴 수 있도록 할 수 있을까?

물론 쉽지 않은 일이다. 말로 해서 되는 것도 아니다. 경영자인 나 자신부터 회사의 경영이념과 비전, 사규(社規)에 입각해서 판단하고 경영하기 위해 노력했다.

수신제가치국평천하(修身齊家治國平天下)라는 말이 있다. 먼저 내 몸을 닦고 집안을 잘 다스리고 난 후에 조직을 다스려야 한다는 뜻이다.

경영자의 가장 중요한 책무는 무엇일까? 나는 회사의 영속성을 유지하는 것이라고 생각한다.

그래서 회사의 재무상태와 내부통제 시스템을 수시로 체크하고 확인해야 한다. 재무제표는 회사의 건강진단서라고 할 수 있기 때문이다.

회사도 사람과 마찬가지로 수시로 건강상태를 체크하고 건강유지에 필요한 조치들을 해 나가지 않으면 안 된다.

### (2) 방침관리 전개

방침관리란 회사의 비전 달성을 위한 사업계획(장기, 중기, 단기)을 세우고, 이를 달성하기 위해 경영방침에 따라 각 부문별로 업무목표를 세운 다음 이를 세분화하여 실행, 관리하는 것이다.

이때 주로 PDCA(계획, 실행, 체크, 개선) 사이클을 통해 업무를 추진하고 품질을 개선해 나간다.

이와 같이 방침관리는 회사를 올바른 방향으로, 효율적으로 발전시켜 나가기 위한 필수 관리 도구이다.

### (3) 중요성의 원칙: 일의 순서, 역량 배분 등

목적 적합성과 기대 성과를 달성하기 위해서는 업무의 우선순위를 잘 설정해야 한다. 급하고 중요한 일에 인력과 자원을 집중해야 한다는 뜻이다.

모두가 아는 내용이지만 현장에서는 지켜지지 않는 경우가 많았다. 중요한 일보다 눈앞의 일부터 하는 것이 대표적이다. 나는 이런 현상이 반복되지 않도록 '중요성의 원칙'을 천명하고, 일의 순서와 역량 배분이 효율적으로 이루어지게 하기 위해 애썼다.

### (4) 업적평가 시스템 개발: 능력과 업적에 따른 보수체계 구축

사람은 공정과 공평, 정의 등을 중요하게 생각한다. 부당한 대우를 받는다고 느끼지 않도록 공정한 업적평가 시스템과 보수체계 구축을 위한 노력을 어렵지만 꾸준히 추진해 나갔다.

## 2) 경영환경의 변화와 상황 인식

### (1) 2001년 30% 가격 인하의 교훈

부품회사의 납품가격이 갑자기 30%가 인하되면 보통의 방법으로는 살아남을 수 없다. 이 사실을 전 임직원이 함께 인식해야 한다고 강조하였다.

### (2) 영업 측면

LCD 가격의 급락과 BLU 업계의 공급능력 확대로 영업환경이 급격히 변화하고 경쟁이 심화되는 상황을 임직원들과 공유하였다.

### (3) 코스트 측면: 생산효율 제고(提高) 및 낭비 배제(비효율성과 낭비 요소 발굴·개선)

생산성을 높이는 것은 임직원 모두의 목표가 되어야 한다. 사무실에서, 공장에서, 기타 모든 상황에서 비용을 최소화하고 산출물을 극대화해야 한다.

마른 수건을 쥐어짜듯이 원가를 절감하고 비용을 줄이는 것도 중요하다. 하지만 진정한 생산성 향상은 혁신에서 비롯된다.

### 3) 당면 중요업무
(1) ERP 시스템 구축

(2) 영업, 생산 업무 분장
특히 대구와 기흥 간의 역할 분담에 주력했다.

### 4) 품질 관련
(1) 제안 제도: 실시 시기 결정
나는 현장 직원들이 자유롭게 아이디어를 내고 더 나은 방식을 제안할 수 있도록 장려했다. 훈훈한 분위기를 만들고 제도와 보상체계를 정비하자 직원들이 하나 둘씩 아이디어를 내기 시작했다.

(2) 불량 전시대 설치
나는 공장과 사무실 한켠에 불량품을 전시하는 '불량 전시대'를 설치했다. "불량품을 줄이자!"는 구호를 써 붙이는 것보다 실제 불량품을 보여주는 게 더 효과가 클 거라고 생각했기 때문이다.
내 예상대로 임직원들이 오가며 불량품 전시대를 보았고, 그 앞에 모여서 이야기를 나누기도 했다.
불량 전시대 설치 후에 불량률이 얼마나 줄어들었는지는 측정하지는 못했다. 그러나 임직원들의 주의를 환기하는 효과는 분명히 있었던 것 같다.

## 5) 개발회의

매주 개발회의를 실시하여 제품(모델) 개발기간을 단축시킬 방안 등을 논의했다.

특히 회사가 가진 장점을 최대한 발휘하기 위해서는 무엇을 해야 하는가?에 집중했다. 차이를 만들어내는 것은 결국 나만의 특징 및 장점이기 때문이다.

### (1) 우선순위 결정

매주 회의를 통해 개발의 우선순위를 결정하고 그것을 지키려고 노력했다. 우선순위의 중요성은 아무리 강조해도 지나치지 않다.

### (2) 기술 테마(Theme)

개발하는 기술의 테마가 무엇인지, 왜 이 기술을 개발해야 하고 어떻게 활용할 것인지를 고민하도록 요구했다. 아무리 뛰어난 기술도 방향성이 맞아야 하기 때문이다.

나는 기술에 대해 잘 몰랐지만 내부 개발팀은 물론이고 외부 연구원들도 자주 만났다. 기술이 경쟁력이기 때문이다.

## 6) 컨센서스 미팅(Concensus Meeting)

### (1) 경영이념 및 가치관의 정립·체계화

이러한 방향성은 경영에서도 중요하다. 경영의 방향성은 경영이념, 즉 회사의 미션과 비전에서 드러난다.

기업의 경영이념은 경영자의 가치관에 큰 영향을 받는다. 내 삶의 키워드는 단연 신뢰였다. 나는 과시를 싫어하고 차분하고 진중한 것을 좋아한다.

그래서 엘앤에프의 경영이념에도 신뢰의 중요성이 강하게 담겨 있다. 거래처에 대한 신뢰, 임직원에 대한 신뢰, 고객에 대한 신뢰 등등.

나는 경영자로서, 엘앤에프는 법인(法人)으로서 신뢰를 지키기 위해 애썼다. 그 노력이 헛되지 않았는지, 국내는 물론이고 일본, 중국 기업들과 경영자들에게도 신뢰를 얻을 수 있었다.

### (2) 경영정책과 방침의 이해·공유

무엇보다 내부적인 신뢰를 확립하는 게 더 중요하다. 이를 위해 '신뢰'라는 '경영이념'을 '경영정책과 방침'에 스며들도록 노력했다. 추상적인 이념을 실질적이고 구체적인 경영정책과 방침으로 구체화한 다음 임직원들이 그에 따라 생각하고 행동하게하려고 많은 노력을 기울였다.

### (3) 하의상달, 상의하달

임직원들이 경영이념과 가치관을 공유하며, 공동의 목표를 향해 함께 노력한다는 최소한의 컨센서스가 있어야 한다. 불만이 없는 회사는 없겠지만 한배를 탔다는 가족 의식, 동료애, 리더십과 팔로워십 등이 훨씬 커야 한다는 뜻이다.

임직원들 간의 커뮤니케이션과 스킨십만 가능해도 최악의 사태는 피할 수 있을 것이다. 돈을 못 버는 회사는 살아날 수 있지만 소통이 안 되는 회사는 죽는다. 배가 고픈 사람은 생존할 수 있지만 혈관이 막힌 사람은 바로 죽는 것과 같다.

그래서 나는 사원들의 의견이 경영진의 의사결정에 반영되게 하고, 모든 임직원이 일체감을 가지도록 하기 위해 부단히 노력했다.

**ERP 운영을 시작하다.**

2002년 사업계획 달성계획과 추진전략 마련을 위한 워크숍(work-shop)을 개최하였다.

스톡옵션과 각종 인센티브 제도, 산업재산권 취득 장려제도, 각종 목표지향 성과장려제도, 사원제안제도와 우리사주조합 결성 등을 계획하고 실천하였다.

## 기업부설연구소를 설립하고 회사의 기반을 다지다

### 최고의 BLU 메이커가 되기 위하여

2001년은 참으로 힘든 한 해였다. 국내외의 경제 환경과 사상 최악의 LCD 시장 여건 때문이었다.

하지만 그런 상황에서도 대구 성서공단 3차 단지에 첨단제품을 생산하는 자체 공장을 건설하였고, 최적화된 BLU(Back Light Unit) 라인을 Set-up하고 가동하였으며, 120여 명의 새로운 가족이 생겼다.

매출액도 2000년에 47억 원에서 170억 원으로 늘어났고 제품의 종류도 다양해졌다. 모니터용 모델 두 개뿐이던 제품군이 노트북과 모니터 합쳐서 10여 개로 늘어난 것이다. 이로써 명실공히 BLU 전문회사로서의 기초를 마련하였다.

우리나라의 경제 상황은 극소수 분야를 제외하고 거의 모든 업종이 경쟁력을 잃어 점차 축소, 소멸되어 가고 있었다. 이러한 환경 속에서 LCD 시장도 작년 1년간 가격이 절반으로 떨어졌었다.

다행히 10월을 기점으로 반등하기 시작했다. 모니터의 수요가 급증하고 있어 올해는 수요와 공급이 균형을 이룰 것으로 보인다. 전문가들은 앞으로 2~3년간은 꾸준히 수요가 늘어 날것으로 내다보고 있다. 우리에게는 참으로 다행스러운 추세라고 할 수 있다.

그래도 우리는 시장이 크고 있는 몇 안 되는 첨단분야에 종사하고 있다는 긍지와 함께, 이런 환경을 만들어 준 고객사의 고마움을 항상 가슴속에 간직해야 한다는 점을 사원들에게 주지시켰다. 고객사는 물론 LG. PHILIPS LCD(LPL)였다.

그러나 아무리 성장 분야라 할지라도 경쟁자는 무수히 많다. 우리가 경쟁력을 가지지 못하면 그들과의 경쟁에서 뒤처질 수밖에 없다. 따라서 ① 품질 ②납기 ③가격(QDC)의 우수성이라는 세 가지 경쟁력을 최고 수준으로 유지하기 위해 최선을 다해야 한다.

우리의 신념인 "세계제일의 품질을 제일 경쟁력 있는 원가"로 만들기 위한 하드웨어는 어느 정도 갖추어졌다. 여기서 하드웨어는 시설과 사람을 뜻한다.

이제는 지혜와 창의력, 효율성과 같은 소프트웨어를 극대화해야 한다. 끊임없는 노력과 연구개발을 경주해야 한다. 그래야 최고의 BLU 메이커가 될 수 있기 때문이다.

나는 틈만 나면 다음과 같이 강조하였다.

"3년 이내에 기술력과 경쟁력을 갖춘 최고의 BLU 메이커가 됩시다. 사회로부터 믿음과 인정을 받는 회사로 성장하고 발전시켜 나갑시다. 그래야 우리 엘앤에프 가족들의 꿈과 보람이 실현될 수 있을 테니까요."

## 경영목표

2002년의 경영목표는 작년 대비 120% 증가한 377억 원의 매출, LOT 합격률 1위로 정했다. 코스닥(KOSDAQ) 등록, 즉 증권시장 상장도 최우선 목표로 설정되었다.

이러한 목표를 달성하고 회사의 비전을 실현하기 위해 다음과 같은 경영방침을 세웠다.

### 첫째, 고객 신뢰 확보

고객은 세 부류로 나눌 수 있다. 첫째, 우리 제품을 선택해주시고 이용해주시는「고객」, 둘째, 우리 회사에 부품을 공급해주시는「조달고객」, 셋째, 주주와 사원 등의「내부 고객」.

세 부류의 고객 모두에게 신뢰받는 회사가 되어야 한다. 그래야 일류 회사가 될 수 있고 사원들의 긍지도 높일 수 있을 것이다.

### 둘째, 효율적 생산체제 구축

### 셋째, 핵심기술력 확보

백라이트(Backlight)의 핵심 부품인 도광판의 설계와 제조에 관한 핵심기술을 개발·보유하여 최고의 회사가 되자.

### 넷째, 낭비를 철저히 배제

고품질의 제품을 싸게 만들기 위해서는 우리 주위에서 발생하는 모든 낭비를 없애야 한다. 낭비는 원가(Cost)를 상승시켜 모두에게 손해를 입히기 때문이다.

## 사원들에게 주인의식을

올해도 사원들과의 대화와 한마음협의회(노사협의회의 우리 회사 명칭)를 통해 회사의 경영방침과 상황을 설명하였고, 동시에 사원들의 의견과 애로사항, 건의사항 등을 청취했다. 이러한 기회를 최대한 자주 가지려고 노력했다.

또한 사원들을 외부의 악(惡)으로부터 보호하기 위해 노력했다. 이 무렵 성서 3차 단지에는 신공장들이 많이 들어서고 있었다. 특히 우리 회사는 단기간에 많은 사원들이 입사하였고, 외국인 연수생들도 많았다. 그래서 외부 불순 세력의 표적이 되기 쉬웠다.

실제로 공단 내에 있던 멀쩡한 회사가 장기간의 분규를 견디지 못하고 끝내 파산하는 경우도 목격했다. 그래서 나는 특정 세력을 차단하고 조직을 안정시키기 위해 최선을 다했다.

이러한 노력의 핵심은 사원들에게 주인의식을 심어주는 것이었다. 사원들에게 주인의식이 있으면 불순세력이 회사에 잠입해도 의연하게 대처할 수 있을 테니까. 또한 분규에 휩쓸렸을 때 어떤 부작용이 생길 수 있는지도 이해시키려고 노력했다.

과거 남선알미늄에서의 오랜 노사관리 경험이 큰 도움이 되어 주었다.

## 드디어 경영이념을 완성하다

4월 24일 임원회의에서 경영이념이 최종 확정되었다.

거의 8~9개월 동안 매주 토론하고 검토해 온 경영이념을 사훈이라는 형식으로 완성한 것이다.

엘앤에프의 사훈이자 경영이념은 아래와 같다.

# 엘앤에프의 이념(理念)

## 1. 신뢰(信賴) 받는 회사

고객, 주주, 사원, 사회로부터 신뢰받는 회사 건설

- 고객지향적인 최적의 System 구축을 통한 고객만족을 창출
- 품질 우선 정책을 통한 고객만족도 NO.1 실현
- 합리적 경영과 무차입(無借入) 경영으로 신뢰 창출

## 2. 최고 기술(技術) 회사

적극적인 R&D투자로 핵심 기술역량을 확보하여 첨단기술 선도회사로

- 핵심기술 개발
- 산학, 산연 프로젝트의 적극 활용으로 원천기술 확보
- 기술연구소를 설립하여 우수기술인력 확보: 신제품, 생산 Know-How, 개
  량기술개발

## 3) 보람 있는 회사

구성원의 능력과 창의를 최대한 발휘할 수 있는 시스템 개발과 기업문화를
형성하여 보람을 창출할 수 있는 회사 실현

- 회사의 사회적 가치를 높여 구성원의 사기 앙양
- 구성원의 목표와 회사의 목표를 연계할 수 있는 시스템 개발
- 성과와 보상을 연계하여 능력 있는 구성원 양성
- 임직원의 주식 소유 확대로 회사와 더불어 성장할 수 있는 바탕 마련

이날 회의에서 중요한 제도 몇 가지를 더 결정했다.

① 장학제도
② 차량운행 지원제도
③ 직무발명 보상제도
④ 정기 승진, 승급, 연봉제 결정
⑤ 직능자격 제도 검토

또한 인센티브(incentive) 제도의 유지 발전을 계속 검토, 연구과제로 삼았다.

### "정직한 사람이 되어라"

나는 왜 「신뢰받는 회사 만들기」를 사훈의 첫 번째 항목으로 정했는가?

그것은 부모님 덕분이었다. 나는 어릴 때부터 "정직한 사람이 돼라"는 말을 밥 먹듯이 들어왔다. 어렸을 땐 막연히 거짓말을 하지 말라는 말씀 정도로 이해했었다. 하지만 성인이 되어 보니 그게 아니었다. 사회생활을 하면서 많은 일을 겪고 많은 사람을 만나 교류하는 과정에서 깨닫게 되었다.

부모님이 말씀하신 정직은 단지 거짓말하지 말라는 말씀이 아니었다. 신뢰받지 못하는 사람은 성공할 수 없다는 뜻이었다. 개인뿐만 아니라 기업과 국가도 마찬가지다. 이러한 생각이 자연스럽게 나의 중요한 가치관으로 자리잡게 되었다.

그래서 회사를 경영할 때도 신뢰를 제일 중요하게 생각했다. 어떻게 해야 고객들과 사원들에게 신뢰받는 회사가 될 수 있을까? 단순히 고민만한 게 아니라 끊임없이 실천하려고 노력했다.

분기별로 경영상황 설명회를 열어서 회사의 경영실적과 상황을 사원들과 공유한 것도 신뢰 구축을 위해서였다. 사원들이 경영목표를 이해하면 내가 왜 일해야 하는지, 어떻게 일해야 하는지를 깨닫게 된다. 그러면 자발성과 창의성이 생겨나고 스트레스가 줄어든다. 의미 없는 일을 반복하는 것만큼 사람을 무기력하게 만드는 게 없는 법이니까.

그밖에 작은 것들도 바꿔 나가려고 노력했다. 예를 들어 급여나 상여금 지급 일자가 휴일인 경우 휴일 다음 영업일에 지급하는 것으로 사규에 정해져 있었는데, 휴일 전에 지급하는 것으로 변경했다. 협력사의 납품 대금도 같은 방식으로 지급하기로 했다.

요즘은 이게 당연하지만 당시에는 그렇지 않았다. 어떻게든 늦게 주면 은행 이자를 그만큼 득을 볼 수 있기 때문이다.

하지만 돈보다 신뢰가 훨씬 더 중요하다고 생각했다.


"돈을 잃으면 조금 잃는 것이지만 신뢰를 잃으면 모두 잃는 것이다."


### 경영이념 실천회의를 지속하다

경영이념이 확정되자 「경영이념 실천회의」를 계속했다. 부문별, 팀별로 선정된 경영이념 달성 세부 실천 방안들을 보고받은 다음 최종적으로 확정하는 방식으로 진행되었다.

한 예로 03년 9월 26일의 이념실천 회의에서 논의된 사항들을 보면,


① 일에 대한 가치를 느낄 때 보람을 느낄 것이다.

② 일, 목표에 대한 이해와 설명이 있을 때 참여자들의 인식과 태도가 달라진다.

③ 순수성이 있을 때 수용성이 높다. 즉 불신풍조 해소가 중요하다.

경영이념 달성 세부 실천 사항 결정 과정에서 제시된 사례들은 다음과 같다.

### 1. 생산팀
① 공정별 품질현황 게시
② Slogan 팀내 공모

### 2. QA팀
① 검사는 신속하게, 판단은 신중하게
② 협력사 관리 3개 방안

### 3. 영업자재팀
① 고품질 적기납품
② 고객의 눈과 발이 된다.
③ 1일 회의 운영: 라인의 문제를 알자

### 4. 개발팀
① 최고의 상품 적기 납품

### 5. 기획팀
나로부터 시작하자

장기간의 토론을 거쳐 "우리는 최첨단 제품을 최고의 품질로 만들고 있습니다"를 핵심 표어(Main Slogan)로 정한 다음, 눈에 잘 띄는 장소마다 붙여 놓았다.

이러한 회의를 약 2년 동안 계속했다. 경영이념을 구체화하고 구성원들에게 체화하는 것은 오
랜 시간을 요한다. 하지
만 일단 경영이념과 실천
방안이 내면화·습관화되
면, 그때부터는 임직원들
이 자발적으로 일하기 시
작한다. 공동의 목표를 향

당시 본사 공장 입구 벽면

해 함께 나아간다는 공감대가 형성되기 때문일 것이다.

그러므로 어떤 조직이든 왜 이 일을 하는지, 어떻게 해야 하는지, 무엇
을 해야 하는지에 대한 컨센서스를 확립하고 꾸준히 실천해 나갈 필요가
있다. 경영진만 떠드는 게 아니라 말단 신입사원까지 한마음 한뜻이 되어
야 한다는 뜻이다.

이를 위해서는 경영진의 솔선수범과 신뢰가 필수적이다. 그래야만 임
직원들이 마음을 열고 열심히 일할 것이다.

### 경쟁력 있는 생산기술 확보
메인 슬로건에 이어 다음과 같이 보조 슬로건을 정했다.

"경쟁력 있는 생산기술 확보."

우리는 LPL의 BLU 협력사 중에서 마지막인 4번째로 진입한 후발 업체
였다. 그래서 선발 3사에 비해 모든 면에서 열위에 놓여 있었다. 나는 상
위 3사를 따라잡아야, 아니 그들을 넘어서야 생존할 수 있다는 사실을 사
원들에게 강조했다. 사원들에게 구체적인 목표를 제시하고 강한 의지를

불태우게 하기 위해서였다.

단순히 사원들의 사기를 진작시키기 위해서가 아니었다. 후발주자로서 생존하기 위해서는 반드시 그렇게 되어야 했다. "세상은 1등만 기억한다."는 말도 있지 않은가?

그래서 이를 위한 동기부여와 정책개발 및 실행에 초점을 맞추었다. 그리고 우리 바로 앞에 있던 3위 업체부터 넘어서자는 단기 목표를 제시했다.

당시 LPL의 BLU 부문 협력사 3위는 왜관공단에 위치한 ㈜레이젠이라는 회사였다. 레이젠은 오랜 금형 제조업력과 기술력을 바탕으로 BLU 개발·제조능력을 인정받고 있던 코스닥 상장회사였다. 우선 이 회사를 벤치마킹한 다음 뛰어넘자고 사원들에게 이야기했다.

그러자 임직원들의 눈빛이 달라졌다. 뜬구름 잡는 이야기가 아니라 구체적인 목표를 제시했기 때문이다. 모두가 레이젠을 뛰어넘을 방법을 생각하기 시작했다.

그 답은 이미 나와 있었다. 신뢰받는 회사, 최고기술 회사, 보람있는 회사가 되는 것! 즉 경영이념대로 실천하면 되는 것이었다. "사장님은 왜 경영이념처럼 뜬구름 잡는 소리에 집착하시지?"라고 생각하던 임직원들이 내 깊은 뜻(?)을 조금은 이해하지 않았을까?

## 우리 구단의 선수는 누구인가

어느 날 경영이념 실천회의에서 내가 물었다.

"리더들과 일선 사원들 사이에 생각의 괴리가 큽니다. 이걸 어떻게 극복할 수 있겠습니까?"

그러자 누군가가 말했다.

"우리 회사를 스포츠 구단이라고 생각해 보시죠. 그럼 우리 구단의 선수는 누구겠습니까?"

회사를 스포츠 구단에 비유하다니, 참으로 신선한 발상이었다.

"우리 구단의 선수라⋯."
"경영진이 아닐까요? 회사의 방향을 결정하니까요."
"회사의 허리를 담당하는 간부들이 선수죠."

열띤 토론 끝에 답이 나왔다.

"제품을 직접 만드는 일선 기능 사원들이 우리 구단의 선수입니다."

이날의 회의는 일선 사원들에 대한 리더들의 인식과 개념을 재정립하는 계기가 되었다.

---

## 엘앤에프인의 5대 행동강령

경영이념을 실천하기 위한 노력의 일환으로, 〈엘앤에프인의 5대 행동강령〉을 제정하여 곳곳에 게시하고 기회 있을 때마다 강조하였다.

1. 고객 먼저
2. 필행 규칙
3. 낭비는 죄

---

## 2003년

# 회사를 성장시켜 코스닥에 상장하다

### 사원들에 대한 고마움과 미안함

LPL 협력회 회원들과 함께 LPL의 중국 남경공장 건설현장을 방문했다. 건설현장 시찰을 마치고 시내를 관광하던 중에 한국에서 전화가 왔다. 코스닥 상장 심사를 통과했다는 소식이었다. 함께 간 협력회 회원분들이 축하해 주셨다.

창업한 지 겨우 4년 만에 벤처기업들의 꿈인 코스닥 시장에 상장하다니! 안팎으로 인정받고 신뢰받는 회사로 한 발짝 다가섰다는 생각에 너무나 뿌듯했다. 그동안 함께 고생해 온 사원들을 떠올리니 감회가 더욱 깊었다.

운 좋게도 창업 이듬해부터 LCD 시장이 성장하면서 LPL 납품량이 늘어났다. 그래서 대구공장을 신설한 지 얼마 안 되어 또 증설을 했다.

그 결과 2001년 44만여 대, 약 168억 원이던 매출이 지난해에는 124만여 대, 410억 원으로 증가했다. 약 170%로 신장시킨 셈이다. 품질목표에는 조금 모자랐지만 창업 3년여 만에 이룬 성과로서는 괄목할 만한 수준이었다.

이 모든 게 사원들 덕분이었다. 사원들이 회사를 믿고 목표를 이루기 위해 열심히 노력하지 않았다면 절대로 불가능했을 테니까.

하지만 공장을 확장하면서 납기까지 맞춰야 하다 보니 전 직원이 휴일도 없이 근무해야 했다. 힘들어하는 사원들의 모습이 너무 안타까웠지만 내색하지 못했다.

신생 회사의 생존을 위해 묵묵히 소임을 다해준 사원들이 너무나 고마웠다.

## 코스닥에 상장하다

연초에 회사가 코스닥 증권시장에 상장되었다. 회사의 사회적 가치를 향상시키기 위해 꾸준히 노력해온 결과였다.

코스닥 상장은 회사의 모든 부분에 대한 엄격한 심사를 통과했다는 뜻이다. 사회적으로 신뢰받을 수 있는 최소한의 기준을 충족한다는 뜻이기도 하다. 뿐만 아니라 우리 엘앤에프 가족들의 사회적 가치가 그만큼 향상되었다는 말도 된다.

이 또한 세계 1등 고객이 있었기에 가능했던 일이다. 나는 임직원들에게 이 점을 한시도 잊지 말고 항상 감사한 마음을 가슴에 새기자고 당부하였다.

회사가 짧은 시일 내에 큰 성장을 거두었지만 안심할 순 없었다. 아직도 넘어야 할 산과 헤쳐나가야 할 험난한 길들이 무수히 가로놓여 있었기 때문이다. 작은 성공과 장밋빛 현실에 도취하는 순간 끝장이라고 늘 강조했다.

## 전사(全社) 합리화 운동을 전개하다

전문가들은 새해에도 LCD 가격이 하락하고 수요는 확대될 거라고 예측했다. 물량은 늘어나겠지만 회사의 부가가치, 즉 수익성은 줄어들 게 분명했다.

따라서 가격하락과 물량증가 모두에 대한 확실한 대책이 필요했다. 나는 임직원들의 창의와 경쟁력, 열정을 강조하면서, 고객에 대한 책임을 다한다는 정신으로 물량증가에 대비하도록 했다.

이와 같은 제반 사항들을 감안하여 2003년의 경영목표를 「생산 약 200만 대, 매출 650억 원」으로 정했다. 이를 달성하기 위해서는 6월까지 월 생산능력 30만대를 갖추어야 했다.

그래서 다음과 같은 경영방침을 확정하여 임직원들과 공유했다.

### 첫째, 고객 신뢰 확보

고객으로부터의 신뢰 확보는 우리 회사의 경영이념이며 그 무엇보다 중요한 일이다. 창사 이래 제1의 경영방침으로 삼고 꾸준히 노력해 왔지만 아직도 품질과 납기 등에서 고객을 안심시키지 못하는 실정이다.

게다가 우리 고객은 세계 최고의 위상과 이미지를 구축해 가고 있다. 만약 우리가 그에 걸맞은 품질과 생산기술, 서비스 수준을 갖추지 못한다면 고객에게 피해를 주게 될 것이다.

그러므로 올해는 특별한 의식과 노력으로 확실한 신뢰를 확보해야 하겠다.

### 둘째, JIT 베이스 합리화 운동 시작[1]

2~3년이라는 짧은 기간 동안 신공장 건설과 급격한 케파(Capa) 확대, 모델 종류 증가가 동시에 발생했다. 이에 대응하기 위해 대규모 채용을 단행하였고, 그 결과로 신입사원 비율이 크게 늘어났다. 신입사원의 폭증은 안정적인 생산과 품질 유지에 큰 부담을 주었으며, 질적인 경영 효율성에도 악영향을 주었다.

한편 LCD 시장의 공급 과잉으로 인한 가격 경쟁이 점점 치열해질 것으로 전망되고 있다. 따라서 모든 것을 합리성, 효율성, 원가의 관점에서 다시 검토해야 하며, 그 어떤 비효율과 낭비요소도 철저히 혁신해 나가지 않으면 안 된다.

남선알미늄의 사내 혁신 운동의 일환인 한마음 개선학교의 제1기 수료식

1989년 9월까지 전개되었던 4정관리운동과 맥락을 같이한 것으로 기본 개념은 4정(정리, 정돈, 청소, 청결)관리＋JIT(Just In Time)였다. 낭비 배제 운동의 결과 공정 소요 시간이 단축되고, 생산 수량이 증가했다. 또한 재고가 감소하고 불필요한 원재료가 사라졌으며 생산 라인의 개선으로 작업 현장내 여유 공간도 확보할 수 있게 되었다. 이러한 정량적인 결과 뿐만 아니라 낭비배제운동은 남선인들의 의식 개혁에도 많은 성과를 가져와 '과연 얼마나?' 라는 의심섞인 사고가 '하면 된다' 라는 긍정적이고 적극적인 사고로 바뀌었다.

**혁신2000운동**

남선알미늄은 1992년 6월 10일, 4정관리운동과 낭비배제운동에 이은 새로운 차원의 의식 개혁 운동인 '혁신2000운동'을 전개하고, 21세기 초일류 전문기업 건설을 위한 힘찬 발걸음을 내디뎠다. 혁신2000운동은 90년대 들어 심각한 경제적 위기를 맞고 있는 기업 환경을 개선하고 나날이 변화·발전하는 국내외 기업 환경에 신속히 대처하고자 의식·환경·사무관리·생산 등 남선알미늄 내부에서 어느 한 부문도 빠짐 없이 전사적 차원에서 실시되었다. 혁신2000운동의 1단계는 전 사원들의 참여를 홍보하는 기간이었으며, 2단계는 1단계에서 정해진 원칙에 따라 사내에서 행

[남선알미늄 50년사]에서 발췌

---

1) JIT시스템은 도요타자동차가 창안한 생산방식으로, 고객의 요구 충족을 위해 부품이 필요한 공정에 필요한 만큼 적시에 도착하게 함으로써 생산라인의 낭비를 줄이고, 재고관리, 대기, 품질 등을 관리하는 "철저한 낭비 제거" 생산방식이다.

이러한 혁신은 구호를 외친다고 해서 되는 게 아니었다. 구체적인 실천과 특별한 툴(tool)이 필요했다.

그래서 내가 남선알미늄에서 실시해 보고 확신을 얻은 「도요타 생산방식에 바탕한 합리화 운동」을 도입하기로 결심했다. 남선알미늄을 지도했던 LG전자 창원공장 합리화팀장 출신 전문 컨설턴트와 지도 계약을 맺고 전사(全社) 운동으로 추진했다.

개선과 혁신은 대부분 기존 방식과 습관을 부정하는 것에서 시작된다. 그러므로 인기가 없는 것은 물론이고 강력한 내부 저항에 부딪히기 마련이다. 따라서 최고경영자가 직접 앞장서지 않으면 성공하기 힘들다.

나는 이러한 사실을 남선알미늄과 정일전자에서 이미 경험했기 때문에 잘 알고 있었다. 그래서 주 1회 열리는 과제 점검과 평가회에는 꼭 참석하여 실행력을 높이려고 애썼다.

물론 여기저기에서 불만이 튀어나왔다. 그러나 CEO인 내가 확고한 의지를 가지고 몇 년 동안 지속적으로 추진하자 달라지기 시작했다. 시간이 지날수록 긍정적으로 바라보는 사원들이 늘어났고, 모범사례와 아이디어가 쏟아졌다. 결국 합리화 운동은 회사의 일하는 방식으로 확고히 자리잡

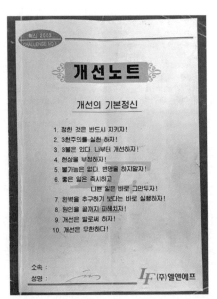

내가 사용한 혁신활동 노트, 전 사원이 소지하고 사용했다.

을 수 있었다.

이 운동을 통해 사원들의 몸에 밴 합리화 정신과 스킬들이 후에 많은 도움이 되었다. BLU 생산공정보다 훨씬 더 까다로운 2차전지 양극재 생산공정 및 품질관리도 큰 어려움 없이 해낼 수 있었던 것이다. 이것은 나 자신도 예상치 못한 결과였다. 이것은 자화자찬이 아니라 고객사가 인정하고 칭찬해 준 부분이다.

또한 업계에서 우리 사원들의 평판을 올리는 데도 도움이 되었다. 훗날 BLU 생산 축소로 사원들을 타사로 전직시켜줄 때도 좋은 영향을 주었다.

### 엄마도 숙제하네

어느 날 몇몇 사원들과 담소하는 자리에서 초등생 딸을 둔 주부 사원이 말했다.

"제 딸이 제가 집에서 개선노트에 아이디어를 기록하는 걸 보더니, 엄마! 회사에도 숙제가 있어?라고 물어보더라고요. 근데 그런 말을 들으니 싫지 않은 거 있죠?"

그곳에 있던 모두가 함께 웃었다.

이와 같이 합리화 운동 덕분에 연간 수만 건의 아이디어가 모였다. 이 아이디어들이 회사 업무 전반을 개선해나가는 데 큰 도움이 된 것은 말할 필요도 없다.

묵묵히 노력해준 사원들이 너무 고마웠고 지금도 잊을 수가 없다.

### 셋째, 핵심기술 확보

연구개발(R&D)은 우리의 미래다. 우리는 그동안 신기술 확보를 위해 많은 노력을 기울여 왔다. 사내 기술연구소를 설립하고 학계 및 대외 기술연구소와 긴밀한 협력관계를 구축한 것이 대표적인 예다.

이러한 노력은 올해에도 더욱 가속되어야 한다. 부가가치가 높은 핵심

기술 개발을 위해 최선을 다하자.

### 넷째, 사원역량 강화

회사의 가장 중요한 자산은 결국 사원이다. 회사의 기반이 아무리 튼튼해도, 아무리 훌륭한 계획과 목표를 세운다 해도 사원들의 의식과 경쟁력이 떨어진다면 일류 회사가 될 수 없다.

우리 회사는 그동안 하드웨어 구축에 매달리느라 사원 개개인의 능력 향상에 소홀했다. 따라서 이 부분에 역량을 집중해야 하겠다.

우리들의 앞길에 어렵고 험난한 일들이 무수히 많을 것이다. 그러나 지혜를 모아 면밀한 계획을 세워 하나씩 슬기롭게 실천해 나간다면 우리의 목표는 반드시 달성되리라 확신한다.

이제 엘앤에프는 우리 모두의 회사다. 사원들의 상당수가 우리사주조합을 통해 주주가 되었고 일부는 스톡옵션도 갖고 있기 때문이다.

회사와 더불어 나 자신도 성장하는 회사, 보람찬 일터로 만들기 위해 함께 나아가자고 신년 인사 때 당부하였다.

연말인 11월 29일에는 2004년의 사업계획 수립을 위한 워크숍(workshop)을 김천 직지사호텔에서 진행했다. 낮에는 물론 밤에도 함께 숙박하였고, 새벽에는 가벼운 산행을 함께 하였다. 평소 자주 만나지 못하는 기흥, 대구 간부 사원들 간의 스킨십을 위해서였다.

### 어려움 속에서 돌파구를 모색하다

공장을 증설하고 납품을 시작한 지 몇 달 되지도 않았는데 단가가 대폭 하락했다. 고객사(LPL)가 장기목표를 〈매년 코스트 30% 인하〉로 정했기 때문이다. 단가 인하는 그 이후도 끊임없이 계속되었다.

어려운 상황은 그뿐이 아니었다. LPL이 대만 BLU 회사들로부터의 조달을 확대하며 중국 진출을 모색했기 때문이다. 당시 LPL뿐만 아니라 경쟁사도 중국 진출을 준비하고 있었다.

돌아가는 상황을 보니 한국 BLU 산업이 장기적으로 경쟁력을 유지하기 어려울 듯했다. 경쟁력이 떨어지기 전에 다른 돌파구를 찾아야 했다.

하지만 돌파구라는 게 갑자기 하늘에서 떨어지는 것도 아니고, 뭘 어떻게 해야 할지 막막하기 짝이 없었다.

## 2004년

## 2차전지 양극재를 개발할 인재를 영입하기 위해
## 중국 start-up기업을 인수하고 전사(全社)적 혁신활동에 매진하다

### 대구공장 생산능력을 2배로 늘려 중견 BLU 회사로!

작년에 세운 매출목표는 대부분 달성하였지만 미진함이 없지 않았다. 다행히 대구공장 증설이 계획대로 완료됨에 따라 생산능력이 월 15만 대에서 30만 대로 증가했으며, 그 결과 중견 BLU 회사로서의 위상을 확보할 수 있었다.

작년 3월부터 시작한 혁신활동, 즉 합리화 운동이 많은 어려움에도 불구하고 기대 이상의 성과를 거두었다. 사원들이 꾸준히 노력해준 덕분에 생산성과 불량률이 많이 개선된 것이다.

그 결과 우리 회사는 변화의 냄새가 풍기는 회사, 무언가 움직이고 있는 회사로 평가받고 있다. 이는 우리 엘앤에프인들의 무한한 잠재력과 가능성을 보여주는 것이라고 생각한다.

지난해 극심한 경기침체 속에서도 세계 1등 고객사의 꾸준한 성장 덕분에 우리도 남부럽지 않은 고도성장을 이룰 수 있었다. 하지만 올해부터는 상황이 많이 바뀔 것으로 예상된다.

전문가들은 세계 TFT-LCD 시장이 매년 20% 이상 성장할 것으로 보고 있다. 국내 기업들의 공급능력도 커지고 있다. 그러나 대만회사들의 공급능력 확대와 LCD 메이커들의 생산기지 국외이전 등으로 백라이트의 국내수요는 오히려 감소될 것으로 예상된다. 즉 시장이 커지는데도 경영여건은 오히려 악화되는 셈이다.

우리는 이러한 상황변화에 능동적이고 슬기롭게 대처해나가야 한다.

### 올해의 경영목표

매출은 작년보다 22% 많은 730억 원, 생산성 50% 향상, 고객 클레임 제로(ZERO)를 경영목표로 정하고, 회사 비전과 목표 달성을 위해 다음과 같이 경영방침을 세웠다.

### 첫째, 고객우선 실천

고객을 만족시키지 못하면 존재할 수 없다. 이것은 누구나 아는 이치다. 그러나 이 당연한 이치를 알면서도 실천하지 못하는 것이 문제다. 지금까지 꾸준히 노력해 왔지만 아직도 품질과 납기 면에서 미흡한 부분이 많다.

작년까지는 그래도 환경이 도와주었지만 올해부터는 완전히 달라질 것이다. 따라서 모든 일을 고객의 눈높이에서, 고객에 맞게 실천해야 한다. 그러지 않으면 설 자리가 없을 것이다.

다시 말하지만 언제나 고객의 입장에서 생각하고 행동해야 한다. 이것이 기본이고 원칙이다. 이것을 아는 걸로는 부족하다. 실천이 중요하다.

이러한 내용을 직원들과 함께 다시 한번 숙지하고 다짐하였다.

### 둘째, 혁신활동 습관화

혁신활동의 최종목표는 "최고로 경쟁력 있는 회사", "생명이 영원한 회사"를 만드는 것이다. 우리가 추진하고 있는 혁신활동은 최근 세계적으로 각광받고 검증된 「도요타 사상」과 그에 근거한 생산방식에 뿌리를 두고 있다.

지금처럼 사원들이 회사를 믿고 꾸준히 한 단계, 한 단계 노력하면 언젠가는 자기도 모르게 엄청난 능력을 소유하게 될 것이다. 그 힘은 회사의 경쟁력이기도 하지만 사원 개개인의 삶에도 큰 도움이 될 것이다.

최고의 전문가가 한 일이라도 더 나은 방법이 있다고 믿고 개선점을 찾는 엘앤에프인이 되자.

### 셋째, 핵심기술 확보

최고기술회사로 발전하기 위한 노력은 잠시도 소홀히 할 수 없다. 올해에는 연구개발(R&D) 부문에 대한 투자를 한층 더 높여 나갈 계획이다.

### 넷째, 우수사원 양성

우리 회사의 경쟁력은 사원 개개인의 능력에 따라 결정된다. 따라서 업무역량을 향상시킬 수 있는 프로그램을 꾸준히 개발하고, 능력 있는 엘앤에프인을 양성하기 위해 부단히 노력해 나갈 것이다.

사원들도 회사의 이러한 노력에 부응하여 꾸준히 자신을 계발하고 향상시키기 바란다. 환경이 아무리 어려워도 회사를 믿고 하나가 되자. 경영방침을 잘 이해하고 맡은 바 책무를 충실히 수행해나가면 우리의 경영목표는 반드시 달성될 것이다.

그리고 2차전지 양극재 사업을 담당할 인재확보와 전자소재 분야 진출을 위해 중국 start-up 기업을 인수해서 「光未來新材料有限公司(광미래신 재료유한공사)」로 등기하고 자회사로 편입하였다.

이 과정과 이유에 대해서는 1부에서 소개한 바 있다.

## 2. 2차전지 양극재 혁신기업의 탄생
### 엘앤에프신소재 설립과 세계일등을 향한 도전(2005~2015년)

### 2005년

## 5,000만 불 수출의 탑을 수상하다
----------------------------------

### 작년도 경영상황과 전망

지난해 매출은 전년 대비 23% 증가한 734억 원으로 연초의 매출목표를 조금 상회하였다. 제품의 구성이 모니터에서 TV 부문으로 급격히 이동하였고, 그 결과 구조적으로 많은 변화를 겪고 있다.

또한 3/4분기부터 세계 LCD 시장의 공급과잉으로 인해 끊임없이 가격이 추락하고 있다. 이러한 어려움에도 불구하고 지난 제41회 무역의 날에는 「5,000만 불 수출의 탑」을 수상하였다.

끊임없는 혁신활동으로 고객품질 200PPM을 달성하였고 ABC 개선[2] 2만6천여 건을 실행하였다. 이로써 초일류기업이 될 수 있는 체질이 형성되고 있으며, 그 결과 고객사의 신뢰도 한 단계 높아졌다.

---

2) ABC(Action Basic Chek) 개선: 기본사항을 체크해서 작은 것부터 개선, 실천하는 것

이와 같은 성과는 임직원들이 단결하여 혁신적인 사고를 가지고 꾸준히 노력해온 결과다.

업계는 세계 LCD 시장 공급과잉이 금년에도 계속 이어질 것으로 전망하고 있다. 이러한 LCD 가격하락이 새로운 수요를 창출하여 하반기부터는 가격이 다소 호전될 것으로 전망하는 전문가들도 있다. 하지만 여전히 불투명한 상황이다.

사원들에게 이런 상황을 설명하고, 그동안 닦아온 혁신역량을 총동원하여 남보다 한 발 앞서 경쟁력을 발휘해 나가자고 역설하였다. 그렇게 하면 아무리 어려운 환경도 반드시 극복할 수 있고, 강한 회사가 되어 오랫동안 살아남을 수 있다는 확신을 심어주려고 노력하였다.

### 금년도 경영목표와 방침

TFT-LCD 시장은 작년 하반기 이후 공급과잉과 급격한 환율하락이라는 이중고를 겪고 있다. 우리 BLU 업계도 글로벌 경쟁력을 갖지 않으면 살아남기 힘든 상황이다. 즉 무한경쟁이 시작된 것이다.

리서치 기관들은 올 하반기를 지나면 공급과 수요가 안정을 찾을 것으로 보고 있다. 또한 대형 TFT-LCD 시장에서 세계 1위를 확보한 고객사의 사업확장 계획과 급속히 성장하고 있는 TV 시장의 추세로 볼 때 TV용 BLU 수요가 급격히 증대될 것으로 전망된다. 하지만 타사 제품과의 치열한 경쟁으로 부품가격은 끊임없이 하락할 것으로 예상된다.

우리는 이러한 시장 상황에 효율적으로 대응하기 위하여 TV용 BLU 생산능력을 확대하기로 했다. 모바일용 등의 소형 BLU 부문에도 진입하여 적극적으로 사업을 추진할 계획이다. 이를 위해 대구공장은 물론 고객의 경기도 파주단지 대응을 위한 준비도 착실히 해나가야 하겠다.

또한 중국 무석광미래신재료유한공사를 거점으로 하여 디스플레이 핵심소재 사업의 기반을 착실히 만들어나갈 예정이다. 이곳은 디스플레이 소재분야에 대한 조기 사업 안착을 위해 지난해 인수한 기업이다. 이 분야는 TFT-LCD BLU 분야와 함께 당사의 새로운 미래가 되어줄 것으로 기대된다.

위와 같은 상황을 고려하여 금년 매출목표를 작년보다 18% 증가한 860억 원, 고객품질 100PPM, 생산성 40% 향상으로 정하고 이의 실현을 위해 다음과 같은 경영방침을 발표하였다.

### 첫째, 고객우선 실천

회사가 존재하는 것은 고객이 있기 때문이다. 이 평범한 진리를 누구나 알고 있고, 항상 강조하고 있지만 아직도 부족한 점이 많다.

고객우선 실천이란 무엇인가? 일을 할 때는 항상 고객의 입장에서 생각하고, 고객이 원하는 바를 잘 이해해서 즉시 실행하며, 고객과의 약속을 반드시 지키는 것이다.

### 둘째, 원가혁신 실현

### 셋째, 신(新) ITEM 기반 구축

그동안 꾸준히 준비해오던 소형 BLU 분야에 본격적으로 진출해서 사업기반을 확보해야 한다. 디스플레이 신소재 분야 진출을 위해 작년에 인수한 광미래신재료유한공사와 관련된 사업기반을 확실히 구축해야 한다.

이를 통해 첨단소재 분야에 진입함으로써 회사가 안정적인 성장을 지속할 수 있는 발판을 마련할 것이다.

### 넷째, 성과문화 정착

모든 임직원이 소속 사업부문 및 팀의 업적과 개인의 업적을 합당하게 평가·보상받을 수 있는 인사고과 시스템을 개발·정착시키고자 한다.


## 올해의 품질방침


<u>첫째, 고객 클레임 제로(Claim Zero)</u>
<u>둘째, 고객품질 100ppm</u>
<u>셋째, 입고품질 100% 달성</u>


사원들의 피나는 노력 덕분에 2003년 말 600ppm대였던 고객품질이 지난해 11월 200ppm 대로 개선되었고, 덕분에 고객의 신뢰도를 한 단계 높일 수 있었다.

하지만 더욱 효율적이고 경제적으로 품질을 확보하기 위해 노력하고, 이를 통해 고객의 신뢰를 한 차원 더 끌어올려야 한다. 이를 위해서는 불량의 근본 원인을 없애야 할 것이다.

어떤 개인이나 조직도 경쟁력이 없으면 생존할 수 없는 시대이다.

나는 임직원들에게 이렇게 당부했다.

"우리 엘앤에프인은 항상 일의 목적과 효율을 염두에 두고 모든 분야에서 낭비와 비효율적 요소를 제거합시다.

언제나 지금보다 더 좋은 방법이 있다는 혁신적 사고로, 맡은 바 직무를 최선을 다해 수행해 나갑시다.

모두의 지혜와 땀이 하나하나 결실을 맺을 수 있도록, 그리고 회사와 더불어 성장할 수 있도록 다 함께 노력합시다."

## ㈜L&F신소재를 설립하여 2차전지 양극재 사업을 시작하다

그동안 조용히 개발해오던 2차전 지 양극재를 사업화하기로 결정했다.

**L F** ㈜엘앤에프신소재

사업의 특성과 인재확보, 조직운 영 등을 고려하면 별도 자회사를 만드는 게 더 효율적이라고 판단하여 ㈜ L&F신소재를 설립했다. 대표이사 사장은 내가 겸직했다.

임직원들과 많은 토론을 거쳐 "지구환경을 맑게 하는 그린에너지 글로 벌 기업"으로 "세계일등" 회사가 되자는 슬로건과 목표를 정했다.

이것을 큰 바위에 새겨서 각 공장 정문에 표석(標石)으로 세워 출퇴근 때 마다 보게 했다. "세계일등"이라는 꿈과 긍지를 임직원들의 가슴에 심어주 기 위해서였다. 그리고 각종 회의나 행사 때마다 "세계일등"이라는 슬로건 을 제창하였다.

돌이켜 보면 그때 사원들의 생각이 궁금하다. 막 출발하는 신생 회사가, 사원이 20여 명에 불과하던 회사가 세계일등을 내세웠으니…. 나를 좀 이 상한 사람으로 생각하진 않았을까?

하지만 나는 나름대로 가능성을 보고 있었다. 일단 새로운 산업분야로

엘앤에프신소재 정문 옆 "세계일등" 표석

시장초입 단계였고 전 세계 에서 일본만이 조금 앞서 있 었기 때문이었다. 기술만 잘 확보하여 효율적으로 노력하 면 최고가 될 수 있을 것으로 생각했다. 못하는 게 아니라 아직 안 해본 것 뿐이라고 확

신했다.

이를 위해 사원들에게 높은 목표를 제시하여 의욕과 용기를 주려고 애썼으며, 기회 있을 때마다 「신천지 개척론」으로 설명하곤 했다.

신천지 개척론에 대해서는 추후에 자세히 설명하겠다.

## 2006년 | 엘앤에프

## 기흥공장을 대구공장으로 통합하고 왜관공장을 준공하다

### 숨막히는 환경 변화에 끊임없는 혁신으로 대처하다

지난해에는 올해의 경영환경이 매우 어려울 것으로 예상하고 많은 걱정을 하면서 사업계획을 세웠다.

예상대로 국내외 경영환경은 원화절상, 내수부진 등이 겹쳐 매우 가혹했다. LCD 시장 또한 공급과잉이 4/4분기까지 이어지는 바람에 매우 어려웠다. 그러나 우리 고객사가 탁월한 경영으로 세계 LCD 시장을 주도했다. 특히 대형시장의 신수요를 창출하여 세계 시장점유 1위를 달성하였고, 덕분에 우리 회사도 창업 이래 최대의 매출을 올렸다. 전기대비 41% 신장된 1,037억 원, 순이익은 11% 증가한 39억 원의 매출을 달성한 것이다.

유가상승, 달러의 급격한 하락, 내수부진 등 매우 힘든 경제 여건하에서도 이러한 성과를 올릴 수 있었던 것은, 세계시장을 선도해 온 고객사의 탁월한 경영 능력 덕분이었다.

우리 회사도 모니터와 노트북 위주로 설계된 공장과 생산설비를 대형 TV용 라인으로 꾸준히 개조해 왔으며, 전 임직원이 끊임없는 혁신 노력을 지속해 왔다.

그 결과 생산성을 50% 향상시키는 동시에 최고의 품질 수준을 유지할 수 있었고, 고객사로부터 최우수 협력사로 인정받을 수 있었다.

또한 원가 경쟁력을 높이고 물류합리화를 실현하기 위해 기흥공장을 대구공장으로 통합하였다. 약 47억 원을 투입하여 왜관공장을 준공하여 핵심부품생산을 내재화하였고, 오랫동안 준비해오던 신소재 분야는 효율적인 사업추진을 위해 자회사를 설립하였으며, 본사 공장의 협소한 여건과 장기적 회사발전을 고려하여 성서공단 4차단지에 신공장부지도 준비했던 뜻깊은 한 해였다.

올해의 TFT-LCD 시장 전망에 대해 전문기관들은 다음과 같이 예상하고 있다.

우선 국내 업체와 대만업체들의 패널 생산능력이 확대되어 공급이 수요를 앞지르면서 치열한 단가 인하 경쟁이 유발될 것이다. 이와 동시에 새로운 수요가 늘어나서 세계시장 규모가 20% 이상 확대될 것이며, 특히 LCD TV의 수요가 크게 증가할 것이다.

우리 회사의 환경을 살펴보면 상반기까지는 LCD 시장의 추세와 비례하겠지만, 하반기 이후는 파주단지와 해외 현지 공급능력이 늘어날 것으로 예상된다. 이러한 흐름은 우리에게 상당한 부담이 될 것이다.

또한 전 세계적인 LCD 공급능력의 증가로 인해 급격한 가격인하가 예상된다. 과잉생산된 물량이 소화되어야 하기 때문이다. 결국 우리도 제품의 가격을 계속 내리지 않으면 안 될 것이다.

이렇게 어려운 시장 상황을 헤쳐나가기 위해서는 남들보다 한 발 앞서가야 한다.

## 올해의 경영목표와 방침

위와 같은 시장 예측과 고객사의 계획 등을 고려하여 올해의 매출계획을 다음과 같이 정하였다.

TV용 BLU의 구성을 75% 이상으로 높여 전년 대비 약 20% 증가한 1,200억 원의 매출을 달성하고, 생산성을 40% 향상시키며, 고객품질 100PPM을 유지한다. 이는 생존하기 위해 반드시 달성하여야 할 목표임을 강조하였다.

BLU 단가 하락, 국내 BLU 생산능력 증대, 고객사의 글로벌 소싱정책 등 만만치 않은 요인들이 도사리고 있다. 그러나 그동안 쌓아온 임직원들의 능력과 의지를 모아서 반드시 목표를 달성해야 한다. 이를 위해서는 끊임없는 혁신을 통해 대형 BLU 생산능력을 경제적이고 효율적인 방법으로 늘리는 것이 급선무다.

동시에 사업구조를 다변화해야 한다. 그동안 준비해온 2차전지 재료분야 진출은 자회사를 통해서 꾸준히 추진 중이며, 올해 4/4분기부터는 가시적인 성과가 나타날 것으로 보인다. 이 분야는 차세대 국가 성장 동력 산업이며, 향후 그 용도가 크게 늘어날 것으로 예상된다.

또한 전극재료 분야도 올해 내에 사업화할 것이다. 전극재료는 LCD와 함께 대형 평판디스플레이 시장을 주도하고 있는 PDP의 재료다. 지금까지는 거의 수입에 의존해 왔는데, 이것을 생산하여 차세대 디스플레이 부품·소재 전문기업으로 발전해나갈 것이다.


## 첫째, 고객만족 실천

지금까지 우리는 고객이 불편하지 않게 하는 수준을 목표로 하여 노력해 왔다. 하지만 이제는 더욱 고차원적인 고객만족을 제공해야 한다. 이제는 우리 회사도 업력과 규모 면에서 어엿한 중견 BLU 회사가 되었기 때문이다.

**둘째, 1등 원가 실현**
**셋째, BLU 기술혁신**
**넷째, 성과문화정착**

### 품질방침

올해의 품질방침은 기본철저준수, 최상품질보증, 완벽원류확보로 정하였다.

### 환경방침: 녹색구매 시스템 구축

환경방침은 올해 7월 발효를 앞둔 유럽연합(EU)의 '특정유해물질 사용제한 지침(Rohs)'에 대응코자 올해 처음으로 신설되었다. 이미 고객사는 이에 대응하기 위한 "녹색구매" 시스템을 구축하였다.

우리는 제품 원류부터 고객사 입고까지의 전 부문에서 환경친화적 경영을 해야 한다. 이를 위한 구체적 실행방침은 「ISO14001 정착, 클린환경 확보, 자원낭비 배제」로 정하였다.

위와 같은 목표와 방침을 경영위원회에서 확정하고 사원들에게 제시하면서, "우리 엘앤에프는 세계 최고의 BLU 메이커를 향하여 힘차게 전진하고 있다. 비록 앞길이 험하고 어려워도 우리 임직원 모두가 하나가 되어 목표를 향해 끊임없이 혁신하고 개선을 실행해 나간다면, 머지않아 반드시 세계 1등 BLU 기업이 되리라고 확신한다. 임직원 모두가 회사와 더불어 성장할 수 있기를 바란다." 라고 시무식에서 말했다.

## 전지 대기업에 첫 번째 양극재 납품을 시작하고
## ㈜다나카화학연구소(일본)와 혁신양극재 NCM 개발 협약을 맺다

신수종을 찾아나선 지 4년여 만에 드디어 우리나라 전지 대기업 A사에 LCO 양극재 초도납품을 시작하였고, 일본 ㈜다나카화학연구소와 혁신 양극재 NCM 개발 업무 협약을 체결하고 본격 개발에 착수하여 오늘의 엘앤에프가 있게 한 토대를 만든 한 해였다.

2차전지 양극재 개발에 착수하여 사업화하기까지의 자세한 추진 과정은 1부에서 자세히 소개하였다.

## 시련과 희망이 엇갈리다

지난해에도 세계 LCD 패널 시장은 지속적으로 성장하였다. 그러나 공급과잉으로 인해 작년 연초대비 연말 가격이 평균 30~40% 하락하였고, 달러의 급격한 하락과 고객사의 어려운 경영여건 등이 겹쳐 매우 힘든 한 해였다.

매출은 TV용 BLU 수요 증가에 힘입어 전년 대비 22% 증가한 1,263억 원을 달성하여 목표를 초과하였으나, 급격한 단가하락으로 인해 수익성은 아주 저조했다. 전 임직원이 혼신의 노력을 기울여 전사적 원가혁신

활동과 체계적인 생산성 향상 활동을 경주하여 많은 성과를 도출하였으나 역부족이었다.

그러나 우리 엘앤에프 가족 모두는 끊임없는 개선 노력으로 「ABC 개선 3만1천여 건」을 실행하였고, 자주연구회 활동 등 혁신적인 사고로 꾸준히 경쟁력을 키워온 한 해였다.

그리고 신사업으로 추진하고 있는 페이스트 부분은 예정대로 설비투자를 완료하고 사업부로 조직을 전환하여 현재 고객의 사양에 맞추기 위해 양산 개발을 추진 중이다.

또한 자회사를 통해 추진하고 있는 2차전지 양극활물질 사업은 작년 9월부터 소량의 생산판매를 개시하고 있다. 올해 내로 본격 진입하는 것을 목표로 열심히 노력하고 있다.


올해 사업 환경은 창업 이래 최대의 시련이 예상된다.

매년 가격하락은 있었지만 지난해 하반기부터 세계 LCD 시장의 공급과잉이 심화되기 시작했다. 이러한 현상은 내년 상반기까지는 지속될 것으로 예상된다.

또한 달러 가치의 하락과 대만 LCD 업체들의 약진, 고객사의 경쟁력 약화 등으로 어려움이 가중될 것이다. 이에 따라 LCD 업계 전반에 혹독한 구조조정과 변화가 예상된다.

다행히 긍정적인 전망도 있다. 전문기관들의 분석에 의하면 LCD TV 시장이 꾸준히 성장하고 있기 때문이다. 내년 3/4분기부터는 수요공급의 균형이 이루어지고, 그 후 약간의 공급부족이 발생할 것으로 예상하는 분석이 많다.

현재 어려움을 겪고 있는 고객사(LPL)가 경쟁력 창출을 위해 비상한 노력을 하고 있으며, 우리 협력사들도 혼신의 힘을 다해 LPL이 경쟁력을 확보할 수 있도록 지원할 것을 결의하였다.

LPL의 주요협력사 모임인 트윈스 클럽(Twins Club) 회원들이 모여, "모회사가 살아야 협력사가 있다"는 절박한 상황인식 하에 스스로 납품단가를 원가 이하로 대폭 인하하기로 결의한 것이다.

협력사들이 자발적으로 이렇게 결의했을 정도니, 상황이 얼마나 심각했겠는가?

이와 같이 앞으로 우리에게 닥쳐올 환경은 너무나도 어렵고 불투명하다. 우리는 그동안 갈고 닦아온 역량을 총동원하여 필승의 생존전략을 세우고, 모두가 하나가 되어 효율적으로 꾸준히 실천에 옮겨야 한다. 그래야만 남보다 한발 앞선 경쟁력을 확보하고 어려운 상황을 극복하고 최후까지 살아남을 수 있다.

진부한 말이지만 강한 자가 살아남는 게 아니라 살아남는 자가 강한 것이다. 끝까지 살아남는 엘앤에프, 강한 엘앤에프가 되자고 임직원들에게 호소하면서 경영목표와 방침을 설명하였다.

금년도 경영목표는 다음과 같다.


<u>매출 1,250억 원</u>
<u>TRIO 원가[3] 개선 246억 원</u>
<u>신사업 성공 진입</u>

---

3)  TRIO(Total Revolution Ideal Object & out put) 원가 개선: 전 사원이 참여하는 획기적인 혁신을 통해 목표를 달성하고 성과를 창출하는 운동

이를 실현하기 위한 경영방침을 다음과 같이 추진하였다.

### 첫째, 고객만족 실천

올해는 우리 고객이 아주 어려운 환경에 처해 있다. 따라서 고객의 경쟁력 확보에 도움이 될 수 있는 일은 미루지 말고 찾아서 해야 하겠다.

### 둘째, GLOBAL 원가 실현

### 셋째, 기술혁신 실현

그동안 꾸준히 준비해오던 LED-BLU의 개발과 Ag-Paste 사업을 성공시켜 소재 사업의 기반을 확실히 구축하고, 이를 통해 회사의 지속적인 성장 발판을 만들어나가야 할 것이다.

### 넷째, 성과문화 정착


## 사업은 접어도 해고는 막아야

내가 일찍이 우려했던 상황이 예상보다 더 빨리 현실로 닥쳤다.

국내 BLU 사업은 앞이 보이지 않는, 실로 창사 이래 최대 위기였다.

어느 정도 예상은 하고 있었지만 막상 현실이 되니 눈앞이 막막했다.

회사의 Capa(생산능력) 축소는 물론이고 공장 폐쇄의 상황까지도 염두에 두고 고민하지 않을 수 없었다.

하지만 사원들에게는 차마 내색하지 못하고 희망과 용기를 북돋워주려고 애썼다. 그럴 때마다 머리가 복잡하고 마음이 고통스러웠다. 이렇게 피를 말리는 나날이 계속되었다.

많은 종업원을 거느리고 어려운 영업환경을 겪어본 경영인이 아니면 내 심정을 이해하기 힘들 것이다.

특히 매출이 전년 대비 40%나 감소했다. (1,263억에서 758억으로 감소)

이런 상황에서 회사 분위기는 어떠했겠나?

이때 내가 제일 힘들었던 것이 종업원들 문제였다.

매출이 절반 이하로 떨어지고 점점 더 줄어들 것으로 예상되자 BLU 부문 근무자의 50% 이상이 유휴 인력이 되어버렸다. 감원을 하지 않으면 회사가 견디기 힘든 상황이 된 것이다.

그러나 어떻게 하든 정리해고는 막아야겠다는 생각으로 2차전지 양극재 사업이 성공할 때까지는 버텨 보자고 작심했다. 잉여 인원의 부담을 감수하면서, 건설 중이던 대구 양극재 공장과 왜관 신소재 쪽으로 보내 새로운 직무 교육을 시키며 미래를 준비하게 했다.

이직을 희망하는 사람은 타 회사에 추천해서 전출을 보냈다. 다행히 업계에서 우리 회사 사원들의 평이 좋아서 큰 어려움 없이 재취업시켜 줄 수 있었다.

이러한 노력 덕분에 강제 해고자는 한 명도 나오지 않았다. 참으로 다행이었다.

## 2007년 | 엘앤에프신소재

### 기업부설연구소 설립 후 벤처기업 인증을 받고
### 고객으로부터 혁신적인 NCM양극재 품질 승인을 받다

작년 9월에 다나카화학과 NCM개발협약을 맺은 후, 약간의 준비 기간을 거쳐 다나카화학 기술진들이 왜관 신소재공장에 와서 우리 기술진들과 함께 고객별 스펙에 맞춘 샘플을 개발·제조하였다.

그렇게 만들어진 결과물을 국내의 두 회사에 소개하였다. 두 회사 모두

# 2차전지 등 첨단재료사업 신흥주자

**㈜엘엔에프신소재**

2005년 설립된 ㈜엘엔에프신소재(대표 이봉원 www.landf.co.kr)는 2차전지의 핵심재료인 '양극활물질'을 주력 생산하고 있다. 국내연구소뿐만 아니라 일본 전략연구소, 중국 복단대연구소를 설립해 기술력을 쌓고 있다. 양산 체제도 갖췄다. 이 회사는 월 120t을 생산할수있는 능력을 갖추고 국내 중견전지메이커를 대상으로 공급량을 늘려가고 있다.

세계 최고의 초강소 디지털 전자재료 및 장비 기업으로 성장한다는 슬로건을 내세우고 있는 이 대표는 "차세대 전략사업으로 부각되고 있는 2차 전지시장에서 원천기술을 보유한 글로벌 기업으로 우뚝 서겠다"며 야무진 포부를 밝혔다.

이 회사는 고용량과 고전압용 양극활질의 양산을 위해 산·학·연 공동개발 프로젝트를 추진 중이며, 일본의 협력사와 함께 차세대 활물질인 3성분계와 스피넬망간계 판매를 전개하고 있다. 또 앞으로 시장 확대가 예상되는 전동용·하이브리드(HEV)용 신물질의 초도품 생산을 마치고 수요처 발굴에 나서고 있다. 올 매출 목표는 280억원이다.

최규술 기자 kyusul@hankyung.com

한국경제신문에 보도된 엘앤에프신소재 (2007년 5월 8일)

당시 세계 톱 그룹 2차전지회사였다.

처음에는 냉담하던 전지회사들이 혁신적인 원가에 관심을 갖기 시작했다. 그로부터 약 1년 동안 샘플 테스트를 받았는데, 국내에서 처음으로 S사가 한발 앞서 삼원계 NCM양극재 품질 승인을 내주었다.

몇 개월 뒤, 왜관 신소재 라인의 생산능력(Capa)으로는 감당할 수 없는 대량 납품 제안을 받았다.

나는 깊은 고민을 시작했다. 새로운 라인 증설이 필요했기 때문이다.

## 2008년 | 엘앤에프

### 2차전지 양극재 생산을 위한 엘앤에프 대구2공장을 준공하고
### LPL중국 광저우(广州)공장에 대응하기 위해
### BLU 합작사인 광일전자를 현지에 설립하다

## 너무나도 힘겨웠던 한 해

예상대로 지난해는 회사 창업 이래 최악의 경영실적을 기록했다. 이제

껏 한 번도 겪어보지 않은 고통스러운 한 해였다.

제품 가격의 급격한 하락, 달러환율의 급락, 고객사 생산라인의 저임금 국가로의 이전과 그에 따른 물량 감소 등등, 우리를 둘러싼 사업 환경이 너무나 냉혹했다.

이에 따라 모든 임직원이 어느 때보다도 강도 높은 CI(원가절감) 활동에 매진하였고, 고통을 분담하며 경쟁력 확보를 위해 노력하였다.

언론에 보도된 BLU 사업의 어려움

그러나 업계의 환경 변화로 매출이 급격하게 떨어졌고, 자력으로 회복할 가능성도 없어서 부득이 많은 사원들이 직무를 전환하거나 전직을 하지 않으면 안 되는 상황이 되었다.

너무도 견디기 힘든 한 해였다.

이러한 어려운 환경 속에서도 우리는 꾸준히 미래를 위한 준비와 연구개발을 게을리하지 않았다.

우선 2차전지 양극재 생산을 위해 성서 4차단지에 공장을 건축 중이다.

BLU는 고객사인 LPL이 시장선점과 경쟁력 확보를 위해 중국 광저우(广州)에 진출함에 따라 국내 BLU 수요가 정체될 것이 명확해졌다. 우리도 LPL과 동반진출하지 않으면 회사의 활로가 없을 것으로 판단되었다.

그래서 LPL에 요청해서 같은 BLU 협력사인 ㈜레이젠과 합자하여 홍콩에 광일(光一)전자를 설립하였다. 고객사와 함께 중국 광저우 동반 진출을 추진하고 있으며, 왜관공장에 전극 Paste 생산설비를 완비하여 사업준비를 하고 있다.

이와 같이 어려움 속에서도 새로운 희망과 비전을 싹틔운 의미 있는 한 해였다.

임직원들이 회사를 믿고 적극적으로 협조해 주었기 때문에 어려운 여건 속에서도 미래를 준비할 수 있었다고 생각한다.

고객사가 생산거점을 해외로 옮기는 현상이 가속화되고 있다. 이에 따라 국내 BLU 시장의 원가경쟁이 유례없이 치열해질 것이다. 이를 극복하기 위해서는 대만이나 중국업체들과의 경쟁에서도 이길 수 있는 방법을 찾아내야 한다.

변화는 우리를 힘들고 고통스럽게 한다. 그러나 그 속에 새로운 희망과 비전도 있음을 간과해서는 안 된다.

### 경영목표와 방침

경영목표는 매출 875억 원(BLU 349억, 디스플레이 소재 148억, 성서 4차단지 378억), CI 44억 원으로 정했다.

이 목표를 실현하기 위해 다음과 같은 경영방침을 제시하였다.

국내 최초 NCM양극재 대량생산공장 표석

**첫째, 고객가치 우선**

**둘째, 생존원가 실현**

**셋째, 신규 Item을 단기간에 발굴·개발해야 한다**

**넷째, 신사업의 성공적인 Set Up**

중국 광일전자와의 협업을 본격적으로 시작한다. 성서 4차단지에서 준비 중인 양극재 및 디스플레이 소재 사업도 본격적으로 전개할 것이다.

### 겨울을 견뎌야 봄빛을 즐길 수 있다

우리나라의 LCD BLU 산업은 경쟁력을 급격히 잃어가고 있다. 그동안 우리가 겪어보지 못했던 엄청난 극한 상황이 밀어닥칠 것이다.

살을 에고 뼈를 깎는 아픔이 있더라도 반드시 살아남아야 한다. 살아남지 못하면 아무리 좋은 계획과 비전도 의미가 없다. 생존이 최상의 가치라는 것을 굳게 믿어야 한다.

"우리 회사의 미래는 바로 여러분의 손에 달려 있습니다!"

나무는 혹독한 겨울을 지나면서 더욱 단단하고 강해진다고 한다. 기업 경영도 마찬가지다. 창업 8년 만에 닥친 이 혹독한 겨울을 견뎌낸다면, 회사도 임직원도 훨씬 더 단단해져 있을 것이다.

지금의 위기를 백년대계의 초석을 다지는 기회로 삼아야 한다고 시무식에서 호소했다.

## 2008년 | 엘앤에프신소재

## 국내 최초로 2차전지 NCM양극재를
## 세계 TOP그룹 전지회사 2곳에 납품하기 시작하다

### 세계적인 고객들을 확보하다

지난해 무수한 난관을 극복하고 세계적인 메이저 고객을 확보하는 데 성공하였다. 덕분에 이미 본격적인 양산이 시작되었으며, 얼마 전에는 또 다른 세계 Top Major 고객도 확보하여 내년부터 본격적인 양산에 들어갈 준비를 하고 있다.

창업 이래로 모두가 꿈꾸던 비전을 실현하기 위한 "신천지로 가는 마지막 다리"를 건너는 데 성공하였다고 할 수 있다. 정말 큰일을 해낸 것이다.

### 신천지 개척론에 대하여

나는 2차전지 양극활물질을 개발해서 사업화하기로 결정하고 소수의 개발 요원들을 영입해서 개발을 시작하였다.

당시 사원들은 마치 사막 한가운데서 정처 모를 여행을 떠나는 심정이었을 것이다. 사원들이 희망과 열정을 갖고 일할 수 있도록 이 프로젝트의 가치와 비전을 단순하면서도 뚜렷하게 이해시키고 싶었다.

2차전지 양극활물질 NCM 입자 확대사진

그래서 우리의 도전을 콜럼버스의 신천지 개척에 비유하였다. 머지않은 미래에 크게 도래할 2차전지 시장을 신천지(신대륙)에 비유한 것이다.

"신천지에는 먼저 들어가서 선점하는 자만이 개척의 성과를 가질 수 있다. 그렇지 않으면 기회는 없어지고 만다."라고 기회가 있을 때마다 이야기했다. 이때 어설프게 그림까지 그려가며 열변을 토하던 생각이 난다.

새로운 개발 사업이 성공하기 어려운 경영환경 속에서 너무나 힘든 고비들이 수없이 많았다. 이를 잘 극복하고 엘앤에프만이 제조 가능한 신물질과 차별화로 전지재료 업계의 다크호스로 떠오를 수 있었다.

이것은 세계 1등 양극활물질 메이커를 지향하며 우리 모두가 노력한 덕분이다. 우리는 비전을 실현하기 위한 전략을 함께 구상하고 실행하였으며, 공동의 목표를 향해 지혜와 열정을 쏟아 왔다.


올해는 지금까지 쌓아온 기반을 바탕으로 명실공히 세계 Top Level로 진입하고, 세계 전지업계를 놀라게 하는 "엘앤에프신소재 신화창조의 해"를 만들어야겠다고 다짐하였다.

우리가 아무리 좋은 환경과 여건을 갖추었다 해도 세계 1등 기업이 되기 위해서는 결코 자만하면 안 된다. "돌다리도 두드려 보고 건너라"는 말을 가슴에 새기고, 항상 겸손한 자세로 고객의 소리를 경청해야 한다.

고객이 편안하고 안심할 수 있게 해야 하며, 고객으로부터 확실한 신뢰를 받을 수 있도록 항상 기본에 충실해야 한다.

임직원 한 사람 한 사람은 대외적으로 우리 회사의 얼굴이다. 각자가 자기 위치에서 세계 1등이 되어야 회사가 세계 1등이 될 수 있음을 기회 있을 때마다 강조하였다.

### 올해의 경영방침

**첫째, 항상 고객 이익을 중시하며 일하자.**

**둘째, 세계 TOP 기반을 조속히 구축하자.**

우리는 양산 초년도에 고객으로부터 많은 수주를 받아 두고 있다. 따라서 올해는 정말 빠르고 정확하게, 정해진 일정 내에 제품개발과 생산설비 증설을 완료하여 고객과의 약속을 지켜야 한다.

이를 위해 왜관공장 증설과 대구공장 신설을 일정대로 반드시 성공시켜야겠다.

**셋째, 독창적 신제품을 조기상품화 하자.**

SS 프로젝트나 SL 프로젝트 등 주요 과제들을 조기에 상품화 성공시키고, 계속해서 연구 및 기술개발에 박차를 가해서 새로운 시장을 선도해야 한다.

**넷째, SGC (Safety, Green, Clean)를 꼭 정착시켜야**

우리는 전지사업의 특성을 확실히 이해해서 사상을 통일시켜야 한다. 그 사상의 핵심 키워드는 안전, 그린(환경), 클린이다.

안전은 Factory Safety뿐만 아니라 Human Safety도 포괄한다. 우리는 모든 면에서 안전제일의 사상으로 행동하고 실천해야 한다.

클린은 우리 회사의 최대의 적인 수분, 이물, 미립자를 섬멸시키는 기본운동이다. 이 또한 생활화·습관화해야 한다.

## 2009년 | 엘앤에프

## 세계 TOP NCM양극재 메이커에 걸맞는 사업기반을 구축하고, BLU의 중국 광저우 진출을 중단하고 철수하다

### 미증유의 금융위기를 헤쳐나가다

작년(2008년)은 매우 힘든 한 해였다. 우리나라 전반의 경쟁력 약화와 고객사의 사업구조변경으로 LCD 내수시장이 지속적으로 축소되었고, 그 와중에 해일처럼 밀려온 리먼브라더스 사태로 인해 경제도 혼란스러웠기 때문이다.

그럼에도 불구하고 우리는 꾸준한 개선과 CI활동을 통해 각 분야별로 경쟁력 있는 핵심역량을 확보하였다. 또한 여러 해 동안 개발해온 신규 아이템이 성공적으로 시장에 진입하여 새로운 성장동력이 되어 주었다.

비록 연초 계획에는 미달하였으나 작년 매출의 절반 이상을 신제품으로 달성하였고, 덕분에 재작년에 적자였던 회사 재정이 흑자로 전환되었다. 참으로 뜻깊은 한 해였다고 할 수 있다.

올해 우리 앞에 놓인 경영환경은 그 어느 때보다 예측하기 어려운 상황이다. 한 가지 분명한 것은 현재의 경제위기가 현재진행형이며, 오히려 악화될 가능성도 있다는 것이다.

이런 혼란 속에서 다음과 같이 사원들을 격려했다.

"지금 우리는 인류 역사상 처음 겪는 미증유의 금융사태를 겪고 있습니다. 우리나라 사람들은 IMF 사태 때보다 더 어렵다며 신음하고 있고, 세계인들은 세계 대공황 때보다 더 힘들다며 비명을 지르고 있지요.

그중에서도 가장 힘든 부분은 이 위기가 대체 언제까지, 어디까지, 얼마나 더 계속될지 아무도 모른다는 점입니다.

하지만 현실이 힘들다고 해서 주저앉아 있을 순 없습니다. 우리는 좌절하지 않고 기필코 최후까지 살아남아야 합니다. 그동안 준비하고 닦아온 우리만의 개선 노하우와 지혜를 공유하고, 동시에 고통을 나누어 가져야 합니다.

이렇게 슬기롭게 미래에 대처해 나간다면, 어떠한 혹독한 환경도 반드시 극복할 수 있을 것입니다. 이것은 이미 우리의 능력이 증명하고 있습니다."


매출목표는 BLU 부문 405억 원, 소재부문 745억 원, 총 1,145억 원이다. 경제가 너무 불안정해서 잠정적으로 정한 것이다.


**올해의 경영방침은 다음과 같다.**


### 첫째, 고객에게 이익이 되는 가치를 창출

고객만족. 이것은 아무리 강조해도 지나침이 없는 우리 존재의 근본이다.

고객을 이롭게 하면 고객은 우리에게 보상해 준다. 이것이 우리가 존재할 수 있는 기본 원리다. 이 단순한 이치를 절대로 망각하면 안 된다.

### 둘째, 한발 앞서 생존원가를 실현
### 셋째, 올해는 반드시 신사업에 진입해야 한다.

날이 갈수록 제품의 생명주기가 짧아지고 있다.

예를 들면 프리즘 도광판의 경우, 수년 동안 많은 투자를 해서 개발했지만 2년도 못 가서 경쟁력을 잃고 말았다. 노트북용 LED BLU도 어렵게 개발했지만 몇 달도 생산해보지 못했다. 죄다 중국으로 넘어갔기 때문이다.

따라서 오래전부터 개발해온 Ag-paste는 물론이고, 연구소에서 진행 또는 계획하고 있는 각종 신사업 ITEM들을 지체 없이 사업화해 나가야 한다. 이를 위해서는 각 아이템의 우선순위를 명확히 하고 역량을 집중해야 한다.

### 넷째, 성과문화를 더욱 심화시키자.

우리는 몇 년 전부터 성과관리를 경영방침으로 삼아 꾸준히 제도를 개선해왔다. 그러나 그것만으로는 부족하다. 올해에는 성과에 의한 보상체계를 한 차원 더 업그레이드하고자 한다.

이를 위해서는 각 사업부별 특성에 맞는 전문경영체제를 갖춰야 한다. 사업부별로 시장과 고객과 제품이 전혀 다르기 때문이다.


### 지혜와 열정은 호랑이보다 강하다

우리는 미래를 향한 뚜렷한 비전과 목표를 가지고 한발 앞서 차근차근 준비하고 꾸준히 노력해야 한다. 그렇게 하면 해일이 닥치더라도 반드시 살아남을 수 있다.

올해는 LCD 부문에서도 강점기술과 경험을 바탕으로 새로운 아이템 사업화를 꼭 해내야 할 것이다.

호랑이에게 물려가도 정신만 차리면 살아날 수 있다고 했다.

지혜와 열정을 가지고 경영방침을 하나하나 실행해 나가자. 그러면 우리 앞에 밝고 희망찬 미래가 열릴 것을 확신한다.

**BLU 중국 광저우 진출을 중단하고 후퇴하다.**

고객사와 함께 중국에 진출하기 위해 중국 광저우 특구 내에 공장용지를 배정받아 계약금을 지불하고 진출 준비를 해 나갔다.

하지만 날이 갈수록 현지 여건이 우리에게 불리하게 돌아갔다. 이대로는 도저히 경쟁력을 확보할 수 없을 것으로 판단되어 레이젠의 오너를 만나 중국 진출에 대한 생각을 이야기했다. 레이젠의 오너도 기다렸다는 듯이 동의하였다.

그날부터 고객사와 중국 당국의 승인을 받아내기 위해 노력했다. 다행히 고객사의 담당 임원은 우리의 입장을 잘 이해해 주었다.

중국 당국과의 협상은 쉽지 않았지만 양사가 잘 협력해서 무난히 철수할 수 있었다. 이렇게 되기까지 1년 가까이 걸렸다.

만약 이때 중단하지 않고 계획대로 진출했다면 회사가 어떻게 되었을까?

당초 계획대로 수년간 투자가 진행되었다면 본사가 자금난에 빠졌을 가능성이 크다. 철수 이후의 현지 상황을 감안하면 더욱 그러했다.

만약 그랬다면 양극재 사업을 제대로 추진하기 어려웠을지도 모른다.

실제로 몇 년 뒤, 우리보다 중국에 먼저 진출한 유능한 회사들이 큰 어려움을 겪는 것을 보고 눈앞이 아찔했다.

이때의 후퇴는 나와 엘앤에프에게 큰 고비이자 천운(天運)이었다고 생각했다.

**2009년 | 엘앤에프신소재**

## 2차전지 양극재 매출 1,000억 원을 실현하고
## 고객사로부터 Best 협력사로 선정되다

## 글로벌 금융위기 속에서 얻은 네 가지 성과

지난해에는 사상 초유의 금융위기로 인해 국내외 경제가 급속히 추락하여 수많은 기업들을 심각한 경영위기로 몰아넣었다. 이러한 극심한 혼란 속에서도 당사는 다음과 같은 성과를 거두었다.

첫째, 세계 1등 전지재료회사를 목표로 창업한 지 3년 만에 세계 Top 레벨 메이저 고객들을 확보하였다.

둘째, 왜관공장 증설과 대구2공장(엘앤에프)을 성공적으로 완공하여 국내 최초로 300~500톤의 NCM양극재 생산능력을 갖추었다.

셋째, 중국의 전구체공장을 인수하여 원료 수직계열화를 갖추었다.

(인수 후 수년간 기술지도를 하며 많은 노력을 기울였으나 성공하지 못하고 철수하였다.)

넷째, 세계 수준의 경쟁력 확보를 위한 기반을 갖추는 것과 동시에 첫 흑자 경영을 실현하였다.

작년 시무식에서 올해를 엘앤에프신소재 신화창조의 해로 만들자고 했는데, 실로 많은 업적을 이루어낸 한 해였다. 연초에 세운 연간 사업목표에는 좀 미달했지만, 세계적인 경제위기를 감안하면 선방했다고 생각한다.

## 2차전지 사업을 본격적으로 전개하며 당부한 말들

NCM(니켈, 코발트, 망간)산화물 양극재는 그동안 주류였던 LCO(리튬코발트)산화물의 코발트 비중을 대폭 줄이고 저가인 니켈로 대체함으로써 원가(Cost)를 획기적으로 줄인 제품이다.

일본 다나카화학과 손잡고 만든 이 NCM 덕분에 신생회사인 엘앤에프가 세계적인 2차전지 양극재 회사로 인정받을 수 있었으며, 단숨에 업계 선두주자로 치고나갈 수 있었다.

이 글을 쓰는 2024년 현재에도 NCM이 전기자동차 등에 쓰이는 2차전지용 양극재의 주류 제품으로 쓰이고 있다.

이 모든 결과는 전(全) 임직원이 세계 1등의 비전을 품고 한마음으로 열과 성을 다해 투혼을 발휘해 준 덕분이다.

사원들의 불굴의 노력에 진심어린 감사와 격려를 아끼지 않았다.


이제 우리는 남들이 부러워하는 그린에너지 분야에 성공적으로 진입했다.

하지만 우리의 원대한 비전을 실현하기 위해서는 결코 자만하거나 긴장을 늦추어서는 안 될 것이다.

앞으로의 경영환경은 그 어느 때 보다 예측하기 어려울 것으로 예상된다. 분명한 것은 현재의 경제위기가 아직 최저점이 아니라는 점이다.

우리가 국내에서는 선두주자로서 기회를 선점했지만 세계로 눈을 돌리면 세계적인 선발기업들이 있다. 새로운 잠재 경쟁자들도 호시탐탐 기회를 노리고 있을 것이다.

날이 갈수록 제품의 생명주기가 짧아지고 있다. 왜관공장 B동에서 생산하던 프리즘 도광판이 개발 후 2년도 되지 않아 경쟁력을 잃은 것만 봐도 알 수 있다. 노트북용 LED BLU도 어렵게 개발했지만 몇 달 생산해 보지도 못하고 다 중국으로 넘어갔다.

이와 같이 아무리 좋은 개발품도 경쟁사보다 늦거나 시기를 놓치면 아무 소용이 없다. 따라서 개발 ITEM들의 우선순위를 정하고, 개발 주체를 명확히 한 다음 역량을 집중해야 한다. 그래야 남보다 먼저 차세대 제품을 개발하여 시장을 선도할 수 있다.

나 자신이 내 일터와 내 일의 주인이 되자. 언제 어디서든, 무엇이든 잘못된 것이나 불완전한 것을 보면 좀이 쑤셔서 반드시 고치고야 마는 엘앤에프인이 되자. 언제나 더 좋은 방법을 찾아서 개선하고 바꾸어 나가는 것을 체질이자 습관으로 만들자.

미래를 향한 뚜렷한 비전과 목표를 가지고 한발 앞서 차근차근 준비하고 꾸준히 노력하자. 그러면 거대한 해일이 닥치더라도 반드시 살아남을 수 있다.

나는 다음과 같은 말로 신년 인사를 마무리하였다.

"모두가 지혜와 열정을 갖고 경영방침을 하나하나 실행해 나가자. 앞으로 닥칠 "전지(電池)의 세기(世紀)"에서 성공신화의 주역이 되기를 기원한다."

## 2010년 | 엘앤에프

## 부품회사를 화학소재 회사로 탈바꿈시키다

지난 2009년은 세계금융위기의 여파로 국제 원자재 시세와 환율이 급등락했다. 이러한 외적 난관 속에서 LCD부문 413억, 소재부문 556억, 합계 약 969억 원의 매출을 올렸다. 이는 전년 대비 35% 성장한 수치였지만 수익성은 기대에 미치지 못했다.

그러나 재작년부터 신사업으로 진출한 소재부문(2차전지 양극재)이 빠른 속도로 시장에 진입한 덕분에 매출이 전년 대비 2배 이상 성장하였다. 또한 고객사로부터 최고 협력사로 인정받았으며, 복합계 양극재료인 NCM

부문에서 세계최고 수준의 매출을 달성하였다.

이와 같이 2차전지 양극재는 세계 수준의 경쟁력을 하나하나 갖춰 나가고 있으며, 우리 회사의 신성장 동력으로서 확실히 자리매김하고 있다.

BLU 부문도 큰 폭의 적자구조에서 벗어나, 정부와 관련 기관의 R&D지원과제 등을 활용하여 디스플레이 부품, 소재 관련 연구개발을 진행하고 있다. 이러한 과정을 통해 미래의 새로운 수종을 찾고 준비하는 한 해였다.

## 올해의 사업계획을 정하다

매출은 전지소재부문 665억 원, LCD부문 410억 원, 전극재료부문 115억 원, 합계 1,190억 원으로 목표를 정하였다.

우선 당사의 신성장 동력으로 그 중요성과 비중이 점점 커가고 있는 2차전지 양극소재 부문은, 전자 기기에서의 수요 확대뿐만 아니라 정부의 녹색에너지 성장정책과 세계적인 그린에너지 사용 확대 정책에 대비하겠다.

향후 가장 큰 수혜가 예상되는 HEV, EV 등의 자동차용 2차전지 양극재, 수요가 점차적으로 증가할 것으로 예상되는 ESS(전력 저장장치)용 2차전지 양극재 소재 관련 기술을 효율적이고 집중적으로 개발할 것이다.

이를 통해 고객맞춤 선행 제품개발과 생산능력 확보, 전·후방 사업으로의 인프라 구축 등에 역량을 집중해서 세계 최고 수준의 경쟁력을 갖추는데 최우선가치를 두고 노력하겠다.

LCD 부문에서는 BLU의 광원이 LED로 빠르게 전환되어 갈 것으로 예상된다. 이를 대비해 개발능력을 제고하고 고객사와 기술협력을 통해 LED BLU 제품의 비중을 확대해나갈 것이다. 동시에 고객 다변화를 위해 그동안 축적된 기술을 바탕으로 해외시장 개척을 위한 노력도 함께 할 것이다.

신사업 발굴 조직을 통해 그동안 축적된 디스플레이 관련 기술과 노하우를 한 단계 높은 기술과 접목시켜 새로운 수종 사업을 발굴해 나갈 것이다.

전극재료(ag-paste) 부문은 수년째 시장진입이 부진하다. 그러나 태양전지용 등으로 그 기능과 용도가 날로 확대되어가고 있으며, 계속해서 시장이 커질 것으로 예상된다. 따라서 높은 수준의 개발력을 보유하고 있는 대학 R&D 전문 벤처와의 전략적 제휴를 통해 개발력을 한층 강화하고, 마케팅 역량을 집중해서 올해에는 반드시 시장에 진입하도록 하겠다.

(주: ag-paste는 수년간 많은 투자와 노력을 기울였으나 시장 진입을 못하고 중단하는 아픔을 겪었다.)

## 향후 10년을 위한 기초를 닦자

올해(2010년)는 회사 창업 10주년을 맞이하는 의미 있는 해다.

회사는 그동안 LCD 분야에서 매출 천억 돌파로 1억 불 수출의 탑을 수상하는 등의 업적을 쌓아왔다. 이제 제2의 성장동력인 전지재료가 기존 제품을 추월하기 시작했다.

따라서 디스플레이 부품을 한 축으로 삼고 2차전지 소재를 다른 한 축으로 삼아 제2의 성장기반을 확고히 다져야 한다. 올 한 해를 다가오는 10년을 위한 "군건한 초석 구축의 해"로 만들 것이라고 주주총회에서 말했다.

## 2010년 | 엘앤에프신소재

## 미래시장선점 10대 핵심소재 WPM(World Premier Materials)
## 개발사업에 선정되고 고객사로부터 Best 협력사로 선정되다

지난해(2009년)에는 글로벌 금융위기로 인한 악조건 속에서 재무적 성과가 계획에 많이 못 미쳤다. 그러나 매출은 전년 대비 62% 증가한 1000억 원을 실현하였고, 고객으로부터 최고(Best) 협력사로 선정되었으며, NCM 출하부문에서 세계 톱 수준의 실적을 거두었다.

아울러 소성로 5, 6호기 증설과 생산성 30% 향상을 통해 생산 Capa를 확보하였다.

Major 신규고객을 창출하고 꾸준한 연구개발을 통해 신제품과 전기자동차시대 도래를 준비하였다. 또한 많은 지적재산권을 확보하는 등, 미래성장과 경쟁력을 위한 기반을 하나하나 이루어온 한 해였다.

품질부문은 고객사로부터 SQIS 품질등급 A등급(1위)을 받았고, 연구부문은 특허출원 17건, 특허등록 2건 등 다수의 지적재산권을 확보하였으며, 신규 활물질 개발 및 정부의 국책과제를 수행하였다. 내부적으로는 제조물류 ERP시스템과 PSMS시스템 구축으로 내부역량을 강화할 수 있는 관리시스템을 구축하였다.

이와 같이 대내외적으로 세계일등 수준의 사업기반을 견고하게 구축한 한 해였다.

올해 역점을 두고 추진해야 할 경영목표와 방침은 다음과 같다.

### 경영목표

확실한 세계 수준 기반구축을 위해 올해의 경영목표를 매출 1,271억 원, 판매량 4,345톤으로 정하고, 이의 실현을 위해 다음과 같은 경영방침을 추진키로 하였다.

### 첫째, 고객 파트너십 확보

고객과 함께 세계시장을 개척하며 성장해야 한다. 이 과정에서 고객의 목소리에 항상 귀 기울이고, 한발 먼저 대응하는 동반자로서의 역할을 원활히 수행해야 한다.

### 둘째, 차세대 신제품 창출

### 셋째, 1등 원가 실현

올해는 그 어느 때보다 고객사의 물량 변동이 심한 한 해가 될 것으로 예상된다. 우수한 기업은 위기 상황에서 빛을 발한다고 한다.

그 빛의 근원은 무엇일까? 나는 원가경쟁력이라고 생각한다.

### 넷째, 세계 TOP 역량 확보

### 다섯째, 팀 리더십 확립

위와 같은 경영목표와 방침을 연초에 열린 시무식에서 밝혔다.


## 전기자동차용 양극소재 개발사업 주관기업이 되다

올해는 앞으로의 R&D를 위한 큰 성과가 있었다. 정부의 야심찬 "미래시장선점 10대 핵심소재(WPM) 개발사업"에서 전기자동차용 양극소재개발 주관회사로 선정되어, 향후 9년 동안 공동개발 지원을 받게 된 것이다.

미래 친환경 전기차로 가는 길목에서 전기자동차용 혁신양극소재 개발과 고객 확보를 위한 천군만마를 얻었다고 해도 과언이 아닐 것이다.

# 기술혁신 중소기업, 녹색기술 인증기업이 되다
# 전구체 내재화를 위해 JH화학공업㈜를 설립하다

## 2차전지 양극재의 약진과 LCD부문의 침체

지난해(2010년) 매출액은 약 1,128억 원으로 전기 대비 약 16% 성장하였으며, 영업이익은 전기 대비 38% 증가한 23억6천만 원을 달성하였다. 그러나 계획에는 약 7% 정도 미달하였다.

구체적으로는 당사의 신수종 사업으로 큰 관심을 받고 있는 2차전지 소재부문 매출액이 771억 원을 달성하여 전기 대비 약 38% 성장하였다. 이를 통해 당사의 주종사업으로 자리매김하였으며, 세계시장 점유율도 많이 상승하는 성과를 이루었다. 그러나 엔고(高) 등의 영향으로 수익성은 기대에 미치지 못하였다.

LCD 부문은 매출 357억 원으로 전기 대비 13.6% 감소하였다. 끊임없는 원가개선과 신규고객 창출 노력에도 불구하고 전방산업의 침체와 고객선의 한계로 부진한 실적을 면치 못하였다.

## 올해의 사업계획

매출목표는 전년 대비 약 58% 증가한 1,774억 원으로 정하였다. 그중 전지재료가 1,281억 원으로, 전년 대비 약 66% 높게 설정했다.

올해는 당사 창업 10주년을 마무리하고 새로운 10년을 시작하는 첫해다.

BLU로 사업을 시작해서 2차전지 핵심소재인 양극재료를 사업화하는 데 성공했다. 이를 통해 신성장동력을 확보하여 국내외 산업계의 주목을 받고 있다. 하지만 세계 수준의 경쟁력을 확실히 갖추기 위해서는 아직 넘어야 할 산들이 너무나 많다.

특히 정부의 녹색에너지 산업정책과 세계적인 저탄소 그린에너지 사용 확대 정책으로 인해 2~3년 후부터 수요가 급증할 것으로 예상되는 전기 자동차용 소재와 전력저장장치(ESS)용 소재를 한 단계 업그레이드 해줄 차세대 신재료 개발과 공정기술의 확보에 박차를 가해야 한다.

또한 후방산업으로서 SCM 인프라 구축 등에 역량을 집중해서 더욱 차별화된 경쟁력을 하나하나 갖추도록 하겠다.

LCD 부문은 수년간 어려운 환경을 극복하지 못하고 있다. 끊임없는 원가개선을 통한 수익성 개선과 고객 다변화 노력을 통해서 수익성을 확보토록 할 것이며, 연구개발 중인 신 아이템들의 사업화 노력도 게을리 하지 않을 것이다.

올해는 그 어느 때보다 세계 정치·경제의 불확실성이 크다. 거기다 이웃 일본에 닥친 대재앙이 우리나라와 세계 산업계에 부정적인 후폭풍을 미칠 것으로 예상된다. 이와 같이 한 치 앞을 가늠할 수 없는 불확실한 상황이 전개될 것이다.

최악의 상황을 고려한 면밀한 대책을 준비해서 리스크를 잘 헤쳐 나갈 것이다. 다가오는 10년에는 반드시 "지구환경을 밝고, 맑게 하는 세계 수준의 회사"를 만들어 나가겠다고 주주총회에서 보고하였다.


## 올해의 경영방침

- 고객가치 창출
- 글로벌 원가 실현

- 신 ITEM 창출
- 임직원 역량 배가

올해는 LCD 부문의 흑자실현과 신사업에 반드시 성공해야 할 것이다.

특히 수년 동안 적자에서 헤어나지 못하고 있는 LCD 부문에서 반드시 흑자를 실현해야 한다. 또한 수년간 목표만 세우고 시장 진입을 못하고 있는 전극소재와, 그동안 연구소에서 준비해오던 ITEM들의 사업화에 성공해야만 한다.

나는 평소에 기회가 있을 때마다 우리 엘앤에프 가족의 역량 향상을 강조해왔다.

한 해의 시작을 알리는 시무식에서 나는 다음과 같이 말했다.

"세계가 한마당이 된 이 시대에 세계 수준의 기반을 구축하기 위해서는 우리 엘앤에프인 모두가 세계 TOP 역량을 확보해야 합니다.

우리 모두가 자신의 지식과 능력을 키우기 위해 공부하고, 서로의 정보와 지식을 공유하고 집대성해야 합니다. 각자가 맡은 분야에서 글로벌 수준의 지식과 능력을 갖추어야 하겠습니다.

회사는 이를 뒷받침할 수 있는 지원과 제도개선에 노력할 것입니다. 여러분도 이 부분에 특별히 힘을 기울여주기 바랍니다.

회사를 이끌고 발전시켜 나가는 힘의 원천은 사원들이고, 사원들의 지혜와 능력이 열정으로 뭉쳐진다면 우리의 비전은 반드시 실현될 것입니다.

따라서 항상 긴장의 끈을 늦추지 말고 경영방침을 하나하나 실행해 나가야 합니다. 그러면 어느 누구보다도 유리한 위치에 올라설 수 있습니다.

지금과 같은 불확실성은 오히려 확실한 세계 수준의 기반을 구축할 수 있는 기회이기도 합니다.

다가오는 10년에는 "지구환경을 밝고, 맑게 하는 세계 수준의 회사"를 함께 만들어 나갑시다."

### 전구체 내재화를 위해

전구체(양극재 전단계 원료) 내재화는 나의 숙원사업이었다.

처음에는 광물과 기술을 가진 중국에서 시도했지만 두 차례나 실패하였다. 그 후 제2의 NCM 전구체 협력사인 일본 關西觸媒化學㈜(관서촉매화학)사와 합작해서 우리나라에 전구체 공장을 지으려고 노력하였지만 이 또한 여의치 못했다.

그래서 공장 건설에 필요한 기술을 지원받아 자체 건설하기로 결정하고, 이를 위해 자회사로 제이에치화학공업㈜를 설립하여 김천 신공단에 공장을 착공하였다.

---

**2011년 | 엘앤에프신소재**

## 2차전지 양극재 세계시장 점유율 NO.3에 진입하다

**글로벌 안목과 확실한 목표의식, 끊임없는 열정과 효율적인 실행력**

지난해(2010년)는 글로벌 금융위기의 후폭풍으로 인한 정치, 경제적 혼란과 어려움이 큰 한 해였다.

이런 환경 속에서 당사는 매출 약 1197억 원(상품 포함)을 달성했다. 연초 목표에는 조금 미달하였으나 전기 대비 20% 이상 신장시켰다.

이와 같이 지속적인 성장세를 이어왔지만 재무적으로는 사업계획에 많

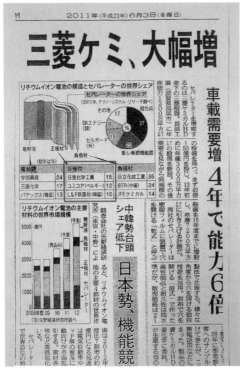

일본경제신문 기사(2011년6월3일), 正極材(양극재) 엘앤에프신소재 세계시장점유율 10%로 게재됨

이 미달하였고, 결과적으로 흑자실현에 실패했다.

그러나 유망한 신제품이 개발·출하되었고 주요 원료 2원화에 성공했으며, 많은 개선과 제안의 실행으로 경쟁력을 쌓아 도약의 발판을 마련하였으며, 정부 중요 R&D과제인 WPM에 참여함으로써 미래 자동차용 혁신 양극재 개발에 큰 도움을 받을 수 있는 기반을 구축한 한 해였다.

올해도 전년 못지않게 환율 등 어려운 대외환경이 예상된다. 뿐만 아니라 양극재료 분야에서도 과거 어느 때보다 치열한 경쟁이 조성될 것으로 생각된다.

따라서 우리는 현실적·잠재적 경쟁 환경을 잘 읽고 지혜롭게 대처해나가야 한다. 이를 위해서는 글로벌 안목과 확실한 목표의식을 가져야 하며, 끊임없는 열정과 효율적인 실행력이 그 어느 때보다 요구된다고 할 수 있다.

오늘날 우리 회사는 남들의 주목을 받고 있는 게 사실이다. 하지만 그럴수록 절대 방심하지 말고 전 임직원이 하나가 되어 비전을 차근차근 실현해 나가야 한다. 그래야만 누구보다도 유리한 위치에 오를 수 있으며, 세계 수준의 기반을 구축할 수 있다.

### 경영목표와 방침

올해(2011년)의 매출목표는 전년 대비 약 74% 증가한 2,063억 원(도전목표2,106억 원), 경상이익은 42억 원(도전목표 52억 원)이다. 이는 각 실행부서 실무진들이 워크숍(work shop)을 열어서 많은 토론 끝에 지혜를 담아 도출한 목표이다.

워크숍에서는 구체적인 실행계획도 논의되었기 때문에 어느 해보다 목표 달성률이 높을 것으로 확신한다.

경영방침은 지난해와 비슷하다.

• 고객 파트너십 확보
• 차세대 신제품 창출
• 1등 원가 실현
• 세계 TOP 역량 확보
• 팀 리더십 확립

이는 세계 수준의 기반을 더욱 공고히 하기 위함이다.

좀 더 강조하고 싶은 말은, 세계 수준의 기반을 확실히 구축하기 위해서는 우리 엘앤에프인 모두가 세계 TOP 역량을 확보해야 한다는 점이다.

"지구환경을 맑게 하는 그린소재 글로벌 기업"을 함께 만들어 나가자고 시무식에서 강조하였다.

올해는 2차전지용 양극재 세계시장 점유율 NO.3에 진입하여 세계 2차
전지 업계의 주목을 받기 시작한 의미 있는 한 해이기도 했다.

## 한국전지산업협회 창설에 참여하다

원래는 한국전자산업협회 산하였는데, 선견지명을 가진 업계 리더들이
2차전지산업이 미래 제2의 반도체가 될 것이라는 확신을 가지고 정부를
설득하였다.

그 결과 2011년 11월 1일, 전지 관련 66개 회사가 참여한 한국전지산업
협회가 창설되었다.

나는 부회장(중소기업 대표)으로 선출되어 6년간 활동했다.
우리나라 2차전지 산업의 오늘이 있게 한 주역들이 한국전지산업협회
회원사들임은 아무도 부정하지 못할 것이다.

제2회 한국전지산업협회 이사회(2012. 5. 12.)

# 동반성장위원장상을 수상하고
# 수출입은행 히든챔피언 육성대상기업에 선정되다

## 2차전지와 BLU의 명암이 엇갈리다

지난해(2011년)는 일본 후쿠시마 원전사고와 글로벌 재정위기가 전 지구를 강타한 해였다. 국내외 경제가 세차게 흔들렸고 아직도 그 여진이 계속되고 있다. 사상 유래가 없을 만큼 어려운 한 해였던 것이다.

이런 환경 속에서 당사는 계획 대비 약 29% 미달한 약 1,263억 원의 매출을 올렸다 이는 전기 대비 12% 성장에 그친 수치다. 게다가 영업이익은 전기 대비 42% 감소한 16억 원이었다. 선진국들의 경기 침체와 엔고, IT 부문의 경쟁 가속화 등의 외부적인 요인들 때문이었지만 기대에 미치지 못하는 낮은 실적이었다.

매출의 구성은 2차전지 재료부문이 987억 원으로, 전기 대비 28% 신장하여 당사 총매출액의 78%를 차지하였다. 또한 자회사를 포함하여 2차전지 양극재 분야 세계시장 점유율 3위를 기록하는 등, 꾸준히 시장을 확대해 나가고 있다. 2차전지 양극재가 당사의 신성장 동력으로 순조롭게 자리 잡았으며, 성공적인 업종 전환을 이루어 나가고 있다고 할 수 있겠다.

한편 앞으로 다가올 전기자동차와 ESS시장을 준비하기 위해 전지재료사업에 약 130억 원을 투자하였다. 그 결과 생산능력이 약 60% 증설되어 총 capa가 연간 5,000톤 규모로 증대되었다. 또한 오랫동안 숙원사업이던 전구체 자체생산능력을 갖추기 위해 전담 자회사를 설립하고 공장을 건설 중이다. 그리고 이와 같은 노력을 통해 정부로부터 녹색기술 기업으로 인증을 받았다.

이러한 성과들을 돌이켜보면 미래를 위한 준비를 하나하나 착실히 해온 한 해였음을 알 수 있다.

BLU 부문은 매출이 전년 대비 23% 감소한 276억 원으로 매우 부진하였으며, 적자를 벗어나지 못했다. 연초부터 예상치 못한 전방 LCD 산업의 깊은 침체로 인해 수요가 급격히 줄었고, 가격 또한 큰 폭으로 하락했기 때문이다.

그러나 끊임없는 원가절감과 생산성 향상 노력으로 작년 4/4분기 이후부터는 적자폭이 많이 줄어들고 있다. 특히 방열 Tape 등과 같이 올해 론칭되는 신제품·신사업들도 올해 사업에 보탬이 되리라 예상된다.

### 올해의 경영목표

올해 매출목표는 전년 대비 40% 증가한 1,768억 원으로 정했다.

Display사업부 297억 원(연구소 포함), 전지재료부문 1,471억 원으로 사상 최고의 매출목표를 세운 것이다.

그동안 준비해온 신사업부문이 조기에 가시화된다면, 매출과 ITEM이 더욱 증가하고 다변화될 것으로 생각된다.

우리가 속해 있는 산업분야에서는 그 어느 때보다 엄혹한 상황이 펼쳐질 것으로 예상된다. 새로 진입을 준비 중인 잠재적 경쟁자들과 IT부문의 경쟁 격화 때문이다.

우리는 국내외 중소기업을 넘어 글로벌 기업들과의 경쟁을 준비해야 한다. 이를 위해서는 현재와 미래의 글로벌 경쟁 환경을 잘 읽어야 하며, 중·대형시장을 준비하면서 IT 시장을 유지·확대해 나가야 한다. 더 나아가 해외시장 개척에도 역량을 집중해야 하겠다.

현재 BLU 사업은 비중이 많이 감소했다. 그러나 계속적인 원가 개선 활동을 통해 경쟁력을 강화해 나가고 있으며, Display 관련 신제품인 방열부품과 Paste 형태의 전극재료 매출을 확대하여 수익성을 개선해 나갈 것이다.

이러한 '씨앗'들을 잘 가꾸어 새로운 동력으로 발전시켜 나가자.

## 올해의 경영방침

올해의 방침은 작년과 동일하지만 「글로벌 원가 실현」을 좀 더 강조했다. 그 어느 때보다 치열한 가격 경쟁이 예상되기 때문이다.

우리가 할 수 있는 만큼이 아니라 고객이 원하는 만큼, 아니 그 이상의 노력을 다해야 한다. 그래야만 각 ITEM별로 그 누구도 따라올 수 없는 1등 원가를 실현할 수 있을 것이다. 우리가 혁신적인 원가개선과 생산성 향상을 통해 이 고난의 시기를 잘 극복하고 경쟁력을 갖추어나간다면, 이 상황이 장기적으로는 우리에게 큰 기회가 될 거라고 믿는다.

디스플레이사업부는 방열Tape, Paste 등 신개발 Item들을 확실히 사업화하여 세계시장에 자리매김해야 할 것이다.

전지재료사업부 또한 글로벌 시대에 걸맞은 안목을 가지고 다가올 전기차와 전력저장장치 시장의 성장을 준비해 나가야 할 것이다.

이를 위해서는 고객과 더욱더 밀착된 파트너십을 가져야 한다. 이를 통해 고객이 필요로 하는 제품, 고객에게 가치 있는 제품을 한발 먼저 개발, 제공해야 할 것이다.

아울러 시스템경영체계 솔루션을 반드시 정착시켜야 한다. 시스템경영체계 솔루션은 업무를 보다 체계적이고 효율적으로 실행하기 위해 준비하고 있는 솔루션이다. 이를 통해 전사 운영효율을 한 단계 높여서 세계 수준의 업무효율성을 실현해야 하겠다.

자회사를 통한 「그린에너지 핵심소재사업」은 전기차와 저장장치시장의 빠른 성장 덕분에 국내외에서 주목받고 있다. 하지만 세계 수준의 경쟁력을 갖추기 위해서는 아직 부족한 부분이 너무 많다.

우리 엘앤에프는 연매출 1천억 이상을 올리는 대구지역 우수업체로 성장하였다. 그러나 앞으로 글로벌 기업들과의 경쟁에서 승리하기 위해서는 잠시라도 자만하거나 방심해서는 안 될 것이다.

우리 모두가 글로벌 안목과 확실한 목표의식을 가져야 한다. 그들보다 더 치밀하고, 더 빠르고, 더 열정적으로 앞서나가야 한다. 그렇게 한다면 머지않아 세계 수준의 기반을 확고히 구축할 수 있을 것이다.

물론 그 모든 것의 원천은 바로 우리 엘앤에프가족 여러분들이다.


"지구환경을 밝고, 맑게 하는 세계 수준의 회사를 우리 함께 만들어 나가자!"


그 순간을 여러분들과 함께할 것을 기원한다고 시무식에서 말했다.


**2012년 | 엘앤에프신소재**

## LMO 양극재를 일본 대기업에 납품하기 시작하고
## 2차전지 양극재 분야 세계시장 점유율 NO.2에 진입하다.
### 〈1억불 수출의 탑〉, 〈부품소재 기술포장〉,
### 〈고객사 품질금상〉을 수상하다

양극활물질 세계 2위 기업 '엘앤에프신소재'

# 2차전지 종주국 일본 시장 첫 진출

**설립 6년만에 매출 1,300억**

휴대폰 등의 2차전지 양극활물질을 생산하는 경북 칠곡 ㈜엘앤에프신소재가 최근 일본시장으로 진출했다. 엘앤에프신소재는 2차전지 종주국이며 소재 강국인 일본에 제품을 수출해 기술력을 인정받게 됐다.

2차전지(배터리)는 휴대폰과 노트북, 전기자동차 등의 주요 부품으로 양극활(+)물질과 음극활(-)물질, 분리막, 전해질 등이 핵심 소재다.

2005년 8월 설립된 엘앤에프신소재는 대구 달서구 성서산업단지에 있는 엘앤에프 자회사다.

엘앤에프신소재는 2006년 LCO(Lithium Cobalt Oxide) 타입 양극소재 양산에 이어 2007년 NCM(Nickel Cobalt Manganese) 타입 양극소재를 양산하는 등 다양한 종류의 양극소재를 생산하고 있다.

엘앤에프신소재가 설립되기까지 국내 업체는 양극활물질의 대부분은 해외에서 수입했다. 삼성SDI와 LG화학 등 2차전지를 생산하는 대기업 역시 해외 제품을 이용해 전지를 생산했다. 엘앤에프신소재는 양극활물질을 생산하면서 국내외 기업에 제품을 납품, 설립 6년 만에 매출 1천300억원을 넘어섰다.

회사 매출의 대부분을 국내 2차

전지회사에서 올렸던 엘앤에프신소재는 최근 일본의 대형 배터리 업체로부터 양극활물질 품질인증을 획득, 이달 초 제품을 첫 수출했다.

회사가 수출하는 제품은 스피넬계 양극활물질(LMO)로 에너지저장장치시스템(ESS)과 같은 중대형 배터리 제조에 쓰인다. 이번 수출은 엘앤에프가 국내 처음이다.

서상호 상무는 "리튬이온 2차전지의 종주국이며 소재 강국인 일본으로의 수출이어서 그 의미가 매우 크다"며 "세계 1위 기업으로 성장할 발판을 마련했다"고 말했다.

엘앤에프신소재는 기존 민생용 양극활물질 시장에서 벗어나 자동차 및 ESS시장의 진입을 목표로 2010년부터 이차전지용 스피넬계 양극활물질(LMO) 개발에 착수해 약 2년간의 개발기간을 거쳐 완성했다.

특히 회사는 이번 일본 수출로 양극소재 분야에서 세계 1위업체로까지 한발 더 다가가게 됐다. 엘앤에프신소재는 2010년 2차전지 양극소재부문 세계 3위로 뛰어오른데 이어 지난해 2위를 차지했다. 회사 관계자는 "일본 수출과 함께 현재 참여 중인 정부국책과제를 통해 차세대 양극활물질을 개발하면 세계 시장을 주름 잡을 수 있을 것이다"고 밝혔다.

노경석기자 nks@msnet.co.kr

최근 일본 배터리 기업에 국내 최초로 2차전지 양극활물질을 수출한 (주)엘앤에프신소재 회사 전경.

매일신문에 게재된 엘앤에프신소재 기사(2012년 11월 15일)

2차전지 양극재 종주국인 일본 도시바(Toshiba)에 LMO 양극재 수출을 시작하고 2차전지 양극재 세계시장 점유율 2위에 진입하였다.

2차전지 양극재 부문의 이러한 약진 덕분에 「1억불수출탑」, 「부품소재 기술포장」, 「고객사품질금상」, 「동반성장위원장상」을 수상하였다.

## 2013년 | 엘앤에프

## 창업 ITEM인 BLU사업을 중단하다
-----------------------------------

지난 한 해(2012년)는 국내외적으로 많은 시련과 불확실성이 짙게 드리운 격동의 한 해였다.

그리스에서 시작된 재정위기가 유럽 전역으로 번지면서 2011년에 이어 한 번 더 전 세계 경기가 후퇴하였다. 전문기관의 발표들에 따르면 향후 몇 년간은 저성장 국면이 지속될 것이라고 한다.

수출환경 악화, 국제금융시장 불안 등의 세계 경제 침체로 인해 전년도 사업실적은 매출 약 1,236억 원, 영업이익 약 11억 원으로 전기 대비 소폭 감소하였으며, 연초 목표에는 약 30% 미달하였다.

2차전지재료 부문도 연초 계획에는 많이 미달하였으나, 매출이 전년 대비 8% 신장한 1,056억 원을 달성하였고 회사 전체 매출액의 85%를 차지하는 등, 새로운 성장동력으로 확고히 자리매김했다.

자회사를 포함하면 2천억 원 넘는 매출액을 달성하였고, 2차전지 종주국인 일본시장에 첫 진출하는 등의 성과를 거두었다. 하지만 세계 경기 후퇴로 인해 전기자동차와 전력저장장치(ESS) 시장의 개화가 생각보다 지연되었고, IT용 2차전지의 공급과잉으로 인해 수익성이 전기 대비 감소되었다.

작년 9월에 약 43억 원을 투자하며 시작한 설비증설은 금년 2월에 완료되었다. 지금은 양산을 준비하고 있다.

한편 전자부품 소재 사업은 작년에 약 29억 원의 매출을 올렸다. 오랜 노력 끝에 비로소 싹을 틔우기 시작한 셈이다. 올해에는 전자부품소재사업에 전력투구하기로 결정하였다.

그리고 창업 ITEM으로서 10년 이상 주력제품이었고, 한때 1,200여억 원의 매출을 올리던 BLU 사업을 올해 1월에 부득이 종료하였다.

그동안의 치열한 노력에도 불구하고 시장 환경의 변화와 메이커들의 사업구조 변경이라는 큰 흐름을 극복하기에는 역부족이었다. '메이커들의 사업구조 변경'이란, 메이커, 즉 고객사들의 공장이 국내를 떠나 중국에 진출한 것을 뜻한다. 또한 대만 및 중국업체들과의 경쟁이 심화된 것도 큰 문제였다.

결국 국내에서는 더 이상 BLU 사업의 미래가 없다는 결론에 도달했다.


창업 아이템이며 첨단산업으로 한때는 남들의 부러움도 샀던 BLU 사업!

6년차에 최고점을 찍었지만 7년째부터 급격히 매출이 축소되기 시작했다.

전전긍긍하며 버티다가 도저히 더는 유지할 수 없어서 12년 차에 막을 내리게 되었다.

이러한 현실을 맞이한 우리 임직원들의 심경이 어떠했을까?

BLU 사업 종료를 선언한 다음 과거를 돌아보았다.

만약 신수종 사업으로 2차전지 양극재를 준비하지 않았다면 어떻게 되었을까?

한때 기라성 같던 BLU 대기업들처럼 증권시장에서 사라지지 않았을까?

## 올해의 경영목표

먼저 매출목표는 BLU의 생산중단 등을 감안하여 전기 대비 소폭 감소한 1천억 원으로 정하였다.

전지재료사업부 930억 원, Display사업부 82억 원, 합계 1,012억 원으로 전년 대비 약 17% 감소한 금액이다.

이는 환율, 국제 원재료 시세의 하락과 수년 전까지 주력사업이었던 BLU를 중단하고 신수종으로 전환하지 않으면 안 될 상황을 감안한 액수다.

그러나 전지재료 관련 여건들이 호전되고 연구소에서 준비해오고 있는 신규 아이템이 계획대로 잘 개발되어 매출이 발생할 경우, 목표를 초과할 수도 있을 것으로 사료된다.

전자부품소재 부문은 작년에 론칭한 제품들로 본격적인 시장 창출을 시작하고, 이들이 미래 동력사업의 한 축이 되도록 성장시켜 나가겠다.

## 올해의 경영방침

### 첫째, 고객가치 창출
### 둘째, 글로벌 경쟁력 확보
### 셋째, 신수종 사업 조기 정착

앞에서 언급한 바와 같이 특히 디스플레이사업부와 기술연구소는 그동안 주력이었던 조립사업에서 오랫동안 준비해온 부품소재, 전자소재 기반사업으로 하루빨리 전환하여 육성해야 한다.

작년에 론칭한 방열 Tape, LGP INK의 용도 확대와 고객 다변화를 통해 매출목표를 조기에 달성해야 할 것이다. 또한 새로 창업한다는 각오로 BLU를 대체할 제3의 신수종을 반드시 개발·론칭해야 한다.

**넷째, 창의와 도전으로 녹색 미래 실현**

작년에는 치열한 경쟁으로 인해 수익성은 저조하였으나, 본사와 계열사의 전체 매출액이 2천억 원을 상회하는 중견기업으로 발돋움하였다. 또한 신소재가 「1억불 수출탑」을 수상하였고, 양극재 세계시장 점유율 2위를 달성하여 세계적인 반열에 오르기도 했다.

이제 우리는 국내기업을 넘어 글로벌 기업들과의 경쟁을 준비해야 한다.

---

### --- BLU 사업 중단을 결정하고 협력사에 보낸 사과문 ---

○○ 주식회사 대표님 귀하

안녕하십니까?

오늘도 어려운 경영환경 극복을 위해 얼마나 노고가 많으십니까?

폐사는 국내 LCD 분야의 사업환경 변화에 따라 부득이 창업이후 13년 동안 영위해온 BLU 사업을 금년 1월을 끝으로 마무리하기로 하였습니다.

귀사와 긴 세월 동안 고난과 역경을 함께해 왔고, 또 고비 때마다 귀사의 적극적인 협조와 배려 덕분에 저희 회사의 오늘이 있었다고 생각합니다.

저희의 BLU 생산 중단으로 인해 귀사에 조금이라도 부담을 끼치게 된다면 본의가 아니니 넓은 아량으로 양해해주시기를 부탁드리며, 오랜 세월 변함없이 끝까지 협력해 주신 귀사의 배려에 깊이 머리 숙여 감사드립니다.

폐사는 그동안 BLU 사업에서 얻은 소중한 경험과 지식을 바탕으로, 2차전지 소재와 디스플레이 소재 등 그동안 준비해온 새로운 분야에 역량을 집중하여 사회와 국가에 기여하는 기업으로 거듭날 수 있도록 전 임직원이 최선을 다할 각오입니다.

회자정리 거자필반(會者定離 去者必返)이라는 말과 같이, 반드시 새로운 일로 귀사와 또 다시 만날 수 있게 되기를 간절히 기원하겠습니다.

다시 한 번 그동안의 협력과 배려에 진심으로 감사드리며, 귀사의 무궁한 발전을 기원합니다.

감사합니다.

## 2013년 | 엘앤에프신소재

# 행복나눔기업에 선정되고 수출 강소기업 인증을 받다

작년(2012년)은 유럽발 재정위기로 세계적인 경기 침체기였지만, 우리에게는 아주 의미 깊은 한 해였다.

전지소재 종주국인 일본의 대그룹 전지 메이커(maker)에 우리가 개발한 소재를 공급하기 시작하였으며, 우리의 목표인 「'세계일등'에 한 발자국 더 다가서는 한 해」였기 때문이다.

세계적인 경기침체와 전지시장의 공급과잉, 소재업체들의 치열한 가격 경쟁 등으로 인해 수익성은 다소 미흡하였지만, 약 2,280억 원의 매출을 달성함으로써 중견기업 수준으로 발돋움할 수 있었다. 이는 목표대비 94%, 전년 대비 19% 늘어난 것이다.

### 올해의 매출목표와 경영방침

올해의 매출 목표는 전년 대비 3% 증가한 2,346억 원으로 정했다. 이는 국제 원재료 시세 하락과 환율 등을 고려한 액수다.

이러한 목표를 이루기 위해 다음과 같은 경영방침을 실행하기로 하였다.

### 첫째, 1등 원가 및 고객가치 창출

### 둘째, 신제품과 신기술 창출

2~3년 후부터 큰 성장이 예상되는 전기자동차와 ESS 시장에서 선도적 지위를 차지하기 위해 착실히 준비해야 한다. 이를 위한 개발역량도 많이 강화해 나가야겠다.

### 셋째, 글로벌 역량 강화

우리는 작년에 양극재 세계시장 점유율 2~3위권을 달성했다. 이제 우리의 경쟁자는 국내외 중소기업이 아니라 글로벌 대기업들이다.

글로벌 기업들과의 경쟁에서 이기기 위해서는 경쟁력 있는 SCM 구축과 고객다변화가 필수적이며, 임직원들의 글로벌 업무역량도 강화해야 한다.

### 넷째, 창의와 도전으로 녹색 미래 실현


## 경상북도로부터 「행복나눔기업」으로 선정되다

올해부터는 근무체계도 바꾸었다. 이것은 우리의 오랜 숙원이었다.

회사와 사원들이 더 나은 미래를 위해 한 걸음씩 양보하여 이루어낸 성과다. 이는 정부의 시책과 임직원들의 강한 의지가 없었다면 불가능했을 것이다.

더 나아가 상호 신뢰를 바탕으로 경쟁력 제고를 위한 도전적인 목표를 설정하였으며, 이를 달성하기 위해 함께 노력해 나가기로 하였다.

이제 새 근무체계에 맞추어 임직원들이 여가를 잘 활용하기를 바란다. 회사도 예전보다 더 많은 재충전 기회를 제공하고, 모두가 함께하는 행사들도 개최해 나가겠다.

"우리 모두가 글로벌 안목을 갖고 역량을 키워야 한다. 창의와 도전으로 최고의 경쟁력을 갖추어 고객이 믿고 찾는 세계 수준의 회사로 한 발 한 발 전진하자. 그리하여 엘앤에프 가족을 위한, 인류를 위한 녹색 미래를 함께 열어가자."라고 시무식에서 말했다.

**2014년 | 엘앤에프**

## 세계 선두급의 전기자동차용
## High nickel NCM양극재 양산을 개시하다

지난해에는 13년간 생산해오던 창업 아이템인 BLU 사업을 종료하였고, 수년간 심혈을 기울여 개발해오던 PDP용 재료도 시장환경의 변화로 중단하였다.

이와 같은 뼈아픈 결정을 하지 않으면 안 될 큰 고비를 겪은 한 해였다.

지난해 경영실적은 매출액 949억 원으로 전기 대비 약 12% 감소하였다. PDP용 Paste 개발 중단에 따른 자산 감액, LCD BLU 사업중단에 따른 영업중단 손실과 기존고정비 부담, 터치패널용 실버 Paste 등의 개발비 증가 등으로 많은 손실이 발생하였으며, 그 결과 매우 어려운 한 해를 보냈다.

그러나 이제 당사의 주력사업이 된 전지재료 부문은 약 43억을 투자하여 라인을 증설하여 생산능력을 20% 증가시켰다. 전기자동차용 전지재료 등 신규개발모델의 양산공급을 준비하고 있으며, 세계 최초급의 High

Nickel 제품 등을 개발하여 양산을 시작하기도 하였다.

또한 임직원들의 직무능력 향상을 위해 혁신컨설팅을 실시하였고, 근무형태를 3조 2교대로 전환하여 교육의 기회를 늘리고 연장근로시간을 단축했다. 이와 같이 임직원 역량 강화에도 많은 투자를 한 한 해였다.

디스플레이사업 부문은 방열과 INK 제품에서 품종과 고객을 다변화하는 동시에 미래 아이템들을 개발해 나가고 있다. 현재 큰 시장으로 성장 중인 터치패널용 실버 Paste 개발에도 박차를 가하고 있다.

그리고 재무부문에서는 자산의 실질가치를 반영하기 위해 창사 이래 처음으로 자산재평가를 실시하였으며, 그 결과 134억 원의 평가차익을 장부반영 하였다.

우리는 지금 시장과 환경의 변화로 큰 시련을 겪고 있다. 그러나 지난 해는 주어진 환경에 슬기롭게 대처하면서, 다가오는 새로운 시장과 기회를 잡기 위해 꾸준히 준비해 온 한 해였다고 생각한다.

### 올해(2014년)의 사업계획

전지재료 부문의 경우, 전기자동차용 재료가 의미 있는 출하를 시작하였다. IT용에 비해서는 규모가 작지만 앞으로의 발전이 기대된다.

2차전지 시장에서는 자동차 회사들이 앞다투어 전기자동차 신차와 개발 로드맵을 발표하고 있다. 또한 다양한 용도의 ESS 제품들이 출시되고 있으며, 그린에너지에 대한 각국 정부의 투자가 확대됨에 따라 LIB(리튬이온 배터리) 시장이 성장할 것으로 기대된다.

조사기관들의 발표를 보면 내년 하반기 이후에는 2차전지 중·대형시장에 긍정적이고 의미 있는 변화가 발생할 것으로 예상된다. 우리는 이를 잘 준비하고 대처하여 시장점유를 확대해 나가야 한다.

디스플레이 부문은 신수종 아이템 발굴이 아직 미미한 수준이다. 그러나 확실한 기술개발 및 고객 발굴을 통해 미래 주력사업의 한 축이 되도록 성장시켜 나가겠다.

위와 같은 상황을 고려하여 금년도 매출목표는 1,165억 원으로 잡았다. 전기 대비 20% 이상 증가한 액수다.

지난주 공시한 유·무상증자는 전기자동차, ESS 시장 추이와 고객사들의 개발, 영업상황을 고려하여 설비증설과 운영자금으로 사용할 계획이다.

당사는 세계적 경쟁력을 갖춘 글로벌 회사로 발돋움하기 위한 기반을 하나하나 구축해나가고 있다. 당사의 기술력과 시장경쟁력, 전·후방산업에 있어서의 비즈니스 체인 등을 감안하면 결코 허황된 꿈이 아니라고 생각한다.

이러한 준비를 해 고객이 믿고 찾는 세계적인 회사로 한 걸음씩 전진해 나가겠다고 주주총회에서 보고하였다.

## 2014년 | 엘앤에프신소재

### 월드클래스300기업, 세계일류상품에 선정되고 〈2억불 수출의 탑〉을 수상하다

2013년은 여러 해 동안 이어져 온 전 지구적인 경기침체의 후유증에 시달리던 해였다.

2차전지 업계도 예외는 아니었다. 공급과잉으로 인한 단가인하와 환율 하락, 전력비 인상 등 매우 어려운 경영여건이 계속되었다. 매출은 목표였던 2,300여억 원(8,600톤)을 달성하였으나 수익은 목표에 많이 미달하였다.

시장과 환경의 어려움으로 수익성은 미흡했지만 많은 신제품들을 개발하고 교대근무 제도를 개선하였으며, 북미영업소를 개설하는 등, 다가오는 새로운 시장과 기회를 우리 것으로 만들기 위해 꾸준히 준비해온 한 해였다.

올해(2014년)의 매출목표는 전년 대비 약 7% 증가한 2,460억 원으로 정하였다.(광미래 268억 포함) 고객들의 사업계획과 환율, 국제 원재료 시세전망 등 대내외적인 환경을 고려하여 정한 액수다.

이는 여러모로 녹록지 않을 올해의 상황을 고려하여, 각 부문과 팀에서 면밀히 세운 계획이다.

이러한 계획을 달성하기 위한 경영방침은 다음과 같다.

### 첫째, 1등 원가, 고객가치 창출

올해 전지업계는 중대형 시장의 도래를 준비하고 있다. 그 결과 IT용 시장의 공급능력이 절정에 달해, 그 어느 때보다 치열한 생존경쟁이 펼쳐질 것이다.

품질은 부족하지만 저가 공세를 펴고 있는 중국업체들과 국내 후발업체들의 공세를 극복해야 한다. 이를 위해서는 혁신적인 원가절감과 생산성 향상을 통해 모든 면에서 확실한 1등을 확보해야 한다.

### 둘째, 신제품 및 신시장 창출

코앞에 다가온 전기자동차와 ESS 시장에서 선도적 지위를 차지해야 한다. 이를 위해서는 오랫동안 준비해온 개발과제들과 신기술들을 하나하나 제품화해 나가야 한다.

### 셋째, 글로벌 역량 강화

이미 우리의 경쟁자는 국내외 중소기업이 아니라 글로벌 대기업들이다.

가끔 교육 겸 일체감 조성을 위해 사외에서 워크숍을 가졌다. 엘앤에프신소재의 주역들

이들과의 경쟁은 국내외에서 더욱 치열해질 것이며, 경쟁에서 승리하기 위해서는 경쟁력 있는 SCM을 구축하고 해외고객을 많이 확보해나가야 한다.

이를 위해 작년에는 북미영업소를 설치하였고, 올해부터는 해외영업전담 TFT를 구성하여 글로벌 영업역량을 강화해 나가도록 하겠다.

### 넷째, 창의와 도전으로 녹색 미래 만들기

사원들과의 소통을 위해 「한마음협의회」라는 이름으로 노사협의회를 매월 개최하였다. 실무자 간의 소통 Task를 상시 운영하여 사원들의 건의와 애로 사항을 즉시 해결하기 위해 노력하였다.

매 분기별 경영상황 설명회를 개최하여 경영실적을 사원들에게 알렸고, CEO 간담회, 각 부문장 간담회, 멘토링 제도, 각종 동호회 등을 통해 일체감을 조성하기 위해 노력하였다.

또한 분기 또는 반기마다 부서 책임자들과 사외에서 숙식을 같이하는 워크숍을 개최하여 부서간 이해의 폭을 넓혔다.

전 사원 야유회나 체육대회와 같이 일터를 떠나 야외의 편안한 분위기에서 사원들 간의 친목을 도모할 수 있는 행사들을 연 1~2회 정도 실시하였으며, 〈WORD CLASS 300 기업〉, 〈세계일류상품〉에 선정되고 〈2억불 수출의 탑〉을 수상하였다.

10년 전 창업할 때 "우리나라 전지산업 발전과 맑은 지구환경 만들기에 기여하는 회사, 보람을 느낄 수 있는 회사를 만들자"고 사원들과 함께 다짐하였는데, 그때 꾼 꿈이 현실이 되어가는 듯해서 너무도 흐뭇했다.


## 국민기업 포스코의 양극재 사업 진출에 대한 소고(小考)

어느 날 포스코가 중소기업을 M&A(인수합병)해서 양극재 사업에 진출한다는 기사를 봤다.

그 당시 회장이 신성장동력을 확보한다며 이것저것 기업들을 사들이던 시기였다. 그동안 포스코그룹은 자회사에서 2차전지용 음극재를 생산하고 있었다.

음극재는 포스코의 철강생산 부산물인 흑연을 원료로 했기 때문에 가격경쟁력이 있었다. 그리고 국내에서 처음 개발하였기 때문에 명분도 충분했다.

하지만 양극재는 우리 같은 중소기업들이 국산화에 성공하여 시장을 개척하며 고군분투하고 있지 않았는가? 그런데도 대기업인 포스코가 뛰어들다니! 중소기업들이 어렵게 어렵게 차려 놓은 밥상에 숟가락 들고 달려드는 격이었다.

나는 포스코 본사 고위 임원을 찾아가서 항의했다.

"포스코가 어떻게 이럴 수 있습니까? 전문 중소기업이 목숨 걸고 개발해서 신시장을 개척해 왔는데, 다 차려 놓은 밥상에 국민기업이라 불리는 포스코가 숟가락 하나만 들고 들어오다뇨!"

포스코의 역량이라면 중소·중견기업이 할 수 있는 분야는 맡겨두고 장래 우리나라 2차전지산업의 경쟁력에 큰 도움이 되고 중소기업들이 엄두를 못 내는 광물자원 확보에 매진해야 했다.

만약 그랬다면 토종 전문기업들과 윈-윈할 수 있었을 것이고 명분도 확보할 수 있었을 것이다. 국가와 산업계의 경쟁력을 위해 꼭 필요한 일이었기 때문이다.

그러나 나의 항의는 소 귀에 경 읽기요, 계란으로 바위치기였다.

포스코 정도의 역량을 가진 국민기업은 중소 전문기업들이 하기 힘든 희소 광물(리튬, 코발트, 니켈 등)의 확보에 전념했어야 한다. 만약 그랬다면 우리나라 2차전지 산업 전체의 경쟁력이 지금보다 훨씬 높았을 것이다.

며칠 전 뉴스에서 중국이 희귀광물과 희토류를 무기화하고 수출금지를 검토한다는 뉴스를 보았다. 우리나라 반도체 기업들과 2차전지 기업들에 비상이 걸렸다는 소식이었다.

그 뉴스를 보자 깊은 한숨이 나왔다.

## 2015년 | 엘앤에프

### 대구공장을 증설하고 조달청과 민관공동비축사업 협약하다

끝이 보이지 않는 세계 경기침체의 후유증은 지난해에도 예외는 아니었다.

특히 주력사업인 2차전지 양극활물질 분야는 중·대형시장의 발전지연과 중국업체들의 약진으로 경쟁이 격화되어, 한계기업이 속출하는 등 변화가 큰 한 해였다.

매출은 1,252억 원을 달성하여 전기(949억) 대비 32% 증가하였으며 영업이익과 순이익도 미흡하나마 흑자를 실현하였다.

주력사업인 전지재료 부문 매출은 전년 대비 36% 증가한 1,250억여 원을 달성하였다. 신제품 출시와 환율 덕분에 전자소재 부문의 부진에도 불구하고 연초의 사업계획보다 조금 개선되었다.

2차전지 중·대형시장 도래를 준비하기 위해 공장증설을 결정하였다. 이는 당사가 한 단계 더 도약할 수 있는 기틀이 되어줄 것이다.

이를 위한 유상·무상증자가 순조롭게 진행되었으며, 덕분에 증설공사가 차질없이 진행되고 있다.


올해는 전년보다 훨씬 더 어려워질 것으로 예상된다. 불확실한 경제와 경영 환경 때문이다.

그러나 업계와 전문기관들은 전기차, ESS 등 중·대형용 2차전지 시장이 머지않은 장래에 크게 성장할 것으로 전망하고 있다. 내가 예상한 시기보다는 조금 지연되고 있지만, 곧 변화가 가시화될 것으로 예상된다.

작년부터 Power tool 및 전기차용 high nickel 제품 판매량이 점차 늘어나는 추세다. 앞으로도 고객들과 긴밀하게 협력하여 한발 앞선 신제품을 개발하고 경쟁력을 강화해 나갈 것이다. 글로벌 시장을 선점하기 위해 꾸준히 노력하여 중·대형시장에 대처해 나갈 계획이다.

특히 대구공장 증설을 계획대로 잘 마무리하여 세계 최고의 경쟁력을 가진 공장으로 만들어야겠다.

## 올해의 경영목표

2015년 매출목표는 전지재료사업부 1,115억 원, 전자소재사업본부 48억 원, 합계 1,163억 원으로 정하였다.

이는 올해 경영환경과 고객상황을 고려하여 각 부문과 팀에서 면밀히 세운 계획이다. 작년보다 금액으로는 마이너스 성장이며 최소한의 기본적인 목표라 할 수 있다.

## 올해의 경영방침

### 첫째, 회사생존의 근본인 "고객가치 창출"을 강조
### 둘째, 1등 원가, 1등 제품, 신시장 창출

IT 시장의 성장둔화와 중·대형 시장의 지연이 예상되고 있다. 글로벌 경쟁사들은 물론이고 중국업체들과 국내 후발업체들의 저가공세를 극복하기 위해서는 혁신적인 원가개선과 생산성 향상을 통해 경쟁우위를 유지해야 한다.

### 셋째, 글로벌 역량 강화
### 넷째, 창의와 도전으로 녹색 미래를 만들자.

오늘날 우리 회사는 국내외 전문가들과 기업들의 주목을 받고 있다. 그럴수록 절대 방심하지 말고 전 임직원이 하나가 되어 비전을 차근차근 실현해 나가야 한다. 그래야만 누구보다도 유리한 위치에 오를 수 있으며, 세계 수준의 기반을 구축할 수 있다. 그 힘의 원천은 물론 우리 엘앤에프 가족 여러분들이다.

## 합병승인 임시주주총회(2015. 12. 29) 인사말

오늘날 세계 경제 환경은 한 치 앞도 내다볼 수 없는 불확실성의 연속이며, 급속한 변화 속에서 글로벌 경기침체의 조짐들이 나타나고 있는 극심한 혼돈의 시대를 맞이하고 있습니다.

이에 따른 기업들의 생존 경쟁도 그 어느 때보다 치열해지고 있다고 말씀드릴 수 있습니다.

저희가 속한 산업 분야도 예외는 아닙니다만, 세계 각국이 한 방향으로 지향하고 있는 대기 환경 개선과 신재생 에너지 개발로 에너지 혁명의 시대가 도래하고 있으며, 그 중심에 자리한 2차전지산업 분야는 기존 산업과 달리 미래 시장의 무궁한 성장과 발전이 예상되는 기회의 분야라고도 할 수 있겠습니다.

그러나 이 분야에도 글로벌 기업들과 대기업들이 진입하고 있고, 또 우리보다 자원이 풍부한 나라들의 후발 기업들도 정부의 정책 지원 등에 힘입어 점점 경쟁이 치열해지고 있는 상황입니다.

당사는 이러한 글로벌 경쟁 상황에 효율적으로 대응하고 경쟁력을 더욱 강화하기 위해 자회사인 엘앤에프신소재와 합병하기로 이사회에서 결의한 바 있습니다.

합병을 통해 엘앤에프신소재가 보유하고 있는 개발력과 영업력, SCM과 당사의 생산, 재무 등 양사의 우수한 역량들을 통합하여 높은 시너지를 실현하며, 세계 2차 전지 양극활물질 분야 선도 기업으로 발전해 나가고자 합니다.

합병 후 저희 임직원들은 통합 엘앤에프로 하나가 되어 끊임없는 도전과 노력으로 그린에너지 글로벌 강소기업으로 성장, 발전하여 주주 가치를 더욱 높여 나가기 위해 최선을 다할 것을 약속드리며, 오늘 총회에서 주주님들의 고견을 부탁드리겠습니다.

**2015년 | 엘앤에프신소재**

## 공적확인 공무원이 놀란 임직원 스톡옵션 보유상황

제1회 중견기업의 날 수상 대상자 선정을 위해 담당 공무원이 회사에 왔다. 나의 공적을 조회하고 확인하기 위해서였다.

그 공무원이 주식 매수선택권을 가진 임직원 수가 정말로 이렇게 많냐고 의아해했다. 당시 2년 이상 재직 임직원의 52%가 스톡옵션을 보유하고 있었기 때문이다.

담당 임원에게서 증빙서류를 받아 확인하더니, 이런 경우를 처음 본다며 놀랐다고 한다.

앞에서도 언급한 바 있지만 나는 사원들에게 가능한 한 회사 주식을 많이 소유하게 하고 싶었다. 회사와 임직원이 함께 성장할 수 있는 기틀을 만들고 싶었기 때문이다.

하지만 바로 출자를 하게 하면 위험부담도 따를 수 있고, 사원들 입장에서는 구입자금이 부족하거나 출자의사가 없을 수도 있으므로, 법에서도 장려하는 매수선택권을 부여하였다. 확실히 이익이 될 수 있고 본인들이 원할 때 매입할 수 있게 해주기 위해서였다.

이에 따라 기술직, 관리직, 생산직까지 모든 사원들에게 일정 기준에 따라 선택권을 부여했다. 그래서 사원들의 보유 비율이 높았다.

당시에는 중소기업에서 특히 생산직 사원들에게까지 스톡옵션을 부여한 경우는 흔치 않았을 것이다.

# [InterBattery 2015]
## 엘앤에프신소재, 소형/대형 2차전지용 양극재 선보여

[에이빙 남정완 기자, 2015. 10. 21.]

엘앤에프신소재(대표 이봉원, www.landfm.co.kr)는 20일(화)부터 22일(목)까지 코엑스에서 열리는 'InterBattery 2015(인터배터리 2015)'에 참가해 소형/대형 2차전지용 양극재를 선보였다.

2차전지 양극에 도포해 전기에너지를 저장하거나 외부로 공급하는 핵심 소재인 양극활물질은 2차전지 시장의 가장 큰 이슈로 급부상 중이다.

엘앤에프신소재의 독자적인 기술로 개발된 NCM(리듐니켈코발트망간)은 xEV용 2차전지의 양극소재로, 안정성을 강화하고 고용량을 실현하여 중대형 전지 분야에서 주목을 받고 있다. 주로 자동차 파워 툴 등 고출력 고용량 자동차 전장 부품용 ESS에 활용되고 있다.

2차전지용 양극활물질의 대표 제품인 LCO(리튬코발트산화물)는 높은 효율과 용량을 극대화한 초고전압용 소재로 주로 IT용 애플리케이션 등에 사용되고 있다.

다양한 애플리케이션의 에너지저장장치 재료로 주목을 받고 있는 LMO(리튬망간산화물)도 함께 소개했다. 특히, 60% 이상의 고비율 니켈 NCM 제품은 에너지 효율성이 높아 중대형 2차전지 시장에서 주목을 받고 있다.

최근, 엘앤에프는 자회사 엘앤에프신소재 흡수합병을 발표하고 2

차전지 양극활물질 사업 구조를 일원화하는 등 중·대형 2차전지 시장 확대에 맞춰 사업 역량을 집중하고 있다.

한편, 산업통상자원부가 주최하고 한국전지산업협회와 코엑스가 주관하는 국내 최대 규모 2차전지산업 전문전시회인 '인터배터리'는 급성장한 모바일 소형시장에서부터 에너지산업, 자동차산업 및 ESS·EV 중대형 시장까지 국내외 전지 관련 최신 제품을 한자리에 만나볼 수 있다.

## 3. 다시 하나 되어 새롭게 출발하다
엘앤에프와 엘앤에프신소재의 합병에서 은퇴까지(2016~2019년)

### 2016년 | 엘앤에프

## 엘앤에프와 엘앤에프신소재를 합병하고 존속법인은 엘앤에프가 되다

### 지난해(2015년)의 영업개황

매출은 약 1,165억(실적 1,165억, 계획 1,113억) 원이었다.

사업계획 대비 조금 초과 달성하였지만, 주력사업인 전지재료 매출은 전년 대비 7% 감소하였다.

전자소재 사업은 사업계획상 목표 매출에는 미달했지만 2016년에는 개선될 것으로 예상된다.

혁신동 증설을 계획대로 완료하였고, 조달청과의 민관공동 비축사업을 협약하였으며, 전 직원이 참여한 '2015년 Challenge 111' 고정비 절감 활동을 수행하였다.

## 올해의 경영방침

지난해와 동일하게 정하였지만 각 부문별 세부목표는 작년보다 더욱 구체적으로 잡아야 할 것이다. 그리고 이를 달성하기 위한 새로운 전략들이 수립되어야 할 것이다.

특히 주요 고객들의 사업계획과 방향을 잘 파악해서 철저히 대응해야 할 것이며, 중국 시장 확대에 대한 대책과 원가경쟁에서 이길 수 있는 좋은 전략들이 많이 수립되기를 기대한다.

우리의 비전을 실현하기 위해서는 오늘에 만족하고 머물 수 없다.

여러분도 잘 아시다시피 오늘날 세계 경제환경은 한 치 앞을 내다볼 수 없는 불확실성의 연속이며, 극심한 혼돈의 시대를 맞이하고 있다. 이에 따른 기업들의 생존경쟁도 그 어느 때보다 치열해지고 있으며 우리가 속한 분야도 예외는 아니다.

다행히 세계 각국이 한 방향으로 지향하고 있는 대기환경 개선과 신재생에너지 개발로 에너지혁명의 시대가 도래하고 있다. 그 중심에 자리한 2차전지 산업분야는 기존 산업과 달리 무궁한 성장과 발전이 예상되는 기회의 분야라고 할 수 있다.

그러나 이 분야에도 글로벌 기업들과 대기업들이 속속 진입하고 있다. 우리보다 자원이 풍부한 나라들의 후발 기업들도 정부의 정책지원 등에 힘입어 점점 경쟁이 치열해지고 있는 상황이다.

당사도 고객들의 미래수요와 시장성장에 적극 대응하고 경쟁에서 이겨 나가기 위해 끊임없는 혁신으로 글로벌 경쟁력을 확보해나가야 할 것이다.

이에 우리 회사는 경쟁력을 강화하고 조직운영의 시너지를 도모하며, 세계시장의 성장에 효율적으로 대처하기 위해 우수한 개발력과 영업력을 보유한 신소재와의 합병을 결정하고 그 절차를 진행 중이다.

창업 16주년인 올해는 제2의 창업을 시작하는 뜻깊은 한 해가 될 것이다.

하나의 나무에서 갈라져 나온 새싹이 성공적으로 성장·발전하여 원래 나무와 하나로 합쳐지는 셈이다. 이로써 더 크고 강한 엘앤에프가 되어 공동의 비전을 함께 실현해 나가자.

우리 모두가 글로벌 안목과 확실한 목표의식을 가지고 끊임없이 혁신하고 슬기롭게 준비해 나간다면, 새롭게 열리는 미래 그린에너지 분야에서 세계 수준의 기반을 확고히 구축해 글로벌 강소기업으로 성장, 발전할 수 있을 것으로 확신한다.

"지구 환경을 맑게 하는 그린에너지소재 글로벌 기업"을 우리 함께 만들어 가자고 사원들에게 새해 인사를 했다.


[기업의 미래, 청년의 희망] ㈜엘앤에프
"회사 커진 만큼 청년 고용도 더 늘려야죠"
2차전지 양극소재 국재 첫 상용화
부품 수요 많아져 생산 라인 증설

[매일신문 최병고 기자, 2016. 3. 21.]


대구 성서 4차 산업단지에 있는 ㈜엘앤에프는 리튬이온 2차전지용 양극소재를 주력으로 생산하는 제조 기업이다.

2000년 회사 설립 당시 LCD TV용 백라이트를 만들던 이 기업은 10년 전 2차전지의 고부가가치 가능성에 주목하면서 '부품회사'에서 '화학소재회사'로 변신, 현재는 국내 최고의 2차전지 양극소재 생산 기업으로 발돋움했다. 직원 수도 현재 400여 명에 이른다.

엘앤에프는 일본 제품 일색이던 2차전지 양극소재를 국내 자본으로는 처음

상용화에 성공했다. 엘앤에프 이봉원(70) 대표이사는 "LCD 백라이트를 생산할 때도 차세대 성장동력에 대한 목마름이 컸다. 그래서 2004년 무렵부터 대학 교수와 전문가들을 많이 찾아다녔다"며 "국산화가 안 돼 있고, 오래 할 수 있고, 발전가능성이 큰 소재를 찾다가 2차전지 분야로 뛰어들게 됐다"고 했다.

전 직원 중 50여 명을 R&D에 배치할 정도로 기술개발에 전념했다. 변신은 성공이었다. 수년 새 스마트폰, 전기차, ESS(전력저장장치) 등이 급부상하면서 배터리의 핵심 부품인 2차전지 양극소재의 수요가 크게 늘어난 것이다.

이 대표이사는 "LG화학, 삼성SDI 등 국내 고객사뿐 아니라, 외국 기업에도 제품을 수출하며 전 세계 시장 점유율 3위권에 진입했다"고 말했다. 회사 매출도 백라이트 제조 때 1천 200억 원에서 지금은 2천 300억 원으로 늘었다. 백라이트는 3년 전부터 아예 생산을 하지 않고 있다.

엘앤에프는 자회사로 출발했던 '엘앤에프신소재'를 지난달 본사로 통합했다. 2차전지 부품 수요가 늘면서 공장 설비와 생산 라인도 증설했다. 회사 규모가 커지면서 고용도 자연히 늘어났다. 엘앤에프는 재작년 9월 이후 현재까지 23명의 청년 신입사원과 11명의 연구원을 채용했다. 신입사원 중 6명은 특성화고 출신이다.

엘앤에프의 경영철학은 ▷신뢰받는 회사 ▷최고기술을 가진 회사 ▷보람 있는 회사다. 특히 직원 친화적인 회사 분위기를 강조한다.

대표적인 예가 노사가 분기마다 갖는 '한마음협의회'다. 회사 대표는 그간의 경영실적을 직원에게 공개하고, 직원들과 소통의 장으로 활용한다. 개선제안제도도 활성화돼 있다. 매월 크고 작은 제안이 쏟아진다. 한 직원은 "회사 인사팀과 근로자 측이 수시로 만나 필요한 일들을 조정하고 있다. 특히 작업 현장은 근로자가 가장 잘 알기 때문에 다양한 아이디어를 제안하고 있다"고 했다.

최근 신축한 이 회사 1층 현관 바로 옆 내부가 훤히 보이는 직원 식당을 운영 중인 것만 봐도 직원 복지에 얼마나 신경을 쓰는지 알 수 있다.

이 대표는 "현관이 회사 얼굴이니만큼, 그 옆에 식당을 만들면 더 깨끗하게 관리가 되지 않겠느냐"며 "2차전지 산업 전망이 밝은 만큼 앞으로도 고용을 꾸준히 할 수 있을 것"이라고 기대했다.

## 2016년 | 엘앤에프신소재

# 신년 시무식 인사말

돌이켜보면 2005년 우리 회사 설립 당시, 양극소재는 아주 생소한 분야였습니다. 사업이 성공할지는 그 누구도 예상하기 어려웠고, 오히려 많은 사람들의 우려 속에서 어렵게 출발하였습니다.

다행히 2007년도에 혁신제품인 NCM계 개발에 성공하였습니다. 2012년에는 「1억 불 수출의 탑」을, 2014년에는 2억 불 수출을 달성하였습니다.

그동안 「WPM 주관기업」, 「월드클래스300」, 「세계일류상품기업」에 선정되었고, 수년 전부터 세계시장 Top Class의 위치에까지 오르게 되었습니다.

작년 「제1회 중견기업의 날」에는 우수 중견기업으로 선정되어 대통령 표창을 수상하기도 하였습니다. 이는 지난 10여 년간 우리가 이룬 혁신적인 성과를 인정받은 것이라고 할 수 있습니다.

남들이 부러워하는 이 같은 성과는 그 무엇보다 어려운 경영환경 속에서도, 우리 모두가 비전을 함께하고 뚜렷한 목표를 향해 맡은 바 임무를 슬기롭게 수행해온 결과임을 누구도 부인할 수 없을 것입니다.

임직원 여러분!

우리의 비전을 실현하기 위해서는 오늘에 만족하고 안주해선 안 됩니다.

여러분도 잘 아시다시피 오늘날 세계 경제 환경은 한 치 앞을 내다볼수 없는 불확실성의 연속이며, 극심한 혼돈의 시대를 맞이하고 있습니다.

이에 따라 기업들의 생존경쟁도 그 어느 때보다 치열해지고 있습니다. 우리가 속한 분야도 예외는 아닙니다. 다행히 세계 각국이 한 방향으로 지향하고 있는 대기환경 개선과 신재생에너지 개발 덕분에 에너지혁명의 시대가 도래하고 있으며, 그 중심에 있는 2차전지 분야는 기존 산업과 달리 무궁한 성장과 발전이 예상되는 기회의 분야라고도 할 수 있겠습니다.

그러나 이 분야에도 글로벌 기업들과 대기업들이 속속 진입하고 있습니다. 우리보다 자원이 풍부한 나라들의 후발기업들도 정부의 정책지원 등에 힘입어 시장에 들어오고 있습니다. 이로 인해 나날이 경쟁이 치열해지고 있습니다.

당사도 고객들의 미래수요와 시장성장에 적극적으로 대응해나갈 것입니다. 이를 위해서는 끊임없는 증설투자와 글로벌 경쟁력 확보가 필수적입니다.

이를 위해 당사는 우리가 부족한 생산 인프라, 재무력 등을 보유한 모기업과 함께 높은 시너지를 도모하고 경쟁력을 더욱 강화하여 세계 2차전지 양극활물질분야 선도기업으로 발전해 나가야 합니다. 이를 위해 모기업인 엘앤에프와 합병하기로 하고 그 절차를 진행 중입니다.

임직원 여러분!

창업 10주년인 올해는 제2의 창업을 시작하는 아주 뜻깊은 한 해가 될 것입니다.

물론 신소재라는 상호에 익숙하기에 아쉬움과 미련이 없을 수는 없겠습니다만, 더 큰 발전을 위해 모기업과 하나가 된다는 희망을 갖고 더 크고 강한 엘앤에프로 다시 태어나 우리들의 비전을 함께 실현해 나갑시다.

임직원 여러분!

새로운 시작을 통해 한 단계 도약할 수도 있지만, 우리를 더욱 힘들게 만드는 위기가 나타날 수도 있습니다.

우리 모두가 글로벌 안목과 확실한 목표의식을 가지고, 끊임없이 혁신하고 슬기롭게 준비해 나가야 합니다. 그렇게 하면 새롭게 열리는 미래 그린에너지 분야에서 세계 수준의 기반을 확고히 구축하여 글로벌 강소기업으로 성장·발전할 수 있을 것으로 확신합니다.

## 합병시무식 인사말(2016.2.1)

오늘은 우리의 숙원이던 엘앤에프와 L&FM이 성공적으로 통합하여 하나로 새롭게 출발하는 날이며, 엘앤에프의 제2의 창업을 축원하고 비전 달성의 결의를 다지는 날이기도 하다.

저 개인적으로는 16년 전 창업하며 다짐한 각오와 목표를 이룬 안도감, 그동안의 고난에 대한 회한, 앞날에 대한 기대가 교차하는 날이기도 하다.

돌이켜보면 자본금 5억 원의 LCD 부품회사로 출발하여 16년 만에 임직원 430여 명, 총자산 1,700억 원, 매출 약 2,170억 원 규모의 주목받는 2차전지 재료 중견기업으로 성장하였다.

이는 그동안 노력해주신 임직원 여러분들의 성과다. 그동안의 노고에 머리 숙여 깊이 감사드린다.

아울러 오늘이 있기까지 우리를 믿고 지원해주신 주주, 고객, 협력사, 그리고 관계되신 모든 분들에게 이 자리를 빌어 진심으로 감사의 말씀을 드린다.

임직원 여러분!

우리는 글로벌 대기업들과의 경쟁을 피할 수 없다. 그들을 이기기 위해서는 끊임없는 변화와 뼈를 깎는 혁신을 해나가지 않으면 안 된다.

이에 회사는 경쟁력 강화를 위해 양사 통합이라는 큰 구조조정을 단행하였다.

임직원 여러분들도 제2의 창업을 맞아 글로벌 경쟁사 임직원들과 경쟁할 수 있는 역량을 갖추고, 이를 바탕으로 높은 성과를 창출하겠다는 각오와 다짐을 가져주기를 당부한다.

## 고객사에 보낸 2016 합병 인사 말씀

안녕하십니까?

㈜엘앤에프 / ㈜엘앤에프신소재 대표이사 이봉원입니다.

먼저 지난 한 해 베풀어주신 성원에 깊은 감사를 드리며, 2016 丙申年 새해에도 하시는 모든 일에 행복과 기쁨이 가득하시길 바랍니다.

귀사의 변함없는 관심과 격려에 힘입어 ㈜엘앤에프가 2016년 2월 1일부로 ㈜엘앤에프신소재를 흡수합병하며 새롭게 시작하게 되었습니다.

㈜엘앤에프와 ㈜엘앤에프신소재는 세계 2차전지 시장의 성장에 효율

적으로 대처하고 글로벌 사업경쟁력을 강화하기 위한 묘안을 강구한 결과, 양극재 사업에서 상호 보완 관계에 있는 ㈜엘앤에프신소재와의 합병을 결정하게 되었습니다.

이번 합병을 통해 시너지 효과를 극대화하고, 고품질 제품의 안정적인 양산 및 원가절감으로 제품 경쟁력을 더욱 강화해 글로벌 기업으로서의 입지를 확고히 하겠습니다.

앞으로도 많은 성원과 관심 부탁드리며, 귀사의 앞날에 무궁한 발전과 행운을 기원합니다.

감사합니다.

## 2017년 | 엘앤에프

### 혁신공정을 개발해 대구공장 혁신동을 증설하고
### 대구시 고용친화 대표기업과 청년친화 강소기업에 선정되다
### Best HRD(인적자원개발 우수기관) 인증을 받다

**내우외환 속에서 혁신을 계속하다**

지난해는 내우외환의 힘든 환경 속에서, 우리가 일찍이 겪어보지 못했을 정도로 혼란스러웠던 한 해였다.

그럼에도 불구하고 자회사인 엘앤에프신소재와 합병하여 글로벌 경쟁력을 확보하였다. 또한 시장 확대에 대응하기 위한 증설투자도 계획대로 진행하는 등, 글로벌 선도기업으로 발전해 나가기 위한 혁신을 계속한 한 해였다.

## 전년도(2016년)의 영업개황

지난해 초에는 국제원료 시세의 추이와 중국 리스크의 향방에 따라 사업계획에 상당한 영향이 있을 것으로 예상했었다.

그러나 Product Mix 개선, 신라인 조기 가동 및 가동률 향상, 국제 원자재 시세 및 환율 변동, 자회사와의 합병 시너지 등으로 창사 이래 처음으로 연결기준 매출 10,000MT을 초과하였다. 이는 전기 대비 약 12% 증가한 수치다.

매출 또한 전기 대비 약 6% 증가한 2,497억여 원을 달성하여 흑자를 실현하고 연초 사업계획을 초과 달성하였다

## 올해의 매출계획과 영업환경

지난해 시작한 공장증설은 계획대로 진행되고 있다. 2/4분기 내에 완료가 예상되며 올해 매출 증대에 기여할 것으로 생각된다.

매출목표는 케파(capa)와 시장상황 등을 고려하여 전년 대비 20% 이상 증가한 3천억 원 이상으로 정하였다. 그러나 세계 경제의 불확실성과 지속적인 중국 리스크가 당기 사업에 상당한 영향을 미칠 수도 있을 것이다.

최근 세계는 ICT와 융합된 제4차 산업혁명이 화두가 되고 있다. 나는 4차 산업혁명이 이미 시작되었으며, 우리가 속한 리튬이온 2차전지산업이 한 축을 담당하리라고 본다.

미래 핵심산업인 자율전기차, 스마트그리드, 신재생에너지, 드론, 로봇, 항공우주 등 다양한 미래 신산업 분야에서 리튬이온 2차전지가 그 중심에 자리하고 있기 때문이다. 리서치 기관들이 관련 산업이 빠르게 확대·성장해 나갈 것으로 전망하는 이유가 여기에 있다.

그러나 글로벌 기업들과 대기업들이 진입하고 있고, 각국의 지원정책

격차 등 상당한 리스크 요인들도 잠재해 있다.

## 2018년 | 엘앤에프

### 〈4억불 수출의 탑〉을 받다
### 대구국가사업단지에 구지1공장을 착공하다
### ISO45001(안전보건경영시스템)과 IATF16949(자동차산업품질경영시스템)
### 인증을 받다

**원재료 시세 급등 속에서 대구공장을 완공하다**

지난 한 해(2017년)는 세계 경제의 불확실성과 지속되는 중국 리스크, 국내외의 정치적 불안정 등으로 인해 매우 힘든 한 해였다.

특히 자원보유국들과 메이저 기업들에 의한 국제 원재료 시세의 급등은 우리에게 부정적인 영향을 끼쳤다.

그러나 우리는 경쟁력 확보를 위해 대구공장 혁신동 증설을 계획대로 완공하는 등, 시장의 성장에 발맞추어 지속적인 노력을 경주한 한 해였다. 이러한 노력들은 물론 글로벌 선도기업으로 발전해나가기 위해서였다.

**전년도의 영업 개황**

지난해 초, 나는 지속적인 중국 리스크와 국제원료 시세의 불안정성 때문에 사업계획 달성에 상당한 장애가 있을 것으로 우려했었다.

그러나 다행히 연결기준 매출이 13,000MT을 초과하여, 전기(10,575MT) 대비 약 24% 증가하였다. 이는 IT 기기, ESS, Power-tool 등의 수요 증가와 및 전기자동차 시장의 고성장 덕분이었다.

또한 국제 원자재 시세 급등 및 신라인 가동, Product mix 개선 등에 힘입어 매출액이 전기 대비 약 61% 증가한 4,030억여 원을 달성하였다. 지난해에 이어 연속으로 흑자를 달성한 것이다.

## 올해의 매출계획과 영업환경

### 매출목표

케파(Capa)와 시장상황 등을 고려하여 전년 대비 30% 이상 상향한 5천억 이상으로 상정하였다. 이는 매출량 기준으로 약 13% 증가한 것이다.

다만 거듭되는 세계 경제 환경의 불확실성과 원료 산지의 지정학적 리스크가 문제다. 특히, 코발트, 니켈, 리튬과 같은 원재료의 수급 리스크가 향후 사업에 상당한 영향을 미칠 것으로 생각된다.

### 글로벌 전기자동차 시장의 성장에 발맞추자

한편 글로벌 2차전지 시장의 추세는 우리가 가고자 했던 방향과 비슷하게 진행되고 있다. 리튬이온 2차전지가 자율전기차, 스마트그리드, 신재생에너지, 드론, 로봇, 항공우주 등의 다양한 미래 신산업 분야에서 핵심적인 위치를 차지하게 된 것이다. 이에 따라 리튬이온 2차전지 산업이 빠르게 확대, 성장해 나갈 것으로 리서치 기관들이 전망하고 있다.

특히 글로벌 전기자동차 시장은 지난해를 기준으로 변곡점을 지나 가파른 도약의 단계로 진입할 것으로 예상된다.

폭스바겐, 벤츠, BMW, 르노닛산, 도요타와 같은 세계 톱클래스 내연기관 자동차 메이커들이 2020년을 기점으로 전기자동차로의 전환을 천명하고 있다. 중국의 신 에너지·자동차 정책도 NEV(New Energy Vehicle) 기반으로 전개될 것이다. 향후 전기자동차 시장은 연평균 30~40퍼센트 성장할 것으로 예상되고 있다.

### 글로벌 대기업들과 중국 위협에 대처하자

그러나 양극재 분야에도 글로벌 기업들과 대기업들의 시장진입 규모가 점점 커지고 있다. 중국을 비롯한 각국의 지원정책에 의한 리스크들도 산재해 있으며, 원재료 수요 증가에 따라 원재료 시장에 대한 자원보유국들의 영향력이 더욱 커질 것으로 예상된다.

**2019년 | 엘앤에프**

## 국가핵심기술 보유기업에 선정되고 구지1공장을 준공하다
## 대한민국 일자리 으뜸기업에 선정되다.

### 은퇴를 앞두고 임직원들에게 보낸 편지

엘앤에프를 함께해온 임직원 여러분께

만난 자는 반드시 헤어진다(會者定離)는 말대로 이제 여러분과 헤어져야 할 때가 온 것 같습니다.

나는 이번 주주총회를 끝으로 임기를 만료하고 정든 여러분 곁을 떠나려고 합니다.

돌이켜보면 몇 사람이 좁은 사무실에서 회사 상호를 작명하여 법인설립 등기를 하고, 수원에 있던 조그만 LCD용 백라이트 업체를 인수하여 사업을 시작한 지 어언 20년이 되어갑니다.

창업 후 오래지 않아 LCD가 PDP 시장을 추월, 발전함에 따라 우리 회사도 짧은 기간에 큰 성장을 했습니다만, 호황은 잠시였고 창업 6~7년을 기점으로 BLU의 국내 경쟁력이 급격히 떨어졌습니다.

다행히 우리는 일찍이 BLU의 장기적 경쟁력 유지에 의문을 갖고 회사의 영속성을 고민하면서, 우리나라에서 경쟁력을 오래 유지할 수 있고 장래 시장이 커질 수 있는 새로운 사업아이템 발굴을 오랜 기간 모색해 왔습니다.

그 당시 우리나라의 전지 소재는 거의 불모지나 다름없어 일본수입에 의존하던 시기에 2차전지 양극소재를 개발하기로 결정하여, 당시에는 다소 공허하게 들렸을 "세계일등", "매일개선"을 함께 외치면서 일치단결하여 한 단계 한 단계 끊임없이 개선하며 혁신을 추구해온 결과, 2007년경 드디어 국내 자본으로는 처음으로 상용화에 성공하였습니다.

임직원들과 함께한 퇴임회식

이제 우리는 2차전지 양극소재의 글로벌 브랜드로 인정받으며 화학소재 회사로 완전히 변신하여 남들이 부러워하는 첨단소재 유니콘 기업의 문턱에 다다르고 있습니다.

그러나 임직원 여러분!

우리는 오늘의 스탠스에 만족하여 혁신을 게을리해서는 안 될 것입니다.

멀리 볼 것도 없이 우리가 몸담았던 LCD 백라이트 업계의 경우만 보더라도, 10여 년 전 증권시장에서 각광을 받으며 매출 1조 원을 능가하던 기업들까지 거의 대부분이 증권시장에서 사라져 가는 모습을 우리는 보아 왔습니다.

냉혹한 글로벌 환경 속에서 100년 기업, 영속기업으로 이어나가기 위해서는 또 다른 끊임없는 혁신이 필요할 것입니다.

부디 지금의 역량을 바탕으로 임직원 모두가 일치단결하여 끊임없이

한마음협의회 임원들과 퇴임회식

추구하고 혁신하여 우리가 함께 세운 비전인 "지구 환경을 맑게 하는 그린에너지 소재 글로벌 기업"을 반드시 실현해 4차산업의 발전과 인류 환경에 기여하는 기업으로 성장해 줄 것을 굳게 믿고 떠납니다.

50여 년간 기업에 몸담아 오면서 보고 느낀 하나의 큰 교훈이 있다면, "회사의 영속 발전보다 구성원 모두에게 주는 더 큰 가치는 없다."는 것입니다.

나는 멀리 떨어져 있어도 마음은 항상 엘앤에프와 여러분들 곁에서 지켜보며 응원할 것입니다.

여러분들과 함께해온 20여 년이 나에게는 긍지와 보람의 시기였으며 엘앤에프와 여러분들을 평생의 자랑으로 삼고 살아갈 것입니다.

개별적으로 인사할 기회가 여의치 못할 것 같아 메일로 간단하게나마 인사에 갈음함을 양해 바랍니다.


여러분 모두의 행복과 건투를 빕니다. 감사합니다.


## 4. 은퇴 후의 상념(想念)

### 경영을 하며 남은 아쉬움들

20여 년간 엘앤에프를 경영하면서 내 회사라는 생각을 가지고 일해 왔다. 회사의 영속 발전만이 모두를 위한 최선이며, 이를 위한 토대를 만드는 것이 내 의무라고 생각하고 앞만 보고 달려왔다.

하지만 잘못한 일도 많고 뜻대로 되지 않은 일도 많았다. 그중에서도 다음 네 가지 일이 가장 안타깝다.

## 첫째, 원료(전구체) 확보를 위한 중국 동신투자 실패

전구체 내재화는 꽤 일찍부터 계획을 세웠다.

중국 광미래 ITO의 후속 제품으로 LCO용 전구체부터 제조하는 게 좋겠다는 생각이 들었다. 나는 광미래의 중국 투자자인 AMR의 산(單) 총경리와 합의를 마쳤고, 산(單) 총경리가 중국 당국에 공장건설 허가를 신청했다.

그런데 하필이면 그때 양자강에 대형 오염사고가 터졌다. 중국 당국이 공장허가 절차를 중단시키고 양자강 유역 폐수 배출기준을 대폭 강화했다. 하는 수 없이 전구체를 포기하고 양극재 공장으로 전환하였다.

전구체 확보가 필수라고 생각해서 대안으로 양자강 북쪽에 있는 둥타이시(東台市) 공단 내에 있는 중국 기업에 지분을 투자하여 「동신 엘앤에프」라는 회사를 세웠다. 이 회사는 폐수 배출 허가권이 있었기 때문이다.

우리는 이 회사에 여러 해 동안 기술을 지도하며 전구체 양산에 박차를 가했으나 능력 부족으로 실패했고, 결국 철수하고 말았다.

## 둘째, 일본 관서촉매화학(關西觸媒化學)과의 전구체 합작 무산

그 후 일본 오사카에 있는 관서촉매(㈜)라는 회사에 NCM 전구체 개발을 의뢰했다. 이 회사는 전구체 개발을 위한 촉매기술을 가지고 있었기 때문이다.

훗날 관서촉매와 합작해서 우리나라에 전구체 회사를 세우기로 양사가 합의하여 계약서까지 확정했다. 그러나 법인설립 등기 직전에 계약이 무산되었다.

그 대신 공장 건설에 필요한 기술을 지원하는 계약으로 변경하였고, 결국 김천 신공단에 제이에치화학공업(㈜)라는 전구체 제조회사를 단독으로 설립하여 운영하게 되었다.

## 셋째, 신소재 합병 시기의 선택

## 넷째, 중국 화요우 코발트와의 합작 무산

중국에서 일찍부터(2008년) 주원료인 LCO 전구체를 조달하기 위해 중국 최대 코발트업체인 저장화요우코발트사(HUAYOU COBALT, 浙江华友钴业股份有限公司)를 중요 협력사로 선정하였다.

이 회사와 긴밀히 협력하며 좋은 관계를 유지하던 중, 2011년 8월 17일 화요우 본사를 방문했을 때 현안논의를 마친 후 천쉐화(陈雪华) 동사장이 나에게 "양 주체(엘앤에프와 HUAYOU) 간에 협력 가능성을 모색하고 싶다"고 말했다.

천 동사장은 "우리는 기술진보와 원가경쟁력 확보가 향후 방향이고, 그런 의미에서 양사의 경영이념이 동일하다고 생각한다."라고 하면서, 양극재 합작회사를 중국에 만들자는 제안을 해 왔다.

① 화요우의 원료경쟁력으로 낮은 원가로 공급하는 회사
② 엘앤에프의 기술과 품질력으로 최고 품질의 양극재를 만드는 회사를 함께 만들자고 했다.

그리고 본사와 좀 떨어져 있는 곳에 건설 중인 신공장은 벨기에 유미코아공장의 설비와 동일하게 하고 있다고 소개하며 건설 케파(capa)를 얘기해 주었다. 나는 엄청난 규모에 놀라 마음속으로 '중국인들은 역시 통이 크구나!'라고 생각했다.

천 동사장의 제안을 받은 지 2~3개월 만에 다시 만났다.

나는 내부 검토와 협의를 거쳐 합작회사 설립에 동의하면서 두 가지를 얘기했다.

① 합작회사의 기술보안 유지 방안과

② 한국 본사의 원료조달 경쟁력에 도움을 줄 수 있는 방안

위 두 가지 사항이 확실히 보장되어야 한다고 강조했다.

이렇게 양사 간에 협의를 진행해 나갔다.

협의 과정에서 시간이 많이 걸렸지만 천 동사장은 웬만하면 우리 회사와 합자회사를 만들고 싶어 했다. 그가 우리 회사의 경쟁력을 최고로 평가했기 때문이다. 또한 그와 나 사이에 인간적인 신뢰가 많이 쌓였기 때문이기도 했다. 그래서 우리나라의 몇몇 경쟁업체들이 좋은 제안을 했는데도 우리와 합자회사를 세우려고 했다.

덕분에 세부 조건까지 무사히 합의를 마치고 계약만 하면 되는 상태였는데, 우리 내부의 반대에 부딪혀 끝내 성사시키지 못했다.

엘앤에프를 경영하면서 이때 처음으로 내 능력의 한계를 느꼈다.

천 동사장에게 약속을 지키지 못해 너무 미안했다. 나중에 만나서 양해를 구하긴 했지만.

화요우코발트사(HUAYOU COBALT)의 상해증권
시장 상장식에서 천 쉐화 동사장과 함께

내가 원하던 어려운 조건들도 동의하면서 어렵게 어렵게 합의안을 만들었는데….

화요우코발트회사(ZHEJIANG HUAYOU COBLT Ltd.)와의 합작이 무산된 것은 2~3년 후에 우리가 업계 선두 자리를 내주게 된 원인 중에 하나일지도 모른다.

시간이 지날수록 우리가 있을 자리에 경쟁사가 있는 것 같아서 아쉬움이 더욱 컸다. 나와 함께 계획했던 모델과 거의 비슷한 방식으로 경쟁사인 P사와 합작 발표를 했기 때문에 더욱 그러했다.

우리와 무산된 후 화요우는 포스코켐텍(現 포스코퓨처엠), LG화학 등 우리나라의 다른 양극재 업체들과 활발하게 협업해 나갔다. 우리 회사는 이러한 경쟁사들에 비해 상대적으로 원료 수급 체계가 약하다는 평가를 받고 있기 때문에 더욱 안타까웠다.

만약 이때 화요우사와 합작이 이루어졌다면 국내 경쟁사들 중에서 제일 먼저 세계 최대의 코발트 회사와 원료조달 수직계열화를 이루었을 것이고, 튼튼한 공급망을 갖출 수 있었을 것이다. 만약 그랬다면 지금 업계의 위상이 많이 달라져 있었을 것이다. 참으로 아쉽고 가슴이 아프다.

당시에는 화요우에서 엘앤에프를 최우선 파트너로 보고 있었기 때문에 합작 조건도 나쁘지 않았는데….

그래서 나는 아직도 가끔 생각하곤 한다.


'전구체 계열화는 운이 없었나?'


만시지탄의 감이 없진 않지만 글로벌 경쟁력을 갖춘 수직계열화가 하루빨리 이루어져야 하지 않을까? 라고 지금도 가끔 생각해본다.


## 정부의 해외자원 정책을 되돌아보며

요즘 2차전지와 같은 첨단산업에 필요한 희소광물 확보량과 노력이 경쟁국에 비해 너무 부족하다고 질책하는 보도들이 자주 나온다.

너무나 당연한 이야기이고 만시지탄이다.

2차전지 업계에 비교적 일찍부터 몸담아 온 사람으로서, 격세지감을 금할 수가 없다.

이런 공론화가 2차전지산업 초기부터 제기되었더라면, 그래서 정부에서 관심을 가졌더라면, 지금 우리나라의 사정은 많이 달라져 있을 것이다.

우리 업계에서는 15~6년 전부터 이런 사태를 예상하고 있었다. 그래서 자국에 자원이 비교적 많은 이웃 중국과 일본의 해외 자원확보 움직임 등을 주시해 왔다.

특히 리튬, 니켈, 코발트 등과 같이 2차전지 핵심소재이면서 우리나라에 없는 희소광물들은 2차전지 산업이 커지기 전에 확보해야 하는데, 이런 일들은 민간 기업으로는 역부족이니 정부에서 관심을 가져 달라고 정부 요로에 기회 있을 때마다 건의해 왔다.

이 일의 중요성을 인식하고 나름대로 노력한 정부도 있었다. 그러나 수단의 잘못만 탓하다가 목적을 잊어버리는 바람에 정책이 지속되지 못했고, 그 결과 좋은 기회를 놓치는 경우를 여러 차례 목격하였다.

심지어는 확보된 자원을 매각하는 촌극을 벌이는 것을 보고 우리나라 정치와 정부의 안목을 원망하기도 했다.

당시만 해도 2차전지는 우리나라가 산업화의 선두에 서 있었다. 세계적으로도 동양 3국 외에는 거의 불모지였으며 시장도 작았다. 그러므로 해외 광물자원을 확보하는 것이 지금과는 비교할 수 없이 유리한 시기였다.

우리 정도의 기업 역량으로는 속수무책이어서 안타깝기만 할 따름이었다.

그나마 포스코 같은 거대 기업이 해외 광물 확보에 노력하는 것은 매우 고무적이라 생각한다.

늦었지만 우리 정부에서 2차전지산업의 발전추세와 규모에 맞춰 더 큰 역할을 해야 할 것이다.

## 중국 광미래신재료유한공사의 정리소식을 접하고

광미래는 엘앤에프신소재가 양극재 사업을 시작한 후에 양극재공장으로 전환했다. 이 공장에서 생산한 재료를 국내에 반입해서 고객에게 납품하는 구조였다. 이때부터 광미래는 본사 영업의 한 축을 담당해 왔다.

그런데 20여 년이 지난 최근, 회사를 정리하기 위한 마지막 동사회를 했다는 소식을 들었다. 그 이야기를 듣고 마음이 너무 무거웠다.

LCO의 수요가 점점 줄어드는 상황에서 새로운 아이템을 갖지 못해서 그런 듯했다. 최근 서방에서 본격화되고 있는 탈(脫) 중국 정책의 영향도 받았을 것이다.

다행히 중국 측 파트너 및 종업원들과는 원만하게 잘 정리된 듯했다. 덕분에 마음이 덜 아팠다. 나는 은퇴한 지 오래지만 마음 한구석에서 늘 책임감을 느끼고 있다.

화요우코발트와 합의했던 합작의 방법이 광미래를 존속회사로 해서 양사가 투자하기로 했었기 때문에 더욱 아쉬움이 크다.

중국측 파트너인 산(单) 총경리와는 꼭 한번 만나서 회포를 풀기로 약속하였다. 중국인 답지 않게 매사가 분명하고 합리적이며 매너가 좋은 분이다. 산(单) 총경리는 딸이 둘이고 나는 아들이 셋이라 사돈을 맺자고 농담을 하기도 했다.

언젠가 식사 자리에서 산(单) 총경리가 우리가 사돈이 되면 자신은 평생 나를 위해서 일하는 것이 된다고 말했다. 그 말을 듣고 모두가 크게 한바탕 웃었다. 이처럼 인간적으로나 경영 파트너로서나, 오랫동안 의지하고 의논하며 잘 지냈었는데….

## 엘앤에프는 어떻게 LG, 삼성 모두와 거래할 수 있었나?

우리 회사는 전지의 핵심 재료인 양극재를 LG화학과 삼성SDI 모두에 공급해 왔다.

우리나라를 대표하는 양대 경쟁기업의 협력업체가 되기까지는 너무도 힘든 과정들을 겪었지만 우리 회사에는 큰 경쟁력이 되어 주었다.

동종업계에 종사하는 외국 기업인들로부터 "어떻게 두 회사에 동시에 납품을 하게 되셨냐?"고 종종 질문을 받기도 했다. 대기업 협력사들은 다 아는 일이지만 대기업에 핵심 부품이나 소재를 납품할 경우, 상대 경쟁사와 거래하는 것은 금물이었다.

그것도 그럴 것이 경쟁사 양쪽을 거래하면 자연히 영업 비밀인 기술이나 노하우가 경쟁사에 흘러 들어갈 위험성이 커지기 때문이다. LCD 백라이트의 경우도 양쪽 거래는 거의 불가능하였다.

그런데도 우리 회사는 우여곡절 끝에 양사와 모두 거래하게 되었다.

물론 처음부터 양쪽에 샘플을 제시하여 각각 채택된 것이다. 처음에 LG는 LCO를, 삼성은 NCM을 양산하기 시작했는데, 나중에는 같은 스펙은 아니었지만 LG에도 NCM을 납품하기 시작했다. 한때는 이 문제로 큰 어려움을 겪기도 하였다.

그러나 임직원들이 오랜 기간 동안 고객의 우려를 불식시키고 신뢰를 받기 위해 꾸준히 노력해왔기 때문에 오늘의 신뢰 관계가 형성될 수 있었을 것이다.

초기에 이런 부분에 경험이 많은 다나카 사장의 조언도 많은 도움이 되었다.

다나카화학은 산요 및 마츠시타와 거래 중인데, 경쟁사에 대해 물으면 다 아는 것도 노코멘트 해야 한다면서 경험들을 들려주었다.

다나카 사장은 회사 보안 유지의 중요성과 어려움에 대해서도 이야기해 주었고, 심지어 영업 담당자까지 분리해야 한다고 조언해 주기도 했다.

### 삼성SDI 전략협력회(SSP)의 경험

NCM양극재를 개발하여 공급을 시작한 지 얼마 후, 〈삼성SDI 전략협력회(SSP)〉에 가입하게 되었다.

SSP는 그 당시 삼성SDI와 거래하는 수백 개의 협력사 중에서도 중요한 40여 개의 협력사로 구성되어 있었다.

SSP는 모회사와 협력사가 함께 발전하기 위해 운영되는 모임이었다. 회원사들은 연간 수차례의 모임을 갖고 모회사의 경영방침과 현황을 공유했으며, 협력사의 애로사항과 건의사항을 놓고 토론하기도 했다.

SSP 회원사들과 중국 서안 삼성SDI 공장을 방문하다

회원사들을 차례로 방문하며 경영 노하우와 회사 성장 발전 과정을 듣기도 했다. 이를 통해 자연스럽게 이(異) 업종 간 교류의 장이 마련되었다. 업종은 달랐지만 배울 점들이 많았다.

　또 연 1회 정도는 SDI의 해외사업장을 견학했다. 덕분에 해당 국가의 경제·경영 환경을 이해하는 데 많은 도움을 받았다.

## LG화학 전지협력회를 추억하며

　〈LG화학 전지협력회〉는 좀 뒤에 결성되었는데 목적과 운영방법은 대동소이했다.

　협력회 활동을 통해서 모기업의 경영기법과 전지산업의 발전추세, 전망 등을 배울 수 있었으며 우리 협력사들의 능력을 키워가는 데 많은 도움이 되었다.

　나는 이 모임의 초대회장을 맡아 회원들과 모회사 간의 가교 역할을 하

LG화학 전지협력회 등반대회 기념촬영

는 게 주된 책무였다.

아마 여러모로 많이 부족했을 텐데도 모기업 임원들과 관계자들, 그리고 협력회 회원들의 도움으로 3년 동안 큰 탈 없이 임기를 마친 것을 감사하게 생각한다. 협력사들의 경쟁력 향상과 업계의 발전을 위한 좋은 모임이었다고 기억한다.

두 협력회의 회원들과는 십수 년 동안 호, 불황기를 함께 겪었다.

중간에 일부 회원사가 바뀌는 등의 변화도 있었지만, 대부분의 회사가 지금도 대한민국 2차전지 업계를 뒷받침하고 있다.

이분들 중에는 오랫동안 동병상련의 정이 든 분들이 많아 오늘날까지도 자연스럽게 연락하며 지내고 있다.

불굴의 의지로 험난한 난관을 뚫고 우리나라 2차전지 업계를 세계 수준으로 이끌어가고 있는 리더들!

이분들과의 인연을 너무도 소중하게 간직하고 있으며, 감사하며 살아가고 있다.


## 대구경북 경제단체에 참여

나는 대구의 대표적인 경제단체인 〈대구상공회의소〉와 〈한국무역협회 대구경북기업협의회〉에 참여해 왔다. 상공회의소에는 상공위원으로 6년간, 기업협의회에는 20여 년 전부터 참여하고 있다.

두 단체 모두 대구의 유수 기업들이 다수 참여하여 지역경제 발전을 위해 많은 일들을 하고 있다.

이렇게 좋은 단체에 참여한 덕분에 유능한 선후배 기업인들로부터 많은 것을 듣고, 보고, 배울 수 있었다.

특히 기업협의회에는 수출을 주력으로 하는 대구경북의 알짜 강소기업

대구경북기업협의회 회원들과 삼성전자 베트남법인 방문

들이 많은데, 〈사랑방 모임〉이라는 기업탐방 프로그램을 통해 회원사들을 견학하고, 그들이 걸어온 길과 경영철학, 노하우 등을 배우곤 했다.

또한 무역협회의 적극적인 지원으로 각종 세미나와 해외 기업 벤치마킹 등을 진행해 왔으며, 이를 통해 견문을 넓히고 유익한 경영지식과 정보를 얻을 수 있었다.

두 단체의 회원사들이 엘앤에프를 능가하는 글로벌 강소기업으로 성장하기를, 대구 경제와 우리나라 산업발전을 견인하는 기업들이 많이 탄생하기를 충심으로 기원하는 바이다.

# 3부

경영의 길:

성공을

만드는

생각들

1부와 2부에서는 엘앤에프의 역사를 이야기했다. 주관적인 서술은 자제하고 최대한 있는 그대로 기록하였다. 엘앤에프가 혁신기업으로 성공한 과정을 독자들이 직접 읽어보며 간접 경험해 보길 바랐기 때문이다.

그런데 이번에는 내 의견과 주관을 조금 피력하고자 한다.

지금 이 순간에도 경영 일선에서, 창업 과정에서, 생산 현장에서 노력하는 분들을 생각하면서…

3부 1장에서는 경영에 임한 나의 자세와 신념, 의사결정 기준을 간략히 적었고, 2장에서는 경영을 해 오면서 느낀 점들과 나의 생각을 주로 이야기했다.

그 모든 내용은 내가 직접 도전하고, 실행하고, 성공하거나 좌절하는 과정에서 느끼고 생각했던 것들이다.

이 책에 담긴 나의 경험이 독자 여러분에게 작은 도움이 되기를 바란다.

# 제1장

## 엘앤에프의 기적과 나의 경영철학

## 나의 경영 목표와 다짐

내가 경영에 임하면서 제일 중요하게 생각한 가치는 경영학 입문에서 배운 "계속 기업(going concern)"이었다.

평생을 기업에 몸담아 오면서 보고 느낀 것은, 기업이 지속·발전하는 것보다 기업 구성원들에게 더 큰 이익은 없다는 것이다. 나는 이것을 나름대로 깊이 확신하고 있으며, 이를 위해서는 끊임없이 혁신해야 한다고 굳게 믿어왔다.

이와 같이 '지속 가능한 회사'라는 토대 위에서 회사 발전과 구성원의 발전 간에 균형을 이루기 위해 노력해 왔다.

또한 「인사의 공정성」과 「솔선수범」을 항상 중시하며 지키려고 노력했다.

예컨대 나는 친인척을 일체 채용하지 않았다. 사장의 친인척이 회사에 있을 경우 아무리 노력해도 공정성을 의심받을 수 있기 때문이다.

그러면 사원들의 주인의식이 떨어지고 사장인 나와 내 말의 신뢰성도 의심받게 된다. 이렇게 되면 효율적인 경영마저 힘들어진다.

하지만 인사청탁을 안 받아주다 보니 냉정한 사람으로 치부되어 친인척 관계나 사회생활에서 난처한 경우를 당하기도 했다.

하지만 더 큰 공적 가치를 지키기 위해 감수해야 한다고 믿었다. 이런 신념은 오랜 회사 생활에서 얻은 경험에서 나온 것이다.

솔선수범의 경우도 마찬가지다. 나는 내가 먼저 회사의 방침이나 규칙을 철저히 지키려고 했다.

주기적으로 컨센서스 미팅을 했고 평소에도 임직원들과 진솔한 대화를 나누고자 했다. 그래서 늘 격의 없이 다가가려고 애썼다. 물론 사원들이 어떻게 평가할지는 모르지만.

경영을 하면서 이러한 다짐을 하기는 쉽다. 그러나 확신이 있어야 그 결심을 지킬 수 있다.

내가 20여 년간 사용한 50여 권의 노트와 메모장 곳곳에는 나의 신념과 각오를 지키기 위해 끊임없이 고민해 온 흔적들이 남아 있다. 매일 일어나는 일들에 대한 반성과 개선방안 등을 모색해 온 발자국들이다. 이 책도 그 기록을 바탕으로 쓰여졌다.

## 내 삶의 주인이 되자

나는 어릴 때부터 내가 맡은 일은 끝까지 하고야 마는 강박 같은 게 있었던 것 같다.

방학 때 시골 친구들과 산에 땔나무 하러 가서 지게에 너무 많이 쌓아 비틀거리면서도 끝까지 포기하지 않았던 일, 남선알미늄이 탈세로 조사 받을 때 전력투구 했던 일, 극단적 노사분규에 맞섰던 일, 혁신활동 주관, IMF사태 때 위기를 맞은 회사 수습을 위해 컴백한 일 등등.

따지고 보면 이런 일들은 내가 책임질 일도 아니었고 내 잘못은 더더욱 아니었다. 잘해야 본전이었고 개인적인 명예나 이익도 없는 일들이었다. 심지어 탈세 사건에 너무 신경을 쓰는 바람에 3년여 동안이나 신경성 위장병으로 고생해야 했다. 곁에서 지켜보는 가족들에게 많은 걱정을 끼쳐 가면서.

그런데 왜 그렇게 바보처럼 죽기 살기로 일했을까? 그래봤자 월급쟁이일 뿐이었는데… 게다가 남선알미늄 탈세 사건을 무사히 마무리한 뒤, 사장이 수고했다고 준 금일봉도 되돌려 드렸었다. 즉 보너스를 받고 싶어서 열심히 일한 것도 아니었다.

돌이켜 보면 내가 맡은 일은 내가 주인이라고 생각했기 때문인 것 같다.

그래서 힘든 줄도 몰랐고 숱한 위험과 어려움을 이겨낼 수 있었던 것이다.

그러므로 후회는 하지 않는다.

## 주인의식으로 문제를 직시하고 변화에 대처하다

2차전지 양극재를 개발한 것도 마찬가지다. 내가 신수종을 생각할 당시, 회사는 BLU 제조사로서 고객사로부터 좋은 평가를 받고 있었다. 고객만족실천, 1등 원가 실현, BLU 기술혁신, 성과문화 정착, SGC(Safety,

Green, Clean) 운동 등을 통해 품질과 납기, 가격(QDC)을 최고의 수준으로 유지했기 때문이다. 그 결과 창업 3년 만에 코스닥에 상장할 수 있었다.

그러나 상장의 기쁨도 잠시였다. 시간이 지날수록 더 큰 부담이 나의 어깨를 짓눌렀다. 증권시장에서 주가에 대한 관심이 높아졌고 좋은 실적을 기대하는 목소리도 커졌다. 실적에 대한 압박이 기업공개 이전과는 비교할 수 없을 정도로 커졌다.

그러나 BLU만으로는 한계가 있었다. 태생적인 한계였다. 회사가 성장하지 못하면 어떻게 될까?라는 걱정에 밤잠을 설쳤다.

게다가 고객의 주문에 대응하기 위해 생산설비를 증설하다 보니 사원의 수는 계속 늘어났다. 그러나 업계의 환경 변화로 제품의 경쟁력은 점점 떨어지고 있었다.

이대로면 내 손으로 뽑은 사원들의 장래를 책임질 수 없을지도 모른다는 걱정이 밀려들었다. 그 모든 것이 거대한 부담감이 되어 나를 내리눌렀다.

가만히 있을 수 없었다. CEO인 내가, 회사의 주인인 내가 책임져야 할 일이었기 때문이다.

그래서 나는 2차전지 양극재 개발을 시작했다. 그러나 처음부터 반대가 심했다.

LCD BLU를 만들던 잘나가는 회사가 갑자기 화학소재 사업에 뛰어든다니! 임직원들이 납득하지 못하는 게 당연했다. 무엇보다도 "우리가 잘할 수 있는 일인가?"라는 질문에 "아니오."라고 대답할 수밖에 없었다.

이제껏 해본 적 없는 낯선 일을 하자는 사장의 말에 어떻게 선뜻 동의하겠는가? 그것도 일본을 비롯한 선진국 기업 한두 곳이 겨우 시장 진입에 성공했을 정도로 까다로운 최신 소재를 개발하자는 무모한(?) 말을!

당시 대기업들은 일본의 소재, 부품, 장비(소부장) 업체들의 제품을 많이 선호했다.

미국이나 독일의 제품도 인정받았지만 지리적으로 가까운 일본 소부장 업체들이 더 많은 선택을 받았다. 우리나라는 이 분야에서 거의 불모지나 다름없었다.

그런 상황을 뻔히 알면서도 생소한 화학소재 개발을 천명했으니...

게다가 성공 가능성도 불투명했다. 지금이야 "2차전지가 대한민국 미래 먹거리다!"라고 치켜주지만, 그때만 해도 전문가들만 아는 새로운 아이템이었다. 당시는 LCD가 최첨단 산업이었을 정도로 오래전이었기 때문이다. LCD에 들어가는 부품(BLU)을 만들던 엘앤에프도 첨단 산업에 종사한다고 했다. 그런 상황에서 기술도 인프라도 없는 새로운 업종을 시작하자고 했으니 누가 찬성했겠는가?

하지만 나는 해야 했다. 주인의 입장에서 회사를 존속시킬 길을 찾아야 했으니까.

그래서 혼자 개발 컨셉과 방향을 정해놓고 절박한 심정으로 망망대해 이곳저곳을 찾아다니며 신수종을 찾다가, 수차례의 실패 끝에 운 좋게 2차전지 양극재를 추천받았다. 그 순간 "바로 이것이다!"라는 느낌이 왔다.

앞으로 수많은 휴대용 전자기기가 쏟아질 것이고, 그 모든 기기에 배터리가 필요할 테니까.

당연한 얘기 아니냐고?

내가 2차전지 양극재를 신수종으로 삼으려고 마음먹은 게 2004년이었다. 본격적인 사업을 위해 자회사인 ㈜엘앤에프신소재를 설립한 게 2005년이었고.

아이폰이 들어온 게 2009년 말경이었고 전기차는 몇 년 뒤였을 것이다.

즉 2005년에는 모바일 혁명이나 전기차 시대라는 말이 널리 퍼지지 않았다. 그런 시대에 2차전지의 세상이 올 거라는 말이 먹힐 리 없었다.

하지만 내 머릿속엔 '2차전지는 대세가 될 것이다!'라는 생각이 확고했다. 아무리 생각해 봐도 이만한 아이템이 없었다. BLU는 인건비 비중이 높아서 중국에 금세 추월당할 거라는 생각도 분명했다. 그리고 실제로 두 가지 모두 현실이 되었다.

2000년대에 엘앤에프보다 훨씬 크고 잘나갔던 BLU 회사들이 증권시장에서 사라지거나 업종을 바꾸었다. LCD 대기업들도 중국으로 이전하거나 국내생산을 대폭 축소했다.

내 판단이 조금만 늦었거나, 실행이 늦어졌거나 NCM이라는 혁신제품을 개발하지 못했다면 지금의 엘앤에프는 없었을 것이다. 수백 번을 생각해도 천운이 따랐다고밖에 생각할 수가 없다.

## BLU의 위기가 전화위복(轉禍爲福)의 계기로

아이폰이 모바일 혁명을 시작한 후에 2차전지 양극재 개발에 뛰어들었다면 기회를 잡기 어려웠을 것이다. 그러고 보면 BLU 사업의 위기가 전화위복의 계기가 된 것 같다. 만약 BLU 사업이 계속 잘나갈 것으로 예상되었다면, 고객사의 단가인하 계획과 대만과 중국의 추격이 압박을 주지 않았다면, 엘앤에프는 계속 BLU만 만들고 있었을 테니까.

주인의식을 가지고 닥쳐올 위기를 미리 예상하고 일찍부터 새로운 분야를 개척한 것, 강한 반대를 무릅쓰고 끝까지 밀고나간 것이 지금의 엘앤에프를 있게 하지 않았을까?

그런데 대부분의 경우 '해야 할 일'을 하는 것이 쉽지 않다. 잘하는 일로 성과까지 내고 있을 경우 더욱 그렇다.

잘하는 걸 놔두고 왜 쓸데없는 일을 벌이지? 가만히 있으면 중간이라도 간다는 말을 모르나? 등과 같은 싸늘한 반응이 대부분이다. 잘하는 분야와 아예 다르거나 성공 가능성이 불투명할 경우 더욱 그렇다. 모험적인 아이템이라면 말할 것도 없고.


"망하는 회사는 부장이 신입사원의 일을 하고, 사장은 부장이 할 일을 하며, 신입사원은 회사의 미래를 걱정한다."라는 우스갯소리가 있다.

나는 회사를 경영하면서 임직원들에게도 항상 자기 일의 주인이 되라고 입버릇처럼 말해 왔다.

요즘 고층 아파트나 건물을 짓다가 무너지는 큰 사고가 가끔 난다. 일의 기본을 지켰다면, 즉 공사관계자 각자가 자기 일로 생각하고 기본을 지켰으면 절대 있을 수 없는 사고들이다.

외국을 다니며 선진국 기능인들을 많이 만났다. 그들은 자기가 하는 일에 대한 높은 긍지와 책임감을 갖고 있었다. 그 모습이 참으로 부러우면서 속으로 우리의 모습이 부끄러웠다.

대한민국의 기능인들과 기술인들이 자신과 자신의 일에 더 많은 긍지를 가질 수 있었으면 좋겠다.


## 책임감과 주인의식이 생사를 가르다

후쿠시마 원자력 발전소를 보호하던 방파제의 높이는 5.7미터였다. 그러나 2011년 동일본 대지진 때 원전을 덮친 해일의 높이는 최고 15미터에 달했다.

방파제를 넘어 들어온 수천 톤의 물이 원전 지하 디젤 발전기를 정지시켰고, 그 결과 노심의 온도가 올라가서 폭발과 멜트다운 현상이 시작되었다.

그런데 같은 시기, 인근 이와테 현의 어느 작은 마을은 해일 피해를 입지 않았다. 15.5미터의 방파제가 있었기 때문이다.

이 마을의 이름은 후다이 촌(村).

인구 3천 명에 불과한 이 작은 마을의 촌장이었던 와무라 고토루는 마을 사람들과 행정 당국의 반대를 무릅쓰고 큰돈을 들여 대형 방파제를 만들었다.

사람들이 돈 낭비라고 욕할 때도 와무라 촌장은 "우리 마을은 1896년과 1933년에 거대한 쓰나미로 엄청난 피해를 입었다. 그렇다면 미래에도 똑같은 일이 벌어질 가능성이 높지 않은가? 그러니 아무리 돈이 많이 들어도 15미터 이상의 방파제를 쌓아야 한다."라고 주장하며 뜻을 굽히지 않았다.

안타깝게도 와무라 촌장의 우려는 현실이 되었다. 그리고 10미터짜리 방파제를 만들며 "이 정도면 충분해."라고 생각했던 미야코 시(市)는 엄청난 피해를 입었다.

5미터의 차이가 두 마을의 운명을 가른 셈이다.


## 지진이 법을 지킵니까?

내가 어느 건물을 지을 때였다. 나는 건물을 설계하는 건축사에게 요청했다.

"지진이 와도 견딜 수 있게 설계해 주세요."

그러자 건축사가 대수롭지 않게 말했다.

"우리나라 법 기준이 높아져서 법대로 설계하면 됩니다."

그 말을 듣고 내가 물었다.

"지진이 법을 지킵니까?"

건축사가 머쓱한 표정을 짓더니 법정 기준보다 10~20% 더 튼튼하게 설계를 변경해 주었다.
그 건축사가 훗날 나에게 말했다.

"그 집은 제가 20여 년 동안 설계한 건물 중에서 최고로 튼튼하게 지어진 집입니다."

이런 것이 주인의식이 아닐까?
평범한 월급쟁이로 살아도 일의 주인이 되면 내가 주인공인 삶을 사는 것이고, 남의 일로 생각하고 일하면 타인의 삶을 사는 것과 같다.
평생 남의 일만 하며 살아갈 것인가? 아니면 매순간 내 일을 하며 긍지와 자부심을 갖고 살 것인가?
어느 쪽을 선택할지는 당신의 자유다. 하지만 바로 그것이 인생의 성공과 실패를 가를 것이다.

## 변화와 혁신은 선택이 아니다

기업이 잘해오던 걸 계속할 수 있다면, 계속해도 된다면 거기에 집중하는 게 맞다. 하지만 지금은 인터넷과 통신판매의 발달로 세계 시장의 상품을 동시에 한눈에 보고 비교해서 구매할 수 있는 세상이 된 지 오래다.

지금 좋은 상품이나 업종이 순식간에 뒤처지거나 사라질 수 있는 초격변의 시대에 살고 있는 셈이다.

이러한 시대적 흐름에 적응하지 않으면 생존하기 어려울 것이다.

우리가 지금 잘하는 일이 미래의 성과와 성장을 보장해주지 않는다면, 지금 당장 새로운 일들을 찾아내서 그에 맞는 역량을 길러 나가야 한다.

수많은 기업들이 이 간단한 이치를 지키지 못해서 몰락했다. 카메라와 필름의 대명사였고 한때 미국의 25대 기업 안에 들던 KODAK사가 파산한 것도 세계 최초로 디지털카메라를 개발해 놓고도 잘나가는 필름사업을 고수하며 상품화하지 않았기 때문이다. 또 한때 모토로라를 꺾고 전세계 휴대폰 점유율 1위를 차지하던 핀란드 대표기업 노키아는 스마트폰 시대에 대한 준비 및 대응 부족으로 모바일 시장에서 퇴출되었다. 이처럼 세계 1등도 시대의 흐름을 읽지 못하면 결국 망하게 된다.

문제는 잘나갈 때는 이런 점이 안 보인다는 점이다. 사람의 본성 자체가 변화를 싫어하기 때문이기도 하다. 오죽하면 "누가 내 치즈를 옮겼을까?"라는 책이 베스트셀러가 되었겠는가?

하지만 해야 하는 일은 해야 한다. 아무리 불확실하고, 막막하고, 불안해도 어쩔 수 없다. 변화가 눈에 보일 땐 이미 늦기 때문이다.

경영자와 관리자가 나누어지는 것이 이 부분이다. 경영자는 회사를 경영, 관리하는 동시에 미래를 관찰해야 한다. 손과 발은 현재에, 눈은 미래에 두는 것이다. 직급이 아무리 높아도 미래의 변화를 예측하고 대비하지 않는다면 경영자가 아니라 관리자일 뿐이다. 즉 사장이 부장의 일을 하는 셈이다.

선장이 배의 엔진룸에서 일하거나 항해사가 노를 젓는 꼴이다. '하던 대로 하면 되겠지.'라는 무사안일주의는 오래가지 못한다. 지금 이 순간에도 해류의 방향과 날씨가 바뀌고 있기 때문이다. 언제 순풍이 역풍으로 바뀔지, 언제 빙산과 충돌할지 살피는 것은 선장과 경영자의 몫이어야 한다.

변화의 조짐을 느끼면서도 '하던 대로 하는' 기업과 조직들이 너무 많다. 현재를 즐기며 미래에 무관심하다가 골든타임을 놓치는 기업도 부지기수다. 심지어 바람이 반대로 바뀌었는데도, 빙산이 코앞에 다가왔는데도 예전 방식과 업종을 고집하는 기업들도 숱하게 보아 왔다. 그럴 때마다 스스로를 변화시키는 것이, 내부의 힘으로 자신을 바꾸는 것이 얼마나 어려운 일인지 실감하곤 했다.

## 회계의 중요성과 경영자의 관심

앞에서도 말했듯이 기업의 제1 가치는 영속하는 것이다. 쉽게 말해서 망하지 않는 것이다. 그것이 사회에 대한 최대의 기여이고 직원에 대한 기본 복지다. 회사가 망하면 아무리 좋은 경영이념도, 제품도, 비전도 쓸모가 없어진다. 그래서 경영자가 회사의 회계를 직접 확인하고 현금흐름과 향후 전망 등에 대해 면밀히 파악하는 것이 필수적이다.

기업에서 회계의 중요성은 아무리 강조해도 지나치지 않을 것이다. '회계는 경영의 언어'라는 말도 있고 '회계는 경영의 꽃'이라는 말도 있다. 그런데 회계를 등한시하는 경영자들이 생각보다 많은 것 같다. 골치 아픈 회계를 회계부서나 경리에게 맡겨버리고 신경을 쓰지 않는 것이다.

회계가 얼마나 중요한지는 수많은 책에서 쉽게 확인할 수 있다. 그래서 이 정도로 줄이고자 한다.

## 스스로를 의심하다

이 책에서 여러 번 밝혔듯이 나는 신뢰를 무엇보다 중요시했다. 임직원들과 고객, 국내외 협력사들의 신뢰를 얻고 유지하기 위해 많은 노력을 기울였다.

이것은 내가 자라면서 보고 배워 몸에 밴 것이었다. 나의 조부모님, 부모님 모두 조용하고 순박한 시골 분들이었다. 거짓말을 하거나 허세를 부린 적이 없으셨다.

가풍(家風)이 그러했기에 나 역시 남을 의심할 줄 모르는 성정으로 자라지 않았을까?

그래서 나는 세상을 살면서 남을 의심하지 않았다. 특히 일을 할 땐 일단 믿고 시작했다.

상대방도 나와 같을 것으로 생각하고 너무 쉽게 믿어 낭패를 당하거나, 뼈아픈 배신을 당한 경우도 있었다. 하지만 나는 사람을 믿은 것을 후회하지는 않는다. 현명하지 못한 처사라 해도 할 말은 없다.

나는 타인을 의심하는 대신 나 자신을 의심했다. 내 아이템을 의심하고 회사를 의심했지만 가장 많이 의심한 것은 나 자신의 판단이었다. 지금 이 순간, 내가 올바른 판단을 내리고 있는지 항상 의심해 봐야 한다는 뜻이다.

또한 내가 만드는 제품이나 서비스, 내가 수행하는 일의 방식, 삶과 타인을 대하는 태도가 항상 최선인지 생각해 보는 것이다. 이러한 의심 없이 스스로를 신뢰하는 것은 정신적인 게으름이 아닐까?

BLU가 한창 잘 나갈 때, 나는 BLU가 중국에게 추월당할지도 모른다고 생각했다. BLU 사업의 영속성을 의심한 것이다. BLU 사업 자체가 '첨단 원시산업'이라고 불릴 정도로 인건비의 비중이 높았기 때문이다.

이러한 사실들을 종합하자 회사의 미래가 의심스러워졌다. 지금 많은 매출을 올리고 있다는 점은 중요하지 않았다. 앞으로가 중요했다.

하지만 신수종, 즉 새로운 사업이 하늘에서 뚝 떨어지는 게 아니었다. 내가 찾아내야 했다. 중요한 것은 '우리가 할 수 있는 일인가?'가 아니었다. '미래에 충분한 성장 잠재력이 있는가?'가 먼저였다. 그다음에 할 수 있는 방법을 찾는 것이 혁신을 성공시킬 수 있는 모멘트가 되지 않을까?

해보지도 않고, 방법을 추구해 보지도 않고 지레 포기하는 사람들이 생각보다 많다.

지금 바로 할 수 있을 것 같은 일만 찾으면 안 된다. 할 수 있는 일보다 해야 할 일, 하고 싶은 일을 찾아야 한다. 그렇게 하지 못하면 미래는 결코 밝지 못할 것이다.

진부한 말이지만 미래는 다가오는 것이 아니라 스스로 만드는 것이다.

## 경영은 의사결정의 연속이다

CEO는 최종 의사결정을 해야 하고 결정에는 무한 책임이 따른다. 멤버들의 의견이 갈리는 안건은 물론이고 모두 동의하는 일조차 며칠 동안 고민하고 또 고민한 적이 많았다.

유행가 가사처럼 "이리 갈까? 저리 갈까? 차라리 돌아갈까?" 그렇게 고민 고민 하다가 결국 외롭게 혼자 결정한 적이 많았다. 이 노래는 언제 들어도 중요한 의사결정을 앞둔 나의 심정을 잘 대변하고 있는 것 같다.


이 세상에 리스크 없는 도전은 없다. "바람은 계산하는 것이 아니라 극복하는 것이다."라는 영화 대사처럼, 감당할 수 있는 위험이라면 기꺼이 감수하고 도전하는 것이 중요하다. 위험하다는 이유로 도전하지 않으면 살아남을 수 없다. 세상은 빠르게 변하기 때문이다.

LCD 업계가 호황일 땐 엘앤에프보다 훨씬 큰 BLU 회사도 많았다. 그러나 상당수가 역사의 뒤안길로 사라졌다. 지금 잘나가는 반도체도, 2차전지도 10년, 20년 뒤에는 어떻게 되어 있을지 아무도 알 수 없다.

그러므로 조직의 리더는 항상 미래를 조망하며 변화를 모색하지 않으면 안 된다. 이 모든 것이 선택이다.

그 선택의 책임은 오직 경영자만이 진다. 경영자들이 항상 고독한 이유도, 심지어 종교와 무속에 끌리는 이유도 여기에 있다.

게다가 경영자의 선택은 항상 딜레마를 내포한다. 너무 큰 도전은 위험하고 너무 작은 도전은 무의미하다. 현재냐 미래냐, 도전이냐 수성이냐, 내 신념이냐 임직원의 희망이냐 사이에서 늘 갈팡질팡한다. 정답은 없다. 오직 결과만이 말해줄 뿐.

그렇다고 판단을 유보하거나 우유부단하게 처신하면 안 될 것이다. 최악의 경우를 고려한 현명한 도전, 서까래가 몇 개까지 부러질지 치밀하게 계산된 모험이어야 한다.

과단성과 보수성, 대담성과 꼼꼼함을 동시에 갖추어야 하기 때문이다. 그래서 "경영자의 판단은 항상 딜레마를 내포한다."고 한 것이다.

판단과 선택을 잘하는 것은 시작에 불과하다. 진짜 중요한 일은 선택의 필요성과 당위성, 목표와 비전을 구성원들에게 이해시키고 공감시켜 의욕을 불러일으키는 것이다.

이러한 과정을 통해 진정한 원팀(One Team)을 만든 다음, 경영자가 지속적으로 솔선수범하며 이끌어야 할 것이다.

## 나의 회사경영과 의사결정의 기준

나는 항상 다음 기준(원칙)들을 지키기 위해 노력했다.

① 경영이념에 충실해야 한다.
② 최악의 경우를 고려해야 한다.
③ 실패했을 때 기둥뿌리가 뽑힐 수도 있는 일은 못 하지만, 서까래 부러지는 위험은 감수한다.

스스로 세운 이 원칙들을 지키려고 노력해왔기 때문에 지금의 내가 있다고 생각한다.

## 첫째, 경영이념에 충실하자

이 말은 경영자와 임직원 모두가 경영이념을 숙지하고 그에 맞게 행동하도록 끊임없이 노력해야 한다는 뜻이다.

회사가 무엇을 위해 어떤 방향으로 어떻게 갈 것인지를 정하고 그것을 공유해야 임직원들이 긍지와 소속감을 가질 수 있을 것이다. 즉 "우리 회사는 무엇을 하는 회사고, 왜 하며, 그것을 달성하기 위해 나는(우리는) 무엇을 해야 하는가?"에 대한 이해와 공감대가 필요하다는 뜻이다.

경영자가 아무리 좋은 이념과 가치관을 갖고 있어도 임직원에까지 전파되지 않고, 공유되지 않는다면 아무 소용이 없다. 이론을 이해하는 건 머리지만 실제로 움직이는 건 손과 발이기 때문이다.

경영이념을 추상적이고 형식적인 것으로 생각하는 사람이 많은데 결코 그렇지 않다. 모든 사람에게 신념과 가치관이 있듯이 법적 인간, 즉 법인에도 신념이 있어야 한다.

법인도 사람이다. 말 그대로 법적인(法) 사람(人)이니까. 법인, 즉 기업이 사람이라면 경영이념은 가치관이고 미션과 비전 선언문은 좌우명 또는 가훈인 셈이다.

우리 모두는 다양한 신념을 가지고 있다. 인간의 모든 판단과 행동의 밑바닥에는 이러한 신념이 자리잡고 있으며 모든 선택에 실질적인 영향력을 행사하고 있다. 보이지 않는 정치적, 생리적, 사회적, 문화적 신념이 잠재의식 깊숙이 내면화되어 있는 것이다. 우리가 평소에 잘 느끼지 못하는 것뿐이다.

신념이 없고 줏대 없는 사람은 남을 신뢰할 수도 없고 남에게 신뢰를 받을 수도 없다. 기업도 마찬가지다. 어떤 회사가 될 거라는 지향점이 없는 회사, 선택과 판단의 기준이 되는 신념이 없는 회사는 구성원들에게조차 신뢰받을 수 없을 것이다. 소비자나 거래처의 신뢰는 말할 나위도 없고.

경영이념이 확고히 자리잡은 회사에서는 사원들이 경영진과 회사의 생각을 예측할 수 있기 때문에 내가 어떻게 해야겠다는 생각을 스스로 할 수 있게 된다. 자기 자신과 회사에 믿음이 생긴다.

이를 위해서는 경영진이 솔선수범해야 한다. 당장 편하자고 경영이념을 무시하면 안 된다. 경영이념은 목표이자 이정표이기 때문에 어떠한 경우에도 지켜져야 한다.

엘앤에프의 경우 8~9개월 동안 매주 토론하고 검토해서 경영이념을 만들었다. 그리고 그 경영이념을 사훈이라는 형식으로 완성했다.

당시에는 경영이념에 대한 나의 집착, 아니 열정을 이해 못하는 임직원도 많았을 것이다. 쓸데없는 데 집착한다고 생각하는 이들까지 있었을 것이다.

하지만 내 신념은 확고했다. 성공하고 발전하는 기업, 화목하고 영속하는 기업에는 경영이념이 반드시 필요하다는 데에 추호의 의심도 없었다.

경영이념을 정한 후에는 모든 사원들이 위의 세 가지 항목, 즉 〈신뢰받는 회사, 최고 기술 회사, 보람 있는 회사〉의 뜻을 숙지하고 그에 걸맞게 일하게 했다. 해마다 수립하는 경영계획과 각 사업부문별, 팀별 업무계획에도 경영이념이 연계되고 스며들도록 방침관리를 해 나갔다.

매주 경영회의 때는 물론이고 노사협의체인 한마음협의회 때도, 워크숍이나 심지어 회식 때도 암묵적으로 사훈을 주지시키려고 노력했다.

이러한 노력은 서서히 효과를 드러냈다. '가랑비에 옷 젖듯' 경영이념이 내면화된 사원들이 자발적으로 행동하기 시작한 것이다.

대한민국이 각박해지고 살기 힘들어지는 이유도 가치관과 신념, 규범, 도덕이 무너지고 있어서가 아닐까?

입시 위주의 교육, 공교육 붕괴 등으로 인해 바람직한 민주시민을 길러내지 못했고, 그로 인해 국민들과 국가의 신뢰가 무너지고 가치관이 약화된 것이 아닐까?

대한민국을 움직이던 신념은 여러 차례 바뀌어 왔다. 조선시대에는 유교가, 6.25 이후에는 반공주의가, 그 이후에는 산업화와 민주화가 대한민국을 규준했다.

그런데 지금은 그게 보이지 않는다. 우리도 한번 잘살아보자며 열심히 달려왔던 국민들이 목표를 잃어버린 것은 아닌지 심히 걱정스럽다.

공통규범이나 가치관이 약화된 아노미 상태의 대한민국!
그 빈자리를 황금만능주의와 이념대립이 메우고 있다고 느끼는 건 과연 나뿐일까?

### 둘째, 최악의 경우를 고려해야 한다

이 말은 영속기업을 최우선시한다는 말이다.

경영상의 의사결정을 할 때는 항상 최악의 경우를 상정해야 한다. 만약 이때 회사의 존폐에까지 영향을 줄 만한 리스크가 발생할 것으로 예상되면 그 일은 하면 안 된다. 아무리 큰 기회처럼 보여도, 엄청난 수익을 얻을 수 있을 것 같아도 해서는 안 될 것이다.

이렇게 말하면 "에이 누가 그렇게 위험한 짓을 해요?"라고 할지도 모르겠다. 하지만 사업(일)을 계획할 때 좋은 결과에만 관심을 두고 최악의 경우를 소홀히 하는 바람에 낭패를 당한 기업들이 드물지 않다. 나는 큰 기업들조차 그러는 것을 본 적이 있다.

앞에서 나는 2차전지 양극재의 개발과 사업화가 모험적인 시도였다고 이야기했다. 그러나 최악의 경우를 가정해도 회사의 존폐 위험까지는 가지 않을 거라는 계산이 끝난 뒤였다. 회사의 재무능력 등을 점검, 확인한 다음 나름의 확신을 가지고 시작한 것이다.

그럼에도 불구하고 회사 규모에 비해 꽤 큰 위험인 것만은 사실이었다. 그래서 다각적으로 검토하고 심사숙고한 끝에, 이 정도의 위험은 충분히 감수할 수 있고 감수하지 않으면 안 된다는 굳은 각오를 하고 시작하였다.

누구나 새로운 시도는 성공보다 실패할 확률이 더 높을 것이다. 그렇다고 해서 시도하지 않을 순 없다. 물론 무모한 도전을 해서는 안 된다.

안전하면서도 과실이 큰 '로우 리스크-하이 리턴'이 최선이지만 그런 일이 어디 흔하던가? 앞에서도 말했듯이 '할 수 있는가?'보다 '꼭 해야 하는 일인가?'와 '하고 싶은 일인가?'가 더 중요할 것이다.

도전이 과감할수록 경영은 보수적으로! 나 자신이 기업회계 분야에서 잔뼈가 굵었기에 항상 회사의 재무상황을 면밀하게 파악하며 경영할 수 있었다.

**셋째, 실패했을 때 기둥뿌리가 뽑힐 수도 있는 일은 못 하지만, 서까래 부러지는 위험은 감수한다.**

보수적으로 경영한다고 해서 실패가 없는 건 아니다. 나도 많은 실패를 경험했고 실패의 데미지는 언제나 아팠다. 하지만 실패의 충격이 '서까래 몇 개 부러뜨리는' 정도라면 감수했다. 최악의 경우에도 회사가 망할 일은 아니기 때문이다.

서까래가 부러지는 정도의 위험은 감수한다는 말은 바로 이 뜻이다.

노파심에서 설명하면 서까래는 한옥의 지붕을 받쳐주는 갈비뼈 모양의 구조물이다. 지붕 밑에 촘촘하게 걸쳐 있는 긴 나무들이 바로 서까래다. 대들보와 기둥이 이를 받쳐주고 있다.

서까래 몇 개가 부러져도 집은 무너지지 않는다. 하지만 대들보나 기둥이 부러지면 집은 끝장이다. 경영자는 과감한 도전을 즐기되 최악의 사태에 서까래가 부러질지, 기둥이나 대들보가 부러질지는 예측할 수 있어야 한다.

새로운 사업으로의 진출이나 개발을 결정할 때, 서까래 몇 개가 부러지는 정도의 위험은 감수하지 않으면 안 될 것이다. 물론 기대 리턴의 크기에 따라 다르겠지만, 나는 늘 그렇게 해 왔고 임직원들과 주위 사람들에게도 그렇게 이야기해 왔다.

그게 겁나서 도전하지 않으면 집 전체가 썩을 수도 있고, 밀려오는 홍수나 해일에 휩쓸릴 수도 있다. 외부의 변화를 감지하고 과감한 도전을 통해 생존을 도모하는 것, 그것이야말로 경영자의 책무이자 특권이다.

모두의 반대와 조소를 견디며 신념을 관철시키고, 그 결과 내 회사를 영속시키고 발전시키는 것은 세상 그 무엇보다 짜릿한 일이다. 그래서 특권이라고 표현한 것이다. 겪어보지 못한 사람은 이 느낌을 절대로 알 수 없다.

# 제2장

## 소통과 신뢰, 도전으로
## 성과와 가치를

### 불통을 넘어 소통으로

사람은 한 번밖에 살 수 없다. 윤회를 해도 전생의 기억은 없을 것이다. 처음부터 다시 시작해야 한다.

그렇기에 인생은 매 순간이 소중하다. 일곱 살 소년도, 스물일곱 청년도, 칠십 노인도 마찬가지다.

하지만 일곱 살 소년과 스물일곱 청년은 모른다. 자신들이 가장 아름다운 시간을 살고 있고, 그것이 머지않아 시든다는 것을.

그걸 아는 것은 노인뿐이다. 그 모든 시간을 살아봤기 때문이다. 그래서 미국의 작가 겸 사업가인 킴벌리 커버거(Kimberly Kirberger)는 이렇게 노래했다.

지금 알고 있는 걸 그때도 알았더라면,

내 가슴이 말하는 것에

더 자주 귀 기울였으리라.

(중략)

내가 만나는 사람을 신뢰하고

나 역시 누군가에게 신뢰할 만한

사람이 되었으리라.

(중략)

지금 내가 알고 있는 것을 그때도 알았더라면.


그래서 노인들은 청년들에게 경험을 나눠주려고 한다. 자꾸 알려주려고 한다. 조금만 다르게 생각하면, 조금만 더 노력하면 훨씬 나은 삶을 살 수 있다는 것을 알기 때문이다.

그런데 날이 갈수록 윗세대의 가르침을 참견이라고 생각하는 '젊은 꼰대'들이 늘어나고 있는 것 같다. 게다가 말의 참뜻에 집중하지 않고 지엽적인 부분, 자신이 '긁히는' 일부분만 가지고 화를 낸다. 달을 가리켰더니 달이 아니라 달을 가리키는 손가락에 집착한다는 성철스님의 말씀처럼.

결국 기성세대가 점점 입과 마음을 닫게 되었고, 사회는 점점 각박해지고 살기 어려운 곳이 되어가고 있다.

마음을 넓게 가지고 생각을 유연하게 하자. 이제까지 해왔던 방식, 예전에 성공해본 방법을 고집하지 말자. 해답은 질문 속에 숨어 있는 경우도 많지만 전혀 예상치 못하는 곳에 있는 경우가 더 많다.

남의 말에 귀를 기울이자.

오만과 독선, 불통으로는 결코 큰일을 할 수 없다.


## 신뢰 자산은 복리로 불어난다

나는 이 책에서 여러 번 신뢰를 언급했다. 평소에 신뢰를 중요하게 생각하고 행동했기에 깐깐한 일본 기업이나 의심 많은 중국 기업과도 안정적인 파트너십을 맺을 수 있었다.

신뢰는 말로 시작되어 행동으로 완성된다. 입이 가벼우면 신뢰도 가벼워진다.

그래서 이순신 장군은 이렇게 말했다.


"경거망동하지 말고 태산처럼 진중하라(勿令妄動 靜重如山)."


다시 말하지만 신뢰의 근간은 말이 아니라 행동이다. 자신의 말과 신념을 지켜야 신뢰가 생겨난다. 그렇게 생긴 신뢰가 1년, 3년, 10년 동안 쌓여야 진정한 신뢰가 된다.

말은 누구나 할 수 있지만 행동은 아무나 할 수 없다. 그 행동을 평생 계속하는 건 더 어렵다. 따라서 신뢰가 습관이 되어야 한다.


나는 왜 이렇게까지 신뢰를 강조하는가?

기업이 성공하기 위해 가장 필요한 것은 돈이나 기술이 아니라 사람이기 때문이다. 도와주는 사람이 많은 사람은 언젠가는 꼭 성공한다.

사람들은 어떤 사람을 도와주고 싶을까? 겸손하고 정직하고 성실한 사람, 즉 신뢰가 있는 사람이 1순위다. 그런 사람은 도와주는 보람이 있기 때문이다. 꼭 대단한 도움을 주진 않더라도 둘 중에 한 명을 선택해야 할 땐 항상 신뢰가 있는 사람을 고르게 된다. 그런 것들이 바로 귀인(貴人)이고 인복(人福)이다.

따라서 신뢰를 쌓는 것은 재산을 쌓는 것이다. 이 세상에서 가장 값진 보물을 누구도 빼앗아갈 수 없는 곳간에 쌓는 것과 같다.

'재산'이니 '보물'이니 하는 것은 추상적인 자산만이 아니다. 실질적이고 물질적인 재산도 포함된다. '신뢰 자산'이 많은 사람, 즉 믿을 수 있는 사람에게 더 많은 기회가 주어지기 때문이다. 실수를 하거나 잘못을 해도 오해를 덜 받고 이해를 더 받을 수 있다.

신뢰할 수 있는 사람이 되자. 그러면 위기일 때 특히 큰 도움이 된다. 신뢰 자산은 복리로 불어나는 적금과 같다.


## 혁신 마인드가 사람과 조직의 능력을 키운다

혁신 마인드란 끊임없이 고치고 개선하는 마인드를 뜻한다. 지금의 자신과 자신의 일에 만족하지 않고 더 나은 성과와 더 높은 생산성을 위해 계속해서 고민하고 노력하는 것이다. 일본의 대기업 도요타가 도입한 것으로 유명한 '가이젠(改善)'이 바로 혁신 마인드의 예다.

혁신 습관이 지속되면 인생이 바뀔 수 있다. 단기간에는 변화를 체감하기 힘들지만 10년, 20년 뒤에는 어마어마한 차이가 발생한다. 자신의 분야에서 일가를 이룬 전문가가 될 수 있는 것이다.

이러한 혁신 마인드는 두 가지 종류가 있다. 하나는 퀀텀 점프(Quantum

Jump)라고 불리는 대도약이고, 다른 하나는 일상적인 개선 활동이다. 물론 두 가지 모두 반드시 필요하다.

만약 엘앤에프가 LCD 부품인 BLU를 계속 제조했다면, BLU와 제조공정을 아무리 개선해도 회사의 어려움을 막을 수 없었을 것이다. 유망 신수종인 2차전지 양극재 개발로 크게 혁신했기 때문에 살아남을 수 있었다.

이와 같이 엘앤에프가 2차전지 양극재를 개발한 것은 퀀텀 점프이고, BLU를 개발하고 원가를 개선하는 것은 일상개선으로 설명될 수 있다.

퀀텀 점프 후에는 일상적인 개선 활동을 꾸준히 전개하지 않으면 안 된다. 퀀텀 점프라는 말 자체가 불연속적인 도약을 의미하기 때문이다.

따라서 안정화될 때까지 꾸준히 개선해 나가야 한다. 큰 혁신과 작은 개선을 반복하고 습관화해야 한다.

혁신의 핵심은 언제 어디서나 더 나은 것을 생각하는 것이다.

## 실패를 너무 두려워하지 마라

나는 대학교 3학년 때 회계사 준비반에 들어갔다. 원강(원서 강의)을 하시던 정기숙 교수님이 지도하시던 공부방이었다.

교수님 밑에서 두 번이나 회계사에 도전했지만 모두 실패했다. 그러나 함께 공부했던 학생들 중에서 합격자가 나오기 시작했다.

이것이 후배들에게 용기와 영감을 주었던 것 같다. 영남대학교에서 회계사 합격자들이 속속 배출되기 시작한 것이다. 정 교수님이 만드신 공부방이 많은 청년들의 인생을 바꾼 셈이다.

내가 만약 회계사 시험에 합격했다면? 상고를 졸업한 후에 은행에 들어갔다면?

지금과는 완전히 다른 길을 걸어왔을 것이다. 남선경금속에 입사하지도 않았을 테고, 정일전자 사장도 되지 않았을 것이며, 엘앤에프 창업도 없었을 것이다.

그러니 실패에 너무 좌절할 필요 없다. 요즘 젊은이들은 실패를 너무 두려워하는 듯하다. 눈앞의 실패에 좌절하는 건 당연하지만 미래는 어떻게 될지 아무도 모른다. 그리고 진부한 말이지만 하늘이 무너져도 솟아날 구멍은 있다.

잘나가고 돈이 많다고 우쭐거릴 필요도 없다. 오늘 있던 게 내일 없어질 수도 있고, 오늘의 부자가 내일의 거지가 될 수 있기 때문이다. 나는 그런 경우를 많이 봐왔다.

복이 화가 될 수도 있고 화가 복이 될 수도 있다는 뜻을 가진 '새옹지마(塞翁之馬)'라는 말이 수천 년간 살아남아 전해져 내려오는 이유가 여기에 있지 않을까?

## 성과지향적으로 일하라

성과를 생각하지 않고 일하는 것은 극단적으로 말해서 일하는 척하는 것이다. 경영자는 큰 틀에서, 임원은 그보다 작은 틀에서, 부서장은 그보다 더 작은 틀에서 성과를 지정해줘야 한다. 사원들이 성과에 집중하도록 지원하고 결과를 평가하는 것, 그것이 관리자와 경영자의 역할이다.

경영자인 나는 일찍부터 '세계일등'이라는 성과(목표)를 제시했다. 이것은 일본의 전설적인 경영자인 마쓰시타 고노스케, 이나모리 가즈오, 손정의 회장 등도 강조한 것이다. 특히 손정의 회장은 젊은 시절 사과궤짝 위에 서서 한두 명밖에 없는 직원에게 "우리 회사는 세계 제일이 될 것이다!"라고 선언한 것으로 유명하다. 물론 그 직원은 황당해하며 얼마 못 가 그만두었다고 하는데, 만약 끝까지 함께했더라면 큰 부자가 될 수 있었을 텐데 안타깝다. 오랫동안 함께해 온 창업공신이니까 귀한 대우를 받지 않았겠는가?

일을 하기 전에 이 일을 왜 하는지, 어떤 결과를 만들어 내야 하는지 5분만 생각해 보자. 정 성격이 급하다면 1분도 좋다. 일하기 전에 잠깐만 생각하고 일해 보자. 목적지를 명확히 생각하는 것만으로도 생산성과 의욕이 훨씬 높아질 것이다.

피터 드러커는 주변 경영자나 엘리트 그룹과 함께 면밀한 계획을 세우기로 유명하다. 몇 년 단위로도 계획하고 6개월 단위로도 계획하는데, 반드시 나중에 모여서 성과를 점검한다고 한다. 목표대로 달성하지 못한 이유를 알아내고 같은 잘못을 반복하지 않기 위해서다.

이와 같이 목표를 세우고, 열심히 노력하고, 결과를 평가해서 개선하는 PDCA(plan, Do, Check, Action) 프로세스가 필요하다.


습관의 힘은 위대하다. 평소에 쌓아 놓은 신뢰 자산이 없는 사람이, 혁신 마인드가 없는 사람이, 성과지향적으로 일하는 습관이 없던 사람이 어느 날 갑자기 펑!하고 대단한 일을 하는 경우는 없다.

성공은 작은 습관이 쌓여서 이루어진다. 티끌을 모으면 태산까지는 몰라도 언덕 정도는 만들 수 있다.

## 완벽에 집착하지 말고 실행에 집중하라

사물이나 현상, 사람에 대해 깊이 생각하는 것이 점점 힘들어지고 있다. 디지털 기기가 발달하고 틱톡, 쇼츠 등의 숏폼 플랫폼들이 생긴 이후 더욱 심해지는 것 같다.

그런데 때로는 생각이 실천을 방해하기도 한다. 생각을 위한 생각, 안되는 이유를 찾기 위한 생각, 안주하기 위한 구실을 찾기 위한 생각 때문에 실행을 못 하는 것이다.

이것은 본말이 전도된 것이다. 생각은 실천을 돕기 위해 하는 것이다. 시행착오를 줄이고 더 효과적인 방법으로 실행하기 위해 생각하는 것이지 그 반대는 아니다.

생각이 너무 많은 것, 생각만 하는 것은 생각이 없는 것만큼이나 위험하다. 조건이 안 맞아서, 준비가 안 되어서, 기타 여러 가지 이유로 실행을 미루는 이들이 많다. 그러나 완벽한 때는 결코 오지 않는다.

엘앤에프의 "개선의 기본정신"에도 "완벽을 추구하기보다 바로 실행하자"는 말이 있었다. 젊을수록 이 말대로 일단 시작해봤으면 좋겠다. 시작하지 않으면 경험할 수 없고, 경험하지 않으면 알 수 없는 것들이 셀 수 없이 많기 때문이다.

이 책에서 잠깐 소개한 [엘앤에프의 합리화 운동]에는 다음과 같은 "개선의 기본정신"들이 있었다.

"현상을 부정하자!"
"불가능은 없다, 변명을 하지 말자."
"완벽을 추구하기보다는 바로 실행하자."

대부분의 사람들은 지금 생각하고 나중에 행동한다. 그리고 십중팔구는 실행에 이르지 못한다.

그러므로 지금 행동하고 나중에 생각하라. 생각에 발목을 잡히지 마라.

생각하면서 행동할 순 없지만 행동하면서 생각할 수는 있다. 그리고 달리다 보면 새로운 길이 나온다. 달리기 전에는 상상도 못했던 새로운 길이.


## 젊을 때의 어려움은 미래성장 동력이다

젊을 때 고생은 사서도 한다는 속담이 있지만 이제는 너무 진부하게 느껴진다. 청년들은 아마 화를 낼지도 모르겠다. 현실을 모르는 말이라고 하면서 말이다.

하지만 지금 청년들의 현실이 과연 6.25와 1960년대, 70년대보다 더 힘들까? 너무 '꼰대'로 보일까 봐 말을 줄이겠지만 어느 시대나 청년들은 항상 어렵고 힘들었다. 가진 게 없기 때문이다. 기회는 예전에도 있었고 지금도 있다. 기회는 예전에도 없었고 지금도 없다. 말장난 같지만 한번 깊이 생각해보기 바란다.

내가 하고 싶은 말은 젊었을 때 실패하는 걸 너무 두려워하지 말라는 것이다. 수십 년 전과 달리 힘든 일을 하면 적어도 생활은 할 수 있는 세상이다.

최악의 최악에 떨어져도 예전처럼 굶어 죽을 가능성은 거의 없지 않냐는 말이다.

사는 동안 우리는 무엇이든 될 수 있다. 내가 엘앤에프를 경영하며 2차전지 양극재를 개발한 것은 환갑에 가까워서였다. BLU 산업의 위기를 감지하고 엔지니어들과 이공계 연구원들을 찾아다닐 때도 머리가 벗겨진 노인이었다.

위기는 노인에게도 찾아오고 기회도 마찬가지다. 인생의 굴곡은 나이와는 관계 없다. 청년기에는 경험이 없다 보니 더 힘들게 느껴지는 것뿐이다.

청년들이 힘들다고 아우성이지만 중년들은 살기 좋을까? 노인들은 또 어떻고?

청년들은 기력이 떨어진 상태에서 맞이하는 위기가 어떤 느낌인지 모른다. 중년 이후의 회복탄력성은 청년들보다 훨씬 떨어진다. 청년의 뼈는 쉽게 붙지만 노인의 뼈는 오랫동안 잘 붙지 않는다.

내가 "젊을 때의 어려움은 미래성장 동력이다."라는 다소 도발적(?)인 소제목을 붙인 이유가 여기에 있다.

물론 도전정신이 있다면 환갑도 청춘이다. 다시 말하지만 2차전지 양극재 사업을 시작했을 때 내 나이는 이미 환갑에 가까웠다.

의지와 성실성이 있다면 나이는 숫자에 불과하다.

## 마쓰시타 고노스케의 성공비결

'20세기 경영의 신'으로 불리는 마쓰시타전기(현 파나소닉)의 창업자 마쓰시타 고노스케. 그의 생전에 어느 기자가 성공의 비결을 묻자 다음과 같이 답했다고 한다.

첫째, 나는 가난하게 태어났기 때문에 어릴 때부터 일을 하지 않으면 안 되었다. 일을 해야 살 수 있다는 것을 배웠기에 열심히 일해 왔다.

둘째, 나는 허약하게 태어났기 때문에 건강의 소중함을 일찍 깨달아 늙어서도 건강할 수 있었다.(그는 94세까지 살았다.)

셋째, 나는 배우지 못했기 때문에 모든 사람을 나의 스승으로 받들고 배우려고 노력할 수 있었다.(그는 초등학교를 중퇴했다.)

청년들이 한 번쯤은 음미해볼 가치가 있지 않을까?

## 창업을 꿈꾼다면 대기업을 고집할 필요가 있을까?

대부분의 청년들이 대기업을 꿈꾼다. 하지만 적어도 창업을 꿈꾼다면 중소기업에서 여러 가지 일을 경험해보는 것도 나쁘지 않을 것이다.

대기업은 조직이 크기 때문에 한 가지 일만 시킨다. 제너럴리스트가 아니라 스페셜리스트로 키우는 것이다. 그러나 경영자는 어쩔 수 없이 제너럴리스트가 되어야 한다. 경영은 종합 예술이기 때문이다.

예전에는 일부러 대기업이 아니라 중소기업이나 중견기업을 택하는 청년도 많았다. 하지만 지금은 그런 말을 하는 것 자체가 죄악시되는 듯하다. 한국사회의 양극화가 기업에도 투영되었기 때문에, 아니 대기업과 중소, 중견기업 간의 격차가 청년들의 격차로 잘못 인식되었기 때문에 그럴 것이다.

더 많은 청년들이 창업을 꿈꾸었으면 좋겠다. 사회에 나오자마자 회사를 세우고 경영하는 건 쉽지 않을 테니 우선 희망하는 업종의 중소기업에 들어가서 전반적인 일을 익히고, 그 경험을 밑천 삼아 스타트업을 창업했으면 좋겠다.

나는 결코 특별한 사람이 아니다. 남들보다 특출나게 똑똑하지도 않고 잘하는 것도 없다.

다만 나는 신뢰를 목숨처럼 중요하게 생각했고 언제나, 어느 위치에서나 맡은 직분(일)의 주인으로서 일해 왔을 뿐이다.

세상의 변화를 느끼고 외면하지 않았으며, 그 변화에서 살아남기 위해 직접 발로 뛰었다.


여러분도 할 수 있다.

청년 여러분의 성취와 성공을 진심으로 기원한다.

# 제3장

## 인생의 가치와
## 기업의 가치

---

## 당신, 세상에 큰 보시(布施)했소

어느 날 TV에 엘앤에프 관련 뉴스가 나왔다. 배터리 소재 국산화를 앞당김으로써 국가 경쟁력 향상에 이바지했고, 수도권이 아닌 지역 풀뿌리 기업인데도 2차전지 양극재 분야의 글로벌 기업으로 성장하였다는 내용이었다.

그 결과 대구를 대표하는 최고의 수출기업으로 발전하고 있으며, 고용 창출에도 크게 기여하고 있다는 내용의 호의적인 뉴스였다.

그 뉴스를 보던 아내가 나에게 말했다.

"당신, 세상에 큰 보시했소."

순간 정신이 번쩍 들며 만감(萬感)이 교차했다.

'그래 맞아! 내가 그 생각을 못 했네.'

## 인생의 진정한 가치

가끔 아쉬운 생각이 들 때가 있었다. 콕 집어 표현할 순 없지만 뭔가가 빠진 느낌, 중요한 뭔가를 놓치고 있는 느낌이 들어서 뒷골이 서늘해지곤 했다.

열심히 노력해서 남부럽지 않게 성공했고 아이들도 잘 키웠는데, 어째서 가슴 한구석이 공허하고 헛헛한 느낌이 드는 걸까?

어쩌다 조용히 혼자 있을 때면 넓은 광야에서 타고 있던 애마마저 잃어버리고 방황하는 느낌을 받곤 했다. 이런 감정은 아내에게도 말한 적이 없다.

그런데 "당신 세상에 큰 보시했소."라는 말을 듣는 순간 깨달았다.

"내가 이룬 일들이 많은 사람들에게 좋은 영향을 주었구나! 물론 앞으로도 그럴 테고."

"내 삶이 이 세상에 도움이 되었구나!"

내 인생이 나름의 가치를 갖고 있었다는 사실을, 최소한 내 아내는 그렇게 생각하고 있다는 사실을 알았기 때문에 기분 좋은 안도감과 함께 다양한 감정이 느껴졌던 것이다.

마음속에 드리워져 있던 먹구름이 걷히고 무지개가 떠오른 느낌이었다.

## 지구환경을 맑게 하는 그린에너지 글로벌 기업

만약 엘앤에프가 없었다면 아내가 그렇게 말하지 않았을 것이다.

남선알미늄에서 30년간 직장생활을 마치고, 세무사로 일하다가 은퇴했다면 "세상에 큰 보시했소."라는 말은 듣기 힘들었을 것이다.

약 20여 년 전, 모두가 반대하던 배터리 양극재 사업을 밀어붙이지 않았어도 못 들었을 것이다.

단지 엘앤에프라는 회사를 만들었기 때문이 아니라, 엘앤에프를 통해 실현하고자 했던 가치들을 현실로 만들었기 때문에 그런 과분한 말을 들을 수 있었다.

내가 엘앤에프를 만들었듯이, 엘앤에프가 나를 만든 셈이다.


**지구환경을 맑게 하는 그린에너지 글로벌 기업!**

나와 임직원들이 이루고자 했던 가치를 한 문장으로 축약한 슬로건이었다.

그리고 우리 모두의 자부심이기도 했다.

병들어 신음하는 지구를 살리는 최첨단 산업!

그런 뜻깊은 분야에서 세계 최고 수준의 경쟁력을 가진 글로벌 기업이라는 자부심!

나와 임직원들은 그런 긍지를 안고 최선을 다해 일했다.


엘앤에프의 의미와 가치는 이뿐만이 아니다.


첫째, 친환경 에너지 글로벌 기업으로 성장·발전하여 임직원들의 꿈과

긍지를 키워 왔고,

둘째, 세계 2차전지 업계를 리드하고 있는 우리나라 전지메이커들을 도와서 국가 산업발전과 지구환경 개선에 기여해 왔으며,

셋째, 대구를 대표하는 기업으로서 대구·경북의 2차전지 산업발전에 기여해왔을 뿐만 아니라, 지역의 젊은이들이 꿈을 키워 갈 수 있는 토대가 되어 주었다.

넷째, 주주들이 경제적 자유와 자부심을 가질 수 있는 회사가 되어 왔다.

위의 네 가지 의미와 가치는 지금까지 잘 지켜져 왔고, 앞으로도 그럴 거라고 깊이 확신하고 있다.

'서울공화국'이라 불릴 정도로 수도권 편중이 심한 대한민국에서, 대구 토박이 회사가 국민기업으로 성장했다는 사실만으로도 큰 의미가 있을 것이다.

# 빛과 미래를 향한 도전,
# 그리고 영속하는 기업의 길

말단 회사원으로 사회에 진출한 지 어언 50여 년!

그동안 우리나라의 전자와 IT, 자동차, 조선 등의 완성품 제조산업은 거대한 발전을 이룩했다.

하지만 그에 비해 소재의 해외 의존도가 너무 높다는 지적을 많이 받아왔다. 핵심 소재를 만드는 기업들이 적었기 때문이다.

이러한 시점에 2차전지 양극재 분야의 글로벌 강소기업을 탄생시킨 것이 뿌듯하고 자랑스럽다.

'좋은 회사에서 위대한 회사'로 나아가는 세계적인 기업을 창업했다는 자부심!

이 회사는 오늘도 고용창출과 외화획득을 통해 국가경제와 지역사회에 이바지하고 있다. 열심히 일한 임직원들이 가족을 부양하고 미래를 준비하는 생활의 터전으로, 주주들이 경제적인 여유와 긍지를 가질 수 있는 회사로 발전하고 있다.

뿐만 아니라 시대가 요구하는 친환경 그린에너지 산업 발전에도 힘을 보태고 있다. "지구 환경을 맑게 하는 그린에너지 글로벌 기업", "세계일등 기업"이라는 초심(初心)을 충실히 지켜 온 것이다.

그 모든 것이 오롯이 나의 결단에 의한 것이었기 때문에 더욱 감회가 새롭다.

20여 년 전에 2차전지 양극재를 만들겠다는 뜻을 밝힌 순간, 온 세상이 나에게 NO!를 외쳤다. LCD 부품회사가 어느 날 갑자기 2차전지 양극재라는 생소한 화학분야에 뛰어들었기 때문이다. 반대하는 게 당연했다.

게다가 그때 내 나이는 예순이 다 되어가고 있었다. 내 또래들은 정년퇴직 후에 여생을 어떻게 보낼지 고민하고 있을 때였다.

나도 모든 걸 내려놓고 아내와 여생을 즐겁게 보내고 싶은 생각이 굴뚝같았다.

게다가 나는 '월급쟁이 사장'으로 불리는 전문경영인이 아닌가?

그러나 나는 결심했다. 경영자가 회사의 문을 닫게 하는 것은 종업원들을 비롯한 수많은 사람들에게 죄를 짓는 것이라는 절박한 심정으로, 살아남아 영속하는 기업을 만들어야 한다는 사명감 하나로 과감히 도전하기로.

그러한 정신으로 뚝심을 가지고 밀어붙였기에 놀라운 성과를 얻을 수 있었다.

'서울민국', '재벌 공화국'으로 불리는 대한민국에서, 전문경영인인 내가, 지방 중소기업을, 국가를 먹여 살릴 첨단 유망 업종에서 세계적인 경쟁력을 가진 기업의 토대를 만들었다.

그렇다면 함께해 온 임직원들과 함께 뿌듯한 자부심과 긍지를 느껴도 되지 않겠는가?

그러나 안주해선 안 된다. 변화의 속도는 갈수록 빨라지고 있기 때문이다. 한 치 앞도 안 보인다는 말이 과장이 아니다. 저출생과 인공지능 혁명 등에서 알 수 있듯이 변화의 양과 질 모두가 과거와는 근본적으로 달라졌다.

이럴 때일수록 기본에 충실해야 한다. 경영자와 임직원들이 비전과 미션을 소중히 품고 한마음 한뜻이 되어 달려야 할 것이다.

초심을 잃지 않으면 변화도 두렵지 않다. 초지일관하는 사람, 변하지 않는 사람의 의지보다 강한 것은 없기 때문이다.

오래 전에 어느 외국 학자가 이렇게 말했다.

"앞으로 세계는 전지를 지배하는 국가가 지배한다."

다행히 2차전지나 그린 에너지 분야에서 우리나라가 세계적인 수준으로 도약하고 있다. 석유 한 방울 나지 않는 나라에서 정말 새로운 기회가 아니겠는가?

이러한 기회를 살리는 일에 엘앤에프가 앞장서 주었으면 좋겠다.

2차전지와 그린 에너지라는 기회를 잘 살려서 국가 경제에 도움을 주는 기업으로 거듭나기를, 더 나아가 국가와 인류에 공헌하는 영속회사가 되기를 간절히 기도한다.

마지막으로 독자 여러분 모두가 희망의 빛을 향해 한걸음씩 나아가시길 진심으로 응원합니다.

## 강소기업, 한국 경제를 이끌다

MBC 특별기획 방송 채록 | 2015년 1월 9일 방송

**출연**

이봉원: ㈜엘앤에프,㈜엘앤에프신소재 대표이사 사장

구회진: 한국전지산업협회 본부장

정연욱: 경북대학교 신소재 공학부 교수

안영진: JH 화학공업 상무

손기혁: KOTRA 디자인브랜드팀 전문위원

양제문: 제주도청 에너지 산업과 계장

김홍두: 제주특별자치도 에너지산업과 과장

임건표: 한국전력공사 ESS 연구사업단 선임연구원

나레이션 인류를 편리하게 만드는 에너지, 세계 추세는 지구 환경을 맑게 하는 그린 에너지이다. 그린 에너지로 각광을 받고 있는 리튬이온 2차전지의 신소재, 양극활물질(陽極活物質) 생산에 성공해 세계시장에 우뚝 선 강소기업이 있다.

구회진: (엘앤에프신소재는) 일본 소재업체가 장악하고 있는 양극활물질의 국산화를 통해서 소재 산업의 기반을 마련하였으며, 전지산업의 경쟁력 향상에 아주 지대한 공을 세웠다고 볼 수 있겠습니다.

나레이션 끊임없는 연구로 쌓아 올린 자체 기술력으로 세계시장의 흐름을 바꾸어놓은 엘앤에프신소재, 창업 10년, 수출 2,000억 원을 이루고 세계 수준의 기업으로 급성장했다.

정연욱: 짧은 기간 동안에 성장해 왔던 그 역량으로 봤을 때, 아마 엘앤에프신소재는 지금의 R&D(연구개발) 능력과 함께 앞으로도 훨씬 더 크게 성장할 것으로 생각이 됩니다.

나레이션 고객을 최우선에 두고, 최고 품질을 향한 열정을 포기하지 않는 엘앤에프신소재, 더불어 구성원, 지역사회와 함께 성장해 나가는 데도 노력을 아끼지 않는 우리 지역의 강소기업이다.

이봉원: 내가 한 일이 세계 정상에 들어가고, 우리가 인류의 환경에 기여하는 회사다, 이런 긍지. 그런 부분이 임직원들한테 동력이 되지 않았을까….

나레이션 휴대전화를 손에서 놓지 않는 모습, 요즘 거리 어디에서나 볼 수 있는데 현대인의 필수품이 된 휴대전화의 필수품은 바로 전지, 리튬을 기본으로 하는 2차전지다. 우리가 이제까지 써온 에너지의 근원은 화석연료, 하지만 온실가스 배출에 양도 한정되어 있어서 재충전이 가능한 친환경 2차전지가 미래 에너지 기술로 각광을 받고 있는 상황이다.

구회진: 전 세계적으로 모바일 IT 기기의 수요가 급증하면서 (더불어) 리튬이온 (2차)전지에 대한 수요도 굉장히 크게 증가하고 있습니다. 최근 들어서서 리튬(이온) 2차전지가 스마트 IT 기기나 전기차, 전력저장 효율성 향상에 있어 굉장히 중요하게 자리를 하면서 어떻게 보면 (2차전지는) 제품의 경쟁력 향상이나 성능 향상에 중요한 부품으로, 미래 성장 동력 산업으로 위치를 굳히고 있는 실정에 있습니다.

나레이션 전지 가운데에서 재충전이 가능한 전지를 2차전지라고 한다. 한번 쓰고 버리는 전지는 1차전지, 그린에너지로 주목받고 있는 2차전지는 리튬을 주로 이용하는데, 휴대전화를 포함한 모바일 IT 기기에서 시작되어 전동기구, 홈 자동화 부분에서 폭넓게 사용되고 있고, 이제 전기 자동차, 에너지 저장장치까지 그 사용처를 넓혀가고 있다. 모양도 사용하는 데에 따라서 원통형, 각형, 파우치형으로 다르게 만들어지고, 모바일 IT 기기에는 작은 전지가, 전기 자동차, 에너지 저장장치에는 좀 더 큰 전지가 사용된다.

정연욱: 우리들이 많이 사용하고 있는 리튬이온 (2차)전지에서는 여러 가지 핵심적인 부품들이 많이 필요한데 그중에서 양극물질, 음극물질, 그리고 전해질, 분리막 등이 있습니다. 그중에서 양극물질은 가격 비중이 약 40% 정도 차지하는 그런 점이 있고요. 그 다음에 전지의 성능 중에서 얼마나 오래 쓸 수 있느냐, 용량의 측면이라든지, 아니면 전지의 안정성 측면, 그런 측면을 봤을 때 대단히 중요한 역할을 하는 핵심 소재라고 볼 수 있습니다.

나레이션 우리 지역에 국내 최고, 세계 톱3에 드는 양극활물질 생산회사가 있다. 바로 왜관에 위치한 엘앤에프신소재, 우수한 기술력과 뛰어난 제품으로 급성장한 강소기업이다.

A: 8시입니다. 체조하러 갑시다.

나레이션 곳곳에 출근해 있던 직원들이 한자리에 모인다. 조회와 체조를 위한 것이지만, 하루 일과가 시작되기 전 동료들의 얼굴을 맞이하는 소중한 시간이기도 하다.

B: 아침조회 시작하도록 하겠습니다. 먼저 인사로 시작하겠습니다. 서로 마주보고 서 주십시오.

다같이: 안녕하십니까?

B: 생활안전수칙 낭독하고 시작하겠습니다. 생활안전수칙 하나, 우리는

매사의 안전을 최우선으로 생각하고 행동한다. 하나, 우리는 업무공간
과 생활공간에서 반드시 화재 등 비상대피 상황을 염두에 두고 소화기
등 제압 수단을 미리 확인한다.

---

나레이션 모든 임직원이 함께하는 아침 체조 시간 아침 8시, 엘앤에프신소재
의 풍경이다. 서 있는 시간이 많고, 신경 써야 하는 게 많은 생산 현장이니
만큼 이렇게 체조로 미리 몸도 풀어주고, 안전을 위한 각오도 다진다.

---

C: 구호 준비
다같이: 어이!

C: 안전제일! 품질제일!
다같이: 세계 1등, 신소재 파이팅!

이상민: 하루를 시작하면서 전체 전달사항도 공유를 하고 출근해서 근무
시작 때까지 체조를 통해 경직된 몸도 풀어보고 다 같이 호흡을
맞춰본다는 취지에서 (직원들은) 적극적으로 참여하고 있습니다.
시행 후에는 스트레칭에 의한 근골격계(筋骨格系) 질환 예방과 상
쾌한 기분으로 전체적으로 마음가짐 향상에 큰 효과를 보고 있는
것 같습니다.

D: 차렷, 경례.
다같이: 세계 1등 합시다.

나레이션 약 200명의 직원이 세계최고 양극활물질 생산에 힘쓰고 있는 엘앤에프신소재는 현장에서부터 분위기가 다르다.

E: 생산성!
다같이: 올리고!

E: 품질!
다같이: 높이고!

E: 안전!
다같이: 지키고! 다함께 고고고. 수고하십시오.

나레이션 직원들은 누구나 최고 품질을 만들겠다는 열정이 강하고, 안전에 대한 의식이 높다. 현장에서 이루어지는 꼼꼼한 작업들이 이를 확인해 준다. 직원들이 각자 작업을 시작한 그 시각, 한 대 트럭이 도착했다. 흰 포대들이 가득한데, 양극활물질에는 없어서는 안되는 광물 가운데 하나인 코발트 산화물이다. 24시간 작업을 쉬지 않는 엘앤에프신소재이지만 사실 원료인 광물이 없으면 작업 자체가 불가능하다. 원료 도착 상황을 보고 제일 먼저 나타난 두 사람.

강종성: 오늘 원재료 뭐 들어왔지?

G: 예, 오늘 H20D 원료 들어왔습니다.

강종성: 분석도 바로 해야 되고 현장 투입도 바로 해야 되는 거네?

G: 네, 분석 진행해서 제조팀으로 이동시키겠습니다.

> 나레이션 생산 관리팀의 강종성 차장과 이혁희 과장, 도착한 원료 검사 작업
> 을 의논한다. 원산지에서 우리나라까지 몇 달씩 걸려 바다를 건너오는 원
> 료들, 때문에 사전에 상태 확인은 필수.

강종성: 저희 양극활물질에 소요되는 원재료, 산화코발트입니다. 이거는
　　　　핀란드에서 수입돼 들어온 광물이고요. 저희가 국내에서는 광물
　　　　이 생산되지 않기 때문에 전량 해외 수입에 의존하고 있습니다.

> 나레이션 생산 관리팀의 연락을 받고 원료검사 샘플링을 하기 위해 분석팀
> 이 도착, 양극활물질은 몇 종류의 광물을 섞어서 만드는데, 원산지도, 상태
> 도 모두 다르기 때문에 도착하는 대로 철저한 검사를 받아야 한다.

이성규: 저희 제품에는 원료의 특성이 미치는 영향이 굉장히 큽니다. 그
　　　　래서 저희가 사전에 분석을 통해서 제품에 대한 특성을 먼저 파
　　　　악하고 그 규격이 저희 회사의 조건에 부합하는지 확인을 하고,

그 다음에 저희가 분석한 데이터로 (생산 공정에 재료를) 투입하기 전에 공정을 컨트롤 할 수 있는 기술 데이터로도 사용이 됩니다.

나레이션 광물의 원산지는 가까운 중국, 일본에서부터 먼 남미, 아프리카까지 다양하다. 생산에 지장을 받지 않도록 광물을 제때 공급받는 것이 중요한 일인데, 엘앤에프신소재는 이를 위한 대책도 철저하게 마련해둔 상태.

도현태: 생산량이 세계 3위권이기 때문에, 좋은 원료를 필요한 시점에 필요한 양만큼 적기에 공급하는 것은 상당히 중요한 요인입니다. (원산지) 남미를 예로 들면, 거리가 좀 멀기 때문에 보세 창고를 한국에서 운영해서 지리적 위험이라든지 대비를 하고 있고요. 중국 같은 경우에도 장기 협력 관계를 통해서 원료를 안정적으로 공급받고 있습니다.

나레이션 생산 현장에서 다뤄지는 모든 재료들과 최종 생산물의 형태가 가루여서 이물질 관리가 생산 공정의 기본이다. 엘앤에프신소재는 금속 이물질 필터링에서 세계 최고의 기술을 갖고 있다.

정광률: 눈에 보이지 않는 작은 이물(질)도 품질에 영향을 주는 만큼 늘 외부에서 유입되는 이물이 많이 신경이 쓰입니다. 정리정돈, 청소를 기본으로 작업에 늘 임하고 있습니다.

나레이션 리튬이온 2차전지의 양극활물질은 리튬과 광물로 만든 전구체를 결합시켜 만든다. 그 결합과정이 즉, 소성인데 리튬과 코발트 산화물, 혹은

> 리튬이 니켈, 코발트, 망간의 산화물을 고온에서 결합시키면 흔히 양극재라고도 불리는 양극활물질이 된다.

이명훈: 소성 공정은 저희 양극활물질 제조 공정의 핵심 중의 핵심 공정으로서 혼합 공정에서 일차적으로 혼합된 코발트와 리튬이 고온의 소성로에서 화학 반응이죠. 즉, 산화 반응을 거쳐서 저희의 양극활물질 제품의 특성을 결정짓는 아주 중요한 공정입니다.

> 나레이션 엘앤에프신소재는 현재 양극활물질의 대량생산이 가능한 좋은 생산시설을 갖추고 있다. 세계 탑3권에 들면서 세계 유수 기업들 사이에서도 절대 뒤지지 않게 된 경쟁력의 하나다.

김진명: 품질 제일의 깨끗한 최첨단 제조 시스템으로 이물 마모 등 품질 문제를 사전에 차단할 수 있는 공정 프로세스를 갖추고 있고 원료 입고에서 출하까지 정확한 데이터 관리를 통해서 고객이 필요로 하는 양질의 2차전지 양극활물질을 생산하고 있습니다. 핵심 공정은 혼합, 소성, 분쇄 공정이라고 할 수 있고, 혼합은 원료를 섞는(mixing) 공정으로 혼합기의 속도 조절을 통해서 원료를 균일하게 혼합해 주는 것을 말하고, 소성은 소성로의 정밀한 온도 제어를 통해 안정된 품질을 확보할 수 있도록 해 주는 것이고, 분쇄 공정은 여러 단계의 분쇄기를 통해서 다양한 입자 크기를 조절하여 고용량의 제품을 생산할 수 있도록 해 주는 공정을 말합니다.

나레이션 2005년 첫걸음을 내디딘 엘앤에프신소재는 중소기업에선 보기 드물게 오너가 아닌 전문경영인이 운영하는 회사이다. 지역 기업에서 오랜 기간 근무를 하고, 창립 때부터 엘앤에프신소재를 이끌고 있는 전문경영인은 이봉원 대표, 엘앤에프신소재의 모기업인 엘앤에프의 전문경영인이기도 한데 양극활물질에 대한 가능성을 미리 알고 모기업에 이 사업을 제안한 당사자다. 그 시기는 LCD 백라이트를 만들던 모기업 엘앤에프가 남 부러워할 것 없이 아주 잘 되던 때이다.

이봉원: 2003년도에 모기업(엘앤에프)의 성과가 아주 좋은, 쑥쑥 크는 해였는데 가만히 보면 조립 산업은 사람 손이 많이 필요하고, 중국에서 (같은 사업을) 하게 되면 도저히 경쟁력이 없어질 것이다 (생각했죠). 그래서 제가 2003년경부터 산업 초기이거나 아니면 아직까지 우리나라에 생산되지 않는 그런 제품을 찾기 위해서 많은 연구소, 학계, 산업계에서 유사 기술을 가진 분들 이런 분들하고 많은 대화를 하다가 결국 양극재(양극활물질)를 하게 되었습니다.

나레이션 지금의 성공에 안주하기보다는 더 먼 미래를 내다봐야 한다는 판단에서였다. 하지만 반대가 엄청나게 쏟아졌다. 그런 반대를 무릅쓰고도 새로운 사업의 시작을 고집한 데에는 이봉원 대표만의 특별한 철학이 있었기 때문이다.

이봉원: 현재 하고 있는 아이템에서 힘이 있을 때 (멈춰 있지 않고) 또 새로운 걸 개발하고 그걸 성공시켜서 출시(launching) 되어야 회사가 영속 회사가 되어야 하는데 (그렇게 하지 못해서) 많은 직원을 데리고 있다

가 직원들을 내 보내야 된다든지 사업을 축소시키거나 폐쇄한다는 것은 정말 너무 큰 고통이죠. 그리고 못할 짓이고 그걸. (그래서 저는 잘될 때도) 끊임없이 새로운 걸 개발해서 아이템은 달라지더라도, 그 회사는 영속적으로 발전을 해야 된다고 생각합니다.

> 나레이션 이 대표의 시각은 정확했다. 모기업 엘앤에프는 백라이트 시장이 사라져 자회사인 엘앤에프신소재와 함께 양극활물질을 만들고 있다. 반면 전지 시장은 계속 커지고 있기 때문이다. 하지만 이 열매가 금방 나온 것은 아니라고 한다.

이봉원: 2005년 8월에 공장을 짓고, 첫 고객으로부터 인정받은 것이 한 2년 후입니다. 그 과정이 제일 힘들었죠. 매출은 10원도 없고, 회사 운영비는 계속 들어가지 않습니까? 한 번씩 (검증을 받는데) 고객의 검증 과정이 상당히 길어지니까, 몇 달 거쳐 검증을 해서 불합격, 불합격… 이렇게 한 번 불합격이 돌아오면 참여했던 사람들이 얼마나 허탈하겠습니까? 그런 과정을 수없이 거치다가 2년 정도, 2년만에 고객한테 합격 받았을 때 그동안의 고생한 것은 하루아침에 다 날아갔죠.

> 나레이션 연구와 투자에 2년이 지나고 첫 결실을 맺자 이후 연구개발의 성과가 나타나기 시작했다. 그리고 각종 표창과 인증이 이어졌다. 이미 약 3년 전, 세계 톱3에 든 엘앤에프신소재는 세계 1위로 굳건히 일어서기 위한 노력을 시작했다. 김천에 있는 JH화학, 양극활물체의 전 단계인 전구체를

만드는 계열사다. 엘앤에프신소재가 세계 1위로 도약하고 시장의 다양한 변화에 적극 맞서는 데 도움을 주기 위해 지난 2011년 설립되었다.

안영진: 2차전지뿐만 아니라 우리나라 대부분의 산업이 동일하게 가지고 있는 고민인데요. 일본과 기술력의 차이, 중국의 저가 제품공세 등으로 넛크래커(Nutcracker, 우리나라가 미국, 일본 등 선진국에서는 기술과 품질 경쟁에서 밀리고 중국, 동남아 등 후발 개도국에서는 가격 경쟁에서 밀리는 현상)에 빠져 있는 상황입니다. 그래서 주원료를 자체에서 개발, 신제품 양산에 활용한다는 전략으로 설립되었고, 고객의 요구(needs)에 맞게 개발 일정 단축 및 대량 양산화까지 신속하게 시장의 변화에 대응할 수 있다는 것이 큰 강점이라고 할 수 있겠습니다.

나레이션 활물질 제조의 우수한 기술을 가진 JH화학은 엘앤에프신소재가 국내 최초로 상용화한 니켈-코발트-망간계의 양극활물질의 전구체를 생산하고 있다. 전구체가 되면 원래 광물이 가졌던 색은 사라지고 검은색이 된다. 이 전구체가 엘앤에프신소재에서 리튬과의 소성 과정을 거쳐서 양극활물질이 된 것이다. 전기 자동차, 에너지 저장장치 시장이 열리면서 양극활물질의 무게중심도 코발트계에서 JH화학과 엘앤에프신소재가 탁월한 기술을 가진 니켈-코발트-망간계로 옮겨 가고 있다.

안영진: 최근 모바일 기기 위주에서 전기 자동차용으로 점차 확대되고 있는 양극활물질은 전구체의 특성이 2차전지의 성능에 영향을 미칠 만큼 중요해지고 있습니다. 그래서 독자적인 양극활물질 개발이 무엇보다 중요한 시기입니다. 우리 JH화학은 엘앤에프신소재

연구소와의 협업을 통해서 세계 유일의 것을 개발하는 데 역할을 다하고 있습니다.

> 나레이션 엘앤에프신소재의 양극활물질은 지난해 세계 일류 상품으로 선정되었다. 지난해 역시 월드클래스 300대 기업으로도 선정, 두 가지 타이틀을 동시에 가진 유일한 기업이 되었는데 우리의 기술력만으로 세계 최고의 품질을 만들어 낸 것이 드디어 인정을 받게 된 것이다.

손기혁: 대한민국이 2001년도부터 미래수출동력 확보를 위해서 진행해 온 제도이다 보니까 어찌 됐든 간에, 시장 규모와 점유율이 높은 제품들, 그러니까 (세계) 5위 이내의 제품들을 많이 양성해서 어떤 외부 환경에 있어서도 굴하지 않고 계속 지속적인 시장을 섭렵할 수 있는 그런 것들을 만들기 위한 취지로 시작된 제도라고 이해할 수 있습니다. 그래서 이번에 세계일류 상품으로 선정된 엘앤에프신소재는 우리나라 국가대표로서 역할을 다하는 것이 큰 의미라고 할 수 있겠습니다.

> 나레이션 지금까지 이들이 해 온 일이 틀린 것이 아니였다고 인정받는 일은 행복한 일이다.

서상호: 정부 지원에 힘입어서, 보다 경쟁력 있는 2차전지 양극재 제품을 생산해서 가일층 세계 일류 글로벌 기업이 되도록 최선의 노력을 다하겠습니다.

나레이션 전문경영인이 이끄는 엘앤에프신소재가 창업 10년 만에 세계 수준에 이른 성공의 힘은 어디에 있을까? 화학 및 재료 분야 인력 30여 명으로 이루어진 엘앤에프신소재 연구소다. 신소재 산업에선 연구능력이 기업의 운명을 좌우한다고 해도 과언이 아닌데 엘앤에프신소재를 세계 탑3로 만든 성공의 힘도 여기에서 나왔다. 지난 2007년, 주류였던 코발트계 양극활물질 시장을 흔드는 큰 변화를 일으키는 성과를 얻어 낸 것이다.

이승원: 니켈 코발트 망간이라는 NCM 재료는 그 니켈의 특성상 다루기 상당히 어렵고 특히 수분에 닿게 되면 여러 가지 부반응이라는 문제들이 발생을 하고, 전지에 들어갔을 때 가스가 발생하는 등 여러 가지 안정성 문제를 야기하고요. 그래서 NCM 개발이 상당히 늦춰지고 있었는데… 저희 회사에서 최적화된, NCM에 최적화된 라인을 설계를 하고 여기에 대한 최적조건을 잘 잡음으로써 다른 업체에서는 생산하지 못했던 NCM을 안정적으로 이제 공급을 하게 됐고….

나레이션 안정성은 높지만 비싼 코발트계 양극활물질을 대신할 저렴한 니켈-코발트-망간계 양극활물질을 국내 최초로 양산해 시작을 재편하게 된 엘앤에프신소재, 연구뿐 아니라 나아가 기술적인 면에서도 두각을 나타내고 있다.

최수안: 양극재 기술에서 핵심은 재료 설계 기술하고 재료 양산 공정기술입니다. 재료 설계는, 양극재는 전이 금속의 조합과 구조 안전성을 위한 불순물 첨가(dooping), 그 다음 성능 향상을 위한 코팅, 이

런 수많은 재료의 조합을 통해서 이루어지는데요. 저희 회사는 재료 설계적인 측면에서 다른 경쟁사보다 스피드 면이나 완성도 면에서 뛰어나다고 자부하고 있고요. 또 그렇게 설계된 재료를 재료에 아주 적합한, 최적화된 양산 공정 설계 능력과 운영 능력이 다른 경쟁사보다 뛰어나다고 생각합니다.

나레이션 엘앤에프신소재 고객은 세계 최고의 2차전지 회사들이다. 수준 높은 고객들을 만족시킬 수 있는 비결은 항상 고객의 입장에서 생각하는 것, 고객의 전지에 가장 알맞은 양극활물질을 만들기 위해 전지 연구실, 풀셀라인(full cell line)을 따로 만든 것이 그 하나의 예이다.

정진흥: 풀셀라인(full cell line)을 이용해서 데이터가 지금 현재 나오고 있는 상태고요. 그렇게 나온 데이터를 가지고 고객과의 미팅이나 그런 기술적인 커뮤니케이션에 굉장히 큰 도움이 되고 있고, 고객들도 그런 부분에서 굉장히 만족스러워하고 신뢰를 가진다고 보시면 될 것 같습니다.

나레이션 양극활물질 하나만 최고의 품질을 가져서 좋은 전지가 나올 수 있는 것이 아니다. 전지의 다른 구성요소인 양극활물질, 음극활물질, 전해질, 분리막 등과 잘 맞아 떨어졌을 때 최고의 전지가 되는 것, 엘앤에프신소재의 연구소는 이런 것까지 고려해 최고의 양극활물질을 만들고 있다. 엘앤에프신소재가 가진 또 하나의 성공의 힘은 바로 꼼꼼함에 있다. 분석실을 통해 그 꼼꼼함을 확인할 수 있는데 원료부터 중간생산품, 최종제품에 이르는 모든 물질이 매의 눈과 같은 분석실의 철저한 검사를 거쳐야 통과된다.

박은영: 여기서는 저희가 분석하기 전에 전처리를 하는 단계이고요. 뒤에
　　　서는 저희 (양극) 활물질이 비표면적이나 밀도를 측정하고 있습니
　　　다. 그리고 이쪽에서는 저희 (양극) 활물질의 미반응된 잔류들을
　　　측정하고 있고, 저쪽에서는 저희 (양극) 활물질의 입도나 입자 사
　　　이즈를 측정하고 있어서 거의 총 10단계 정도의 분석을 거쳐서,
　　　분석을 진행하고 있습니다.

> 나레이션 어느 단계든 육안으로 보이는 것은 까만 가루뿐. 그렇게 때문에 각
> 단계마다 물질이 그 단계의 기준에 적합한지 점검하는 분석실의 역할이 더
> 중요하다.

F: 이 반장, 검사 결과 어떻게 나왔어요?

H(이 반장): 지금, 제품은 특이사항 없습니다. 그리고 공정에서 약간 입도
　　　가 상승세를 취하고 있습니다.

F: 그러면 제조팀하고 기술팀 연락해서 공정 조치가 이루어질 수 있도록….

H: 안 그래도 지금 기술팀하고 연락을 취해 놓은 상태입니다.

> 나레이션 뛰어난 기술력이 있어도 철저한 품질 관리가 없다면 최고의 제품
> 이 나오는 것은 불가능한 일, 철저한 품질 관리는 바로 한편으론 지루할 수
> 도 있는 반복되는 이런 검사 작업인 것이다. 엘앤에프신소재의 꼼꼼함이
> 빛을 발한다.

최종우: 고객사의 배터리 성능과 폭발사고 방지를 위해서 양극활물질의 품질이 굉장히 중요합니다. 그리고 앞서 보신 몇 가지 이상의 검사를 통해서 저희가 출하품에 대한 보증을 하고 있습니다. 다만 이제 저희가 외부에 자랑스럽게 내세우는 제도가 선행품질 보증을 위해서 24시간 실시간 검사하는 제도와 저희 회사만의 차별화된 금속이물품질 보증체계입니다. 2시간 간격으로 공정 검사를 진행해서, 빠른 피드백을 통해서 공정에 대한 품질 관리를 진행하고 있고 또 저희들은 들어오는 원료부터 출하하는 제품까지 9단계로 구성되어 있는 자체의 보증체계를 통해서 고객사한테 완벽한 품질보증 활동을 합니다.

> 나레이션 엘앤에프신소재의 경영진과 팀장들은 분기마다 함께 산을 오른다. 직원 한 사람, 한 사람 모두 중요하지만, 특히 팀을 이루고 있는 팀장들은 회사의 중추, 이들이 먼저 화합하고 자신의 역할에 자부심을 가질 수 있도록 소통하고 응원하는 자리이다.

이영수: 지금까지 지내온 여러 사항들을 되돌아볼 수 있는 그런 기회도 가지고, 또 체력도 점검하고 그 다음에 또 팀장, 임원간의 서로 단합하고 협력하는 그런 어떤 목적 속에서 이루어지는 행사입니다.

이봉원: 일기예보에 비가 많이 온다고 해서 이 팀장이 (날짜) 바꿔야 안되겠습니까하고 걱정을 하는 것을 보고, 안개 낀 걸 보니 날씨가 정말 좋겠다면서 행사를 진행하게 했습니다.

이봉원: 기분 좋죠. 뭐, 오래간만에 회사 임원들하고, 자연하고 같이하니까 정말 기분이 좋습니다.

박상현: 땀은 많이 나는데, 그만큼 고생한 보람은 있다고 생각합니다. 올라가기 힘들었는데 꼭 빌어야 될 소원이 하나 있어서 올라오게 됐고요. 아내가 둘째, 셋째 동시에 가졌는데 꼭 순산할 수 있도록 기도하고 내려가겠습니다.

전상훈: 팀장들이 흩어져 있다 보니까 한번에 이렇게 다 모이기가 쉽지가 않거든요. 그래서 오늘, 뜻깊은 자리가 됐던 것 같고요. 작지만 정상을 밟았을 때 그런 성취감 같은 것들을 서로 공유한다는 것도 아주 좋았던 것 같습니다.

정필모: 죽을 둥 살 둥 올라왔기 때문에 좋습니다.

> 나레이션 따뜻한 커피 한 잔으로 얼었던 몸을 녹이며 서로를 마주하는 사람들, 같은 길을 걷는 동료의 소중함을 되새겨보는 시간이다.
>
> 엘앤에프신소재의 성공의 힘은 바로 이른 소통의 힘이다. 직원들과의 소통을 위해 분기마다 마련되는 또 하나의 행사, 바로 노사가 함께 모이는 한마음협의회이다. 셀러리맨 출신으로 직원들의 소중함과 처절함을 잘 아는 전문경영인이 이끄는 회사답게 세심한 것 하나까지 직원들의 목소리에 귀 기울인다.

정봉준: 저희도 안건이 여러 가지가 있는데, 그 중에 몇 가지 중요한 걸 추려 가지고 회사 측과 원만한 협의를 통해서 합의를 이루었으면 좋겠습니다. 옥외 휴게실에 대한 바람막이 설치 건인데요. 겨울철 건강관리 차원에서도 외부 공기를 많이 쐬어야 되는 점이 있기 때문에 옥외 휴게실을 이용할 때 바람막이는 필요하다고 생각하는데, 이 부분에 대해서 개선이 필요할 것 같습니다.

이봉원: 그런데 담배 피우는 사람 편하게 하려고 하면 그건 좀 곤란합니다.

정봉준: 금연 클리닉도 많은 사원들이 참여하고 있는 걸로 알고 있고, 사장님 마음 다 알고 있습니다.

> 나레이션 엘앤에프신소재는 직원들에게 경영 상황을 숨기지 않는다. 쌍방향 소통을 기본으로 하는 만큼 다양한 경로를 통해 정확히 회사의 상황을 알

> 려주고 또 의논을 하고 있다.

이봉원: 전 임직원들의 의견이나 뜻을 한군데로 모아주는 기능이기 때문에 정말 중요한 회의입니다. 그래서 신경을, 분기마다 전 분기 사업실적을 같이 리뷰를 하고 또 소위원회에서 결정해 나왔던 일들을 한번 확인하고, 또 서로 이슈 상황이 있을 때는 같이 의논하는 그런 자리이기 때문에 정말 중요한 기능을 담당하고 있습니다.

J: 셋째 이상 자녀 출생 시에 축하금 규모를 좀 더 확대하는 그런 안을 저희들이 이번에 마련했습니다.

이봉원: 혹시 저 제도 보고 아이 하나 더 낳을 생각 있어요?

정봉준: 셋째까지 낳고 싶지만 아직 결혼을 안 해서….

> 나레이션 심각하고 딱딱하지 않을까 했던 노사회의는 의외로 화기애애하다. 같은 길을 걷기 때문에 어쩌면 마음 깊은 곳에 하나되는 마음이 있기 때문이 아닐까?

최치영: 회사 측에서 다자녀 출산 지원금이라는 제도가 나왔었는데, 그전에 설문조사를 한 적이 있긴 있었는데, 이렇게까지 회사에서 근로자를 생각해 줄지는 몰랐고 일단은 저희 위원들, 다른 근로자들한테 전달했을 때 굉장히 좋아할 것 같습니다.

이봉원: 경영에 임하면서 제가 사원부터 과거에 경험했을 때, 회사의 발전과 구성원들 발전이 함께 되도록 그런 부분의 제도 개선이 필요하다. 그런 점을 많이 느꼈어요. 그래서 엘앤에프나 엘앤에프 신소재 경영에 임하면서 항상 임직원들이 어떻게 하면 회사와 함께 발전할 수 있을까, 그런 부분을 가장 중요하게 생각합니다.

나레이션 회사의 발전과 더불어 구성원 또한 발전하게 하겠다는 이봉원 대표의 경영철학은 회사 정책이나 제도 곳곳에 잘 나타나 있다. 입사 7년차, 구정아 선임 연구원은 출근을 회사로 하지 않고 학교로 하고 있다. 지난해 시작된 학술 파견 연수 제도의 수혜자가 되었기 때문이다.

구정아: 이런 기회 때문에 학교에 와서, 학교에서 일과 연계해서 좀 더 심도 있게 학습하고 교수님과 토론도 하면서 연구를 좀 더 깊이있게 하려고 지금 공부하고 있습니다.

정연욱: 중간 결과 어떻게 나왔지?

구정아: 지금 192번에 강도가 크게 많이 변하더라고요. 메탈 함량 때문에 나타나는 결과인 것 같은데……

정연욱: 금속 조성을 좀 더 세분화해서 실험을 조금 더 많이 진행할 필요가 있겠네.
구정아: 메탈 함량을 세분화해서 추가 테스트를 조금 더 진행해 봐야 될 것 같아요.

정연욱: 엘앤에프신소재와 같이 정부 공동연구를 수행하면서 제품개발과 함께 기초적인 실험들을 같이 수행하고 있고요. 앞으로 연구원들의 역량 향상이 소재부품 산업에 있어서의 가장 중심, 핵심적인 요소라고 생각이 됩니다.

구정아: 이제 회사에 들어가면 좀 더 많은 도움이 될 것 같아요. 그러면 회사 연구하는 데 있어서도 많은 도움이 될 것 같고, 제가 앞으로 하는 일에 있어서도 많은 도움이 될 것 같아요.

이혁준: 저희 제조팀에는 현장 인원도 그렇고, 사무실 인원도 그렇고, 업무 특성상으로 인해서 남자 사원들이 좀 많은데, 또래 친구들하고 고등학교에서 생활하던 것 하고는 환경이 좀 많이 달라서 적응하는 데 어려움이 많았을 것 같은데도 항상 밝게 웃고 다니고, 그래서 저희 제조팀의 활력소가 되는 그런 신입사원입니다.

석민경: 차장님, 조직 만족도 설문조사 어떻게 작성해야 되는지 여쭤보려고….

차장: 이때까지 생각한 것 그대로 부담 갖지 말고 솔직하게 적으면 돼. 힘든 것 없어?

석민경: 힘든 것 없어요.

차장: 어려운 것 있으면 이야기하고.

석민경: 네.

석민경: 이제 (입사한 지) 한 넉 달 정도 됐는데, 선배님들도 다 잘 가르쳐주시고, 어리니까 예쁨도 많이 받고 해서, 회사 생활하기 좋은 것 같아요. 이제 학교 졸업하면 대학교도 진학해 회사에 좀 더 필요한 것 배워서 회사가 좀 더 커지는 데 기여하고 싶어요.

---

나레이션 엘앤에프신소재는 열정을 가진 지역 젊은이들을 통해 성장하고, 더불어 그들의 성장도 돕고 있다. 최근 2차전지 시장에 변화의 바람이 불고 있다. 조금씩 자리를 잡아가는 전기 자동차와 정부가 사업을 지원하고 있는 에너지 저장장치 시장이 커지기 시작한 것, 인류의 생활과 직접 연관된 부분이니만큼 앞으로 성장 가능성은 더욱 높아질 텐데 이 두 시장 모두 중대형 2차전지가 중심이 된다. 전지 시장의 이러한 변화에 양극활물질을 만드는 엘앤에프신소재도 적극 대응해야 하는 상황이다.

최수안: IT용은 시장에서 요구(needs)는 고용량이라는 절대 요구조건이 있습니다. 그래서 고용량(을) 축으로 차세대 발전 방향이 진행될 것 같고요. (전기) 자동차용하고 에너지 저장장치용인 중대형용은 고용량과 고출력의 두 가지 시장에서의 분명한 요구(needs)가 있습니다. 그 고용량과 고출력 두 개의 축으로 다음 번 전지는 개발이 진행될 예정입니다.

나레이션 연구소에 전상훈 책임연구원과 안지선 과장, 차세대 양극활물질 연구를 하고 있는 두 사람이 오늘 의기투합해서 전기 자동차 탐험에 나서기로 했다.

전상훈: 저희가 실제로 소형 전지에 들어가는 양극활물질만 하는 것이 아니라 전기 자동차에 들어가는 그런 양극활물질도 하고 있기 때문에 그런 상징성 차원에서 저희가 전기차를 구매한 부분도 있고 그 다음에 연구원들이 근처 왜관이라든가 대구 쪽 공장 사이트에 실험하러 갈 때 그때 주로 이용하고 있습니다.

나레이션 우리 주위에서 아직까지 흔히 보이는 것은 아니지만 최근 세계의 관심이 모아지고 있는 전기 자동차. 두 사람의 대화도 자연스럽게 전기 자동차로 옮겨가는데…….

안지선: 전기차가 충전시설만 많이 갖춰지면 많이 팔릴 것 같지 않습니까?

전상훈: 네, 이것 같은 경우에는 저희가 전기세가 1㎞ 가는 데 16원밖에 안 든대요.

전상훈: 전기 자동차는 환경문제라든가 에너지 자원 고갈이라든가에 대한 어떤 가장 현실적인 해결책이라고 생각합니다. 300㎞ 가고, 400㎞ 가는 양극소재를 만들어야 되겠고요. 무엇보다도 안정성 부분이 중요하겠죠.

안지선: 단순히 그런 소재를 파는 것에 그치는 것이 아니라 지구환경을 맑게 하는 데 일조할 수 있는, 그런 기업이 되고자 하는 것이 가장 궁극적인 목표가 아닐까 합니다.

> 나레이션 제주국제공항, 중대형 전지의 활용도를 확인하러 제주에 간 전상훈 책임연구원과 이도훈 차장, 이들이 가장 먼저 찾아간 곳은 제주도청.

K: (여기는) 급속 충전소이고, 저 뒤에는 완속 충전기가 다섯 개.

> 나레이션 제주도는 전기 자동차 보급에 가장 적극적인 지역, 국제 전기자동차 엑스포를 직접 개최할 정도다. 두 사람의 관심사는 역시 충전시설.

이도훈: 급속 충전기는 도 내에 몇 개나 있습니까?

양제문: 제주도 내에는 73개 (전국의 41%)가 있어요. 관공서라든가 주요관광지를 중심으로 해서 사람들의 접근성이 많은 데, 한 평균 5km 정도, 그 정도 지점에서 충전 시설이 구축이 되어 있고….

> 나레이션 제주도는 지난 한 해만 500대의 전기 자동차를 보급했다. 전국 전

기자동차 충전기의 20%를 보유하고 있을 만큼 충전 인프라 구축에도 충실하다. 친환경 제주도를 위해 더 큰 계획이 있다는데…….

김홍두: 2020년도 세계 환경수도를 진행하고 있고요. 2030년도까지 제주의 모든 자동차를 전기차로 바꾸는 그런 웅대한 비전을 가지고 있고요. 전기차에 대한 혜택이라든가, 그 다음 공영 주택의 충전 인프라, 모든 도민들이 전기차를 편히 탈 수 있도록 그런 제도 개선도 같이 병행해 나갈 계획입니다.

L: 바로 이렇게 그냥 꽂으시면 충전이 되는 겁니다. 조금 있으면 돌아가거든요.

나레이션 아직은 시작 단계이지만 언젠가 완전한 현실이 될 전기 자동차 시대, 다른 지역보다 먼저 시작하려는 제주도의 계획이 그렇게 먼 미래가 아님을 실감하게 된다.

이승원: 각 곳에 비치된 충전기, 완속 충전, 급속 충전, 특히 급속 충전 같은 경우에 이제 소재가 받쳐줘야 될 부분이 있기 때문에 그런 급속 충전에 적합한 소재 개발을 하는 그런 쪽에도 상당히 노력을 해야될 걸로 생각 들고요.

나레이션 이들이 다시 발걸음을 옮긴 곳은 국내 최초로 변전소와 연계한 에너지 저장장치, ESS 실증단지인 조천 변전소이다.

임건표: 배터리에 전력을 넣었다 뺐다 하는 수배전반입니다. 에너지 저장장치의 배터리 컨테이너 박스인데요. 이거 하나가 0.5mw, 1mwh 용량으로 되어 있습니다.

---

나레이션 심야 시간 등 전력부하가 낮을 때 전기를 저장하였다가 전력수요가 몰릴 때 전기를 공급해주는 장치로, 전력 대란의 해결책으로 떠오른 에너지 저장장치 ESS, ESS에 사용되는 배터리가 바로 대형 리튬이온 2차전지이다.

---

임건표: 4mw, 8mwh 용량의 배터리가 설치가 되어 있지 않습니까? 좀 규모가 크다 보니까, 같은 용량이지만 규모가 좀 작아졌으면 좋겠다, 그런 바람이 있는데 그런 것들을 위해서는 안에 내부 배터리 소재들이 많이 개발이 잘 되어야 될 것 같은데….

이도훈: 숙제인 것 같습니다. 저희 쪽의 숙제.

임건표: 그런 걸 좀 해 주셨으면 좋겠네요.

---

나레이션 국내에선 최근 몇년 사이 가정용, 산업용 ESS 실증 작업을 차례로 끝내고 다음 단계를 준비 중에 있다. 엘앤에프신소재의 새로운 시장으로 그만큼 앞으로 성장 가능성이 높은 분야라는 의미도 있다.

---

임건표: 아까 밖에서 보셨던 에너지 저장장치를 운전 제어하는 설비입니다.

이도훈: 풍력발전기입니까?

임건표: 네, 여기는 이제 풍력발전기에서 전력을 받아서 시험을 할 수도 있고요. 여기 조천변전소에 지하 모선에서 전력을 받아서 충·방전 운전을 할 수도 있고요.

이승원: ESS용 전지의 품질을 만족하시나요?

임건표: 예, 지금 만족하고 있습니다. 저희가 지금 작년 1년 넘게 시운전을 해왔는데, 배터리 쪽에서는 큰 문제가 생기지 않았습니다.

이승원: 그러면 현재 수준에서 전지 부피만 좀 작아지면 더 좋겠네요.

임건표: 앞으로 이제 500mw 단위로 배터리 에너지 저장장치를 많이 설치하기 때문에 앞으로는 성능 관리도 필요하고 그래서 지금, 자주 만나지는 못하지만 배터리 관련된 업체 분들을 모셔 가지고 세미나를 하고, 정보들을 얻고 있는 그런 세미나를 많이 하고 있습니다. 성능 분석한 정보들을 공유를 하고, 같이 이렇게 윈-윈 (win-win) 할 수 있는 그런 에너지 저장장치 운용이 될 수 있도록 그렇게 노력을 할 예정입니다.

이도훈: 이렇게 서류 작업(paperwork) 하면서 숫자로만 이렇게, 시장이 어떻게 성장할 것이고, 어떻게 흘러갈 것이라고 판단했었는데 실제로 제주도에 와서 전기 자동차가 여러 대가 퍼져 있는 상황을 보

고, 그리고 한국전력공사에 와서 에너지 저장장치(ESS)의 활용도 부분도 직접 느껴보니까 정말 저희가 이제 해야 될 일도 많고, 이 시장도 더 커져나가겠다고 생각이 됩니다. 앞으로 저희가 할 일이 많을 것 같습니다.

나레이션 지난해, 엘앤에프신소재는 5명의 신입 연구원을 맞았다. 대한민국을 넘어 세계에서 그린 에너지 주자 선도를 달리고 있는 엘앤에프신소재, 자신의 미래를 한번 걸어보겠다는 열정 가득한 젊은이들이었다. 차세대 양극활물질을 책임지게 될 텐데 이들은 엘앤에프신소재에서 어떤 생각을 하고, 어떤 꿈을 꿀까?

M: 다 동기요. 입사 동기고요. 다 신입, 올해(2014년) 입사한 동기들입니다.

M: 아무래도 동기가 많으니까 조금 힘들 때 서로 대화도 많이 나누고 그런 데에서 의존할 수 있고, 그래서 더 좋은 것 같습니다.

N: 국내에서는 거의 대부분 배터리 위주로 많이 가지, 소재를 다루는 회사는 많이 없더라고요. 다들 신생회사인데 (엘앤에프신소재가) 유일하게 가장 높은 기준을 갖고 있고 어느 정도 기본 바탕이 갖춰져 있는 회사가 저희 회사가 아닐까 생각을 해서 지원하게 됐습니다.

O: 엘앤에프라는 게 Light & Future라고, 미래를 밝혀준다는 의미도 있고 가벼운 소재를 만든다는 의미도 있는데, 미래를 밝혀준다는 저희 회사의 그 의미처럼 제 미래도 밝혀줄 수 있는 회사라는 것을 더 확신하게

되었습니다.

P: 기술 발전에서 중요한 건 기반이라고 생각하는데 배터리에서 기반은 소재라고 생각하거든요. 그 기반을 다지는 것이 엘앤에프신소재였으면 좋겠고 그 기반에서 저도 열심히 기반을 닦으면서 같이 성장했으면 좋겠습니다.

---

나레이션 열정 가득한 젊은 연구원들이 있어서 엘앤에프의 미래는 밝다. 항상 외치는 세계 1등이라는 구호가 허황된 것이 아니라는 것을 끊임없는 노력으로 증명해온 엘앤에프신소재, 대한민국 중소기업의 새로운 희망이 되고 있다.

---

이봉원: 오늘 2억불 수출탑 받는다고 하니 기분이 어때요?

서상호: 제작년 저희들 1억불 수출탑 받을 때 감회가 새로웠었는데 불과 2년만에 다시 또 2억불을 받는다고 하니까 진짜 사장님 따라 잘 온 것 같습니다.

이봉원: 직원이 한 사람도 없는 상태에서…….

서상호: 제가 1번입니다.

이봉원: 옛날부터 같이 근무해 왔고 잘 알고, 믿고 있으니까 자네를 오라고 한 것이지. 지금 후회 안 해?

서상호: 예, 잘 왔는 것 같습니다.

이봉원: 그럼 난 이제 책임은 면했네. 빚은 없다.

이봉원: 우리 임직원들이 시골의 한구석에서, 좀 불리한 환경이지 않습니까? 경인지역이나 이런 데 비하면. 그런데도 불구하고 임직원들이 일단 이제 회사에 속해 있는 임직원들은 정말 열심히 해줬어요.

박성수: 창립 이제 10주년인데, 이렇게 큰 상을 받게 돼서 기분이 참 좋습니다. 2년 전에 1억불 수출탑을 수상했는데, 불과 2년 만에 2억불 수출탑을 수상하게 됐고 앞으로 2년 후에는 3억 불, 5억 불탑 수상할 수 있도록 열심히 하도록 하겠습니다.

이봉원: 정말 감개가 무량하고 큰 영광으로 생각합니다. 우리 임직원 여러분과 영광을 함께 나누겠습니다.

이봉원: 소재 불모지에서 현재까지 왔습니다. 우리 회사가 발전한다는 것은, 또 우리나라 전지산업도 발전하는 데 일부 기여를 할 것이고 또 더 나아가서는, 크게, 세계 전지산업 시장에도 기여를 한다고 생각합니다. 기여를 하면서, 맑은 지구 만들기에 기여하는 그런 회사로 평가받고 또 우리 임직원들이 보람을 느끼면서 회사와 함께 성장해 가는 그런 좋은 회사로 평가받았으면 합니다.